어버이의 자식으로, 자식들의 어버이로
살아가는 보통 가장의 가족이야기

다전댁 둘째아들

어버이의 자식으로, 자식들의 어버이로
살아가는 보통 가장의 가족이야기

다전댁 둘째아들

글쓴이 이 정 호

새로운사람들

부모님께 올립니다

부주전상서父主前上書

유세차 신묘(2011) 4월 무오 삭 초열흘 정묘에 아버지 돌아가신 지 어느덧 일곱 번째 기일을 맞아 효자 정호는 엎드려 사뢰옵니다. 해가 가고 또 달이 가고 긴 세월이 흘렀어도 38년 전에 돌아가신 어머니와 함께 아버지는 여전히 잊을 수 없는 우리 후손들의 지엄하신 정령이십니다.

절대 가난 상황에서 허덕이던 그 옛날 그 시절을 힘들게 이겨내시고 60년대 들어서면서 못 안으로 이사하시어 그 가난 극복하고자 부단히도 애쓰시면서 자식들을 공부시키셔서 오늘의 제가 있고, 또 손자들이 건재하고 있습니다. 그 은공 생각하면 어찌 하루인들 부모님을 잊을 것이며, 비록 돌아가셨다고는 하나 기일이며 명절에 모시는 제사를 마음 없이 모실 수가 있겠습니까. 차린 음식은 부족하다 할지라도 정성만큼은 극진하오니 너그러이 받아주십시오.

아버지, 오늘은 아버지의 육신이 땅으로 돌아가시던 날처럼 비가 주룩주룩 내리면서 제 감성을 자극하고 있습니다. 사람이 죽어 영혼이 하늘로 올라간다는데 오늘은 왠지 내리고 있는 빗줄기를 타고 아버지 어머니가 내려오실 것만 같습니다. 그리고는 자식들이며 손자들을, 또 그 아래 중손자들을 바라보실 것 같은 느낌입니다. 그래도 제가 클 때 속을 끓이기는 했어도 교사로 시작하여 마침내 연구원장이 되었으니 좀은 대견스러우실 겁니다. 지난해 낸 책에 이어 또 시골학교 교장 3년 하면서 쓴 교단일지가 책으로 나오니 칭찬도 좀 해주십시오.

동생은 놀기를 좋아하나 그래도 산에 다니면서 운동을 열심히 하니 아주 다행으로 여깁니다. 큰손자 원국이는 지난해 학원을 차려 점차 자리를 잡아가고 있고, 원빈이는 집 떠난 지 16년 만에 울산으로 돌아와 좋은 직장에 다니고 있습니다. 주림이도 대학을 마치고 대학원 다니면서 돈도 벌고 있습니다.

아마도 가장 축하할 일은 원희가 언양에서 한의원을 개업한 지 보름 남짓 지났는데 아마 순조롭게 정착할 듯하니 아마 아버지가 살아계셨다면 얼마나 자랑으로 여기실지요.

그밖에 증손들도 가만히 들여다보면 아이들이 참 귀엽고 똘망똘망하여 희망이 있고, 여름이면 한 녀석이 더 태어납니다. 이 아이들이 세상 떠나신 부모님과 형님의 허전한 자리를 메우고 있으니 굽어 살펴주시옵소서. 오늘은 아버지 7주기를 맞아 다시 고마움 새기며 삼가 맑은 술과 정성껏 마련한 음식으로 공경히 제사를 올리오니 어머니와 함께 강림하시어 흠향하시옵소서.

모주전상서母主前上書

유세차 임진(2012) 2월 임진 삭 초닷새 정사에 어언 서른 아홉 번째 어머니 돌아가신 날을 맞아 아들 정호는 엎드려 아뢰옵니다.

아 어찌할까요, 어머니. 세월이 어지간히도 많이 흘렀습니다. 어머니와 함께 한 추억어린 시간들은 까마득히 먼 날들입니다. 세월이 좋아 모양을 내서 그렇지 저도, 집사람도 이제 둘 다 중년을 지나 환갑이 넘은 노년으로 달리는 나이입니다. 요즘 사람들은 대개 오래도 삽니다. 더러 문상을 가거나 하면 망령이 구순 넘은 경우가 허다합니다. 지금 어머니가 살아계신다면 올해로 구순이 되었을 텐데 참 많이도 아쉽습니다.

어머니, 지난해에는 제 둘째 아들이 한의원 개원도 했고, 손녀에 이어 손자도 태어났습니다. 큰아들도 짝을 구해서 오는 5월이면 결혼을 합니다. 작은며느리가 보건직공무원이고, 이번에 맞는 큰며느리는 교육공무원입니다. 이 기쁨, 이 고마움 다 어머니 것입니다.

저는 며칠 뒤부터 다전초등학교 교장이 되어 그곳으로 출근합니다. 학교가 들어선 이곳은 아마도 어머

4

니가 자랄 때 동쪽으로 바라다 보이는 도랑 너머의 논밭이었지 싶습니다. 다전마을 일대가 모두 상전벽해가 된 지는 이미 여러 해 전입니다. 외가에 온 듯, 어머니의 잔영이 보이는 듯 그렇게 생각하면서 기꺼운 마음으로 근무하겠습니다.

　오늘은 어머니 기일을 맞아 다시 그 크신 고마움 새기며 삼가 맑은 술과 정성껏 마련한 음식으로 공경히 제사를 올리오니 후손들 굽어 살펴주시고 아버지와 함께 강림하시어 흠향하시옵소서.

자서自序

한 어버이의 몸을 빌려서 이 세상에 나오면서 저는 '다전 댁 둘째아들'이었습니다. 그 아들은 어릴 적부터 어지간히도 개구쟁이 노릇만 하다가 부모님의 끊임없는 반복 교육을 받아 그나마 이런 책을 낼 정도의 사람이 되었습니다.

불행하게도 저는 어머니를 일찍 여의어서 효도할 기회를 갖지 못했습니다. 어머니만 생각하면 죄인인양 늘 송구스러웠습니다.

어머니께 못다 드린 효도는 그나마 오래 사신 아버지께는 자식 흉내를 좀 냈습니다. 아버지마저 세상을 뜨고 나니 제 자식들이 벌써 성인이 되어 있었습니다.

다 큰 자식에게 뒤늦은 효도를 드리는 모습이나마 보여주고 싶기도 하여 부모님의 기일이 돌아오면 축문 안에 제 마음을 담아 고해 올립니다. 여전히 부모님께 고마워하고 그리워한다는 말씀도 올리고, 집안 이야기, 자식 이야기 등 세세하게 올립니다.

제 삶은 더러 못난 생각을 하다가도 부모님을 생각하면서 제자리로 돌아오곤 합니다. 제 삶의 원천이 부모님으로부터 비롯되었음이니 어찌 그 은공을 헤아리지 않겠나이까.

이렇듯 부모님의 자식으로 태어나서 좋은 가르침 받으며 자라나 가정을 이루었고, 그 가정 안에서 저의 자식들이 자라나서 이제 두 아들 모두 가정을 이루게 됩니다.

그 동안 가족이라는 울타리 안에서 자식들 덕분에 행복한 날들이 많았습니다. 제 자식들도 가정을 이루면서 그랬으면 좋겠습니다.

부모님께 올렸던 글을 다시 책머리에 올리며 이 책을 부모
님께 바칩니다. 누가 고맙다느니 해도 제 아내와 두 아들이
참 고맙습니다.

　　동시에 애지중지 고이 길러서 부족한 저의 자식들 배필로
허락해주신 며느리들의 부모님께 깊이 감사드리는 마음도
여기에 담습니다.

　　이미 우리 가족인 둘째 며느리를 더욱 어여삐 여길 것이라
는 다짐과 이번에 우리 가족에 합류하는 큰며느리를 두 팔
벌려 크게 환영하는 뜻도 함께 담습니다.

2012. 5. 20 다전마을에서

2부 가족이라는 울타리

3부 길 위의 시간들

4부 뿌리 깊은 나무

1부
뒤늦은 효도를 드리며

1부 뒤늦은 효도를 드리며

그해 추석

맑았다가 흐리더니 비가 내리고, 그리고는 또 맑게 개는 음력 8월 열나흘, 모두들 추석을 맞느라고 부산하다. 그런 데 큰 걱정거리가 생겼다. 예년에 없던 명절 차례를 올려야 하기 때문이다. 어머니가 안 계시는 것만으로도 잔뜩 서글 픈 날에 혼상에 올릴 제물을 준비할 사람이 없는 것이다.

남자만 4부자가 사는 우리 집에 이런 일을 맡아야 할 사 람이라고는 없다. 큰어머니는 큰집 제사 준비로 바쁘다지만 숙모님은 오실 줄 알았는데 무슨 일인지 못 오신다니 참 기 가 막힌다.

아침부터 전차에 받친 기분이다. 며칠 전부터 걱정은 했 지만 불이 발등에 떨어진 오늘은 정신이 없다. 차근차근히 준비해 나가면 그리 어려운 일은 아니지만 남자들에게는 모 두가 익숙하지 못한 일들이기 때문이다.

아버지는 장거리를 봐오시고, 형은 밭에 가서 고추, 호박, 정구지를 준비해 오고, 나는 떡쌀을 씻었다. 어느 정도 하면 되는지, 또 어떻게 하면 쉬운지를 옆집 관이 엄마에게 물어 가며 하지만 영 자신이 없다. 대충 재료는 준비되었다. 이제 는 만드는 일이 남았을 뿐이다.

그 사이 나는 빨래를 했다. 한두 가지가 아니다. 그리고는 소꼴 준비가 있다. 좀 많이 베어야만 보름날 소쿠리 들고 나가지 않을 수 있기에.

추석 하면 송편이 상징적인 떡이지만 귀찮은 관계로 설기떡을 했다. 재료만 가지고 가면 방앗간에서 해주지만 그것도 완전히 들어가야 할 것이 부족해서 신통찮다.

해거름에 괴정 고모님이 내려오셨다. 고모 댁에도 제사가 들지만 며느리에게 맡기고 오신 것이다. 겉정은 이모고, 속정은 고모라는 말이 생각난다.

그 동안 고모님은 우리 집을 많이 살펴오셨다. 여자의 힘이 어떤가를 실감한다.

집에 여자가 없다는 것은 바로 모든 것이 어색하고 뭔가 맞지 않다는 것이다. 오늘은 어머니가 돌아가셔서 안 계신다는 그 자체의 슬픔보다도 당장 어머니의 손길이 아쉬워서 더욱 눈물이 나는 것이다.

신이 존재한다면 이런 질문을 던지고 싶다. 과연 신이 인간 생활에 간섭할 수 있는 능력이 어디까지이며, 인간의 삶과 죽음을 좌우할 수 있는지, 아니면 행과 불행에 개입할 수 있는지를 말이다. 신의 가호를 바란다면 모든 것이 이루어지느냐 말이다. 나는 그렇지 않다고 생각한다.

모든 것은 마음에, 즉 마음속에 생각과 행동이 있다. '현자의 마음은 초상집에 있으며, 우매자의 마음은 잔치 집에 있다.' 는 말이 있듯이 그 마음의 종속 여부에 따라 결과가 나오는 것이지 신으로부터의 계시를 받거나 도움을 받는다는 것이 아닌 것이다. 그러므로 신앙생활 역시 그 종교의 교리를 따르기까지, 신념을 갖기까지가 어려울 것이다.

해마다 팔월 한가위 밝은 달은 떠오르겠지만 이제부터는 어머니가 영영 안 계시는 추석이 될 것이니 이 아픈 마음을 누구랑 나눈단 말인가.

굳이 남의 힘을 빌릴 것 없이 나 혼자만의 슬픔으로 간직할 수밖에 없지 않는가. (1973. 9. 10)

어머니께 드리는 편지

■ 어머니 돌아가신 지 20주기에

세월이 얼마나 빠른지 아 어느 새 20년이 흘렀군요, 어머니!
어머니와 함께 한 23년여 시간들만큼이나 흘러간 세월 동
안 묻어져 간 크고 작은 일들을 일일이 아뢰지 못하고 어머
니 제사상 앞에 앉으니 송구스럽고 부끄러움이 앞섭니다. 어
찌 제가 어머니를 잊으리오마는 어머니 안 계신 세상에서 잘
도 살아가는 제 모습이 싫군요. 어머니 음덕 잊고 자만에 찬
심보만 믿고 거만스러워하는 자신은 더욱 밉고요.

어머니, 이미 3년 전에 형님은 종가를 잇는다는 명분으로
큰집에 양자로 갔고 제가 제주 노릇을 하니 왠지 모를 아픔
이 가슴에 닿습니다. 그렇게 걱정하고 못마땅해 하던 그 일
이 어쩔 수 없이 이루어지고 말았습니다. 이런저런 집안의
사정이 그렇게 돌아가니 저로서는 못마땅하기 그지없지만
도리가 없었습니다.

참으로 다행스러운 일이 있어요. 이제 형님이 제게 아주
관대해졌거든요. 저 또한 형님의 건강 문제나 걱정해야 하는
아이, 집안 문제에 대해 힘들어하는 형님을 형제애로 감싸드
리고 힘이 되어주고 싶은 애틋한 마음인 걸요. 늘상 그렇게
가슴 아픈 일만 있는 건 아닙니다. 어머니의 세 아들은 비록
봉급으로 살아가지만 먹을 거는 걱정 안 하는 안정된 직장을
잘 다니고 있습니다.

　일곱 명의 손자 손녀들은 아름이가 좀 걱정이지 다른 애들은 다들 건강하고 영리해요. 헌영이는 고3이 되고 원국이와 원빈이는 고1이 되었어요. 원희는 중2가 되지요. 동생네 아이들 주림이와 슬기는 아주 이쁘답니다. 제 아이는요, 큰 아이 원빈이가 남들이 부러워하는 학성고등학교에 입학했고 중학교 졸업식 때는 큰 상도 받은 걸요. 작은 아이 원희는 670명 중 13등을 했으니 잘 하지요?

　제 이야기를 좀 더 할게요. 어찌 땅을 사고 보니 집 마련에 어려움을 겪다가 결혼 15년 만에 32평 아파트를 마련하여 입주한 지 1년이 넘었네요. 옛날의 어머니와 함께 지낸 토담집을 더러 생각하면 우리 집에 어머니 방을 마련하고 싶더라고요. 보름쯤 전에는 동생 식구, 아버지와 새어머니 모두 하룻밤을 같이 잤지요. 이게 다 넓게는 하느님부터 부모님, 형제들, 친지들의 도움 덕분이지요.

또 저는 참 많이 변했어요. 학교 선생노릇 19년에, 신문 배달 3년 반에, 애비노릇, 남편노릇도 제법 익혔어요. 옛날의 그 게으름은 아직도 남아 있지만 새벽 5시에 기상하여 신문을 돌린다는 건 제가 생각하기에도, 남들 보기에도 어지간하지요. 집사람의 협조가 크지요.

아마 모르긴 해도 어머니가 저랑 같이 사신다면 제 처를 제법 쓸 만한 며느리로 생각하실 겁니다. 꽤 괜찮다는 사람들이 있어요. 착각일 수도 있지만 저를 따르고 좋아하는 사람들도 좀 있어요. 아이들이나 학부모, 후배교사 뭐 그렇지요. 이건 뭐 어머니로부터 배운 옳고 그름에 대한 분별력 덕분입니다. 그래도 아직 제 소갈머리는 좀 못됐어요. 지랄 같을 때도 있어요. 우째 착한 사람 되려고 성당에 나가기도 하지만 잘 안 되네요.

어머니, 오늘은 제삿집이 제법 북적였어요. 우리 식구만도 열다섯이고, 지일 숙모, 운호 내외, 괴정 고모에다 장터 인자 아지매와 민이도 왔어요. 영정을 앞에 놓고 있자니 눈물이 찔끔 나오더군요. 양지쪽 마을 앞 언덕 너머로 어머니는 장에 갔다가 걸어오시고, 다정하게 지낸 이웃 아주머니들과 애기도 나누시던 모습이 눈앞을 스쳤습니다. 빙그레 웃음 지으며 손자 손녀들을 안으시기도 하구요.

아버지 말씀 따라 축문을 형님이 읽으시고 저는 엎디어 어머니 영혼에 빌고 또 빌었습니다. 부디 평안하시라고요. 살아생전 어렵던 그 시절도 어머니의 너그러움으로 다 잊으시고 마음 편히 잘 지내십시오.

어머니, 세상이 너무도 많이 변했어요. 20년 전과는 엄청나게 달라졌어요. 어머니 누운 자리가 너무 시끄럽지요? 우리 동네는 크고 작은 공장들이 들어섰고, 집 주변에는 아파트 공사가 한창입니다. 사람들의 흐름 또한 아주 많았어요. 아마 아실 겁니다. 그때 사시던 집에서 뒷동네로 이사 와서 어머니와는 지척의 거리에 있으니, 저희 집에서 흘러나오는 가정사는 어머니가 들으셔서 좋은 이야기도 많았겠지만 아쉽고 안타까운 마음 드실 것도 많았을 겁니다.

저는 정말 여러 이야기 중 어머니께 간절히 바라옵느니, 아버지께서 건강하게 저희들을 지켜주실 수 있었으면 좋겠어요. 그건 어머니 삶의 연장이기도 하지요. 형님이 몸과 마음이 건강하면 좋겠고요. 또 조카 놈들, 아들 놈들 튼튼하게 크게 해달라구요.

이것 참 안타까운 일을 하나 잊었군요. 어머니 누운 자리가 이제 속 시끄러운 자리가 되고 말았거든요. 그저께는 근대 논뼈치에 있는 5대 조모 산소 있는 곳에 가서 살펴봤어요. 아버지 형제분 모실 자릴 살폈거든요. 그런데 길이 너무 멀고 북풍한설 몰아칠 산등성이에요. 뾰족한 방법이 없어서 걱정입니다. 좋은 수단 궁리해볼게요. 어머니, 못다 한 얘기 다음에 또 드릴게요. 잘 쉬십시오. (1993. 2. 24)

■어머니께 드립니다

維歲次 甲申二月朔 己巳初五日癸酉 孝子政鎬 敢昭告于
갑신년 2월 초닷새에 효자 정호는 고하옵니다.

24

顯　孺人 達成徐氏 歲序遷易 諱日復臨

해가 바뀌어 돌아가신 어머니 달성서씨 돌아가신 날을 맞이하와

追遠感時 昊天罔極 謹以淸酌 庶羞恭伸 奠獻尙 饗

긴 날을 돌이켜 생각하니 하늘과 같은 은혜 그지없사옵니다. 이에 삼가 맑은 술과 여러 가지 음식으로 공경히 제사를 드리오니 흠향하옵소서.

아姒어머니 돌아가신 지 어느 새 31년이나 되었습니다. 그렇게나 많은 세월이 흘렀습니다, 어머니! 오늘이 음력으로 2월 초닷새이니 어머니 기일이고, 파젯날이지요. 어제는 온종일 아내가 중심이 되어 제수를 마련하였고, 저녁 무렵에 어머니 제사를 지냈습니다. 사실은 12시가 되어서 지내는 것이 맞지만 여러 해 전부터 몇 시간 당겨서 그리 하는 걸 어머니도 아실 것입니다.

참배는 우리 삼형제 식구 외에 어머니 살아생전 어려울 때 정을 주었던 인자(재희) 아지매와 종제 운호가 올해도 왔습니다. 참 고맙지요, 그 두 사람이 말입니다. 아버지가 9남매이니 가까운 친척이 그리 많아도 대체로 안 오는 편입니다.

어머니의 제사는 약 20년은 시골에서 모셨고, 그 후로는 우리 집에서 모시고 있는데 성의가 많이 부족합니다. 형님의 백부 입양 이후 제가 장자가 되었으니 그렇습니다. 그런데 어머니, 그런 형식보다는 어머니가 제 마음속에 아직도, 아니 앞으로도 얼마나 많이 차지할 것인지는 어머니가 아실 것입니다. 그러니 너그러이 용서하시고 제물을 받으옵소서.

아무리 생각해도 어머니의 삶은 너무 짧았습니다. 그러니까 1923년 정월 스무 여드레가 어머니의 생신이시니 지금 살아 계셔도 아직 여든 둘인데, 그 해가 양력으로는 1973년 3월 9일, 쉰하나의 연세에 이 세상 하직하셨으니 어이 짧다 아니 하리요. 제 나이나 집사람 나이가 벌써 그 나이를 넘었으니 우리 어머니는 정말 너무 일찍 돌아가셨다는 생각이 더 들더라고요.

　나이 이야기하면 저는 그냥 입을 닫고 싶습니다. 제 친구들도 다들 그러더라고요. '어쩌다가 벌써 이 나이가 되었나.' 하고 말입니다. 사실 얼굴이며, 머리카락이며 이미 신체의 곳곳에 나이 흔적들이 가득합니다. 뭐 그럴 만도 하지요. 아이들이 벌써 다들 성인이 되었으니 말입니다.

　두 아이가 다 남보다 길게 대학을 졸업하고 직장에 다녀요. 남들이 가기 어려운 대학을 다녔고, 지금은 약사와 한의사라요. 아마 어머니가 살아 계신다면 건강에 관한 한 손자들에게 정신적으로 의지가 될 텐데 말입니다. 큰아이는 더러 다니는 회사 약도 이것저것 가지고 오고, 저는 그 중 한 가지를 맨날 한 알씩 먹어요. 작은아이는 한의사 흉내를 제법 잘 내는데, 침이며 뜸, 경락 짚는 것 등도 하고 주로 집사람이 실험 대상이지요.

　아마 어머니가 살아 계셨더라면 손자 자랑을 얼마나 하고 다녔을 텐데 말입니다. 저도 은근히 자랑을 좀 합니다. 남들이 저를 보고 아무 걱정 없겠다는 말을 하곤 해요. 어찌 사람이 사는데 걱정이 없겠습니까만 요즘처럼 취직이 어려운 때 자식 취직 걱정 안 하니 그건 맞습니다요.

그리고 어머니, 저 며느리 보고 싶어요. 정말이에요. 나이 스물여덟이니 그리 적은 나이 아니잖아요. 그런데 이 넘은 아직 느긋하고 많이 무심한 것 같아요. 지 애비 속도 모르고 말입니다. 하여튼 올해를 목표로 하는데 잘 되도록 어머니가 도와주세요. 제가 왜 이러냐 하고 가만히 생각해 보니 여형제 없이 자랐지, 딸 안 키워봤지, 이러니……. 아마 그걸 대리만족하려는지 어서 며느리 봐서 사랑주고 싶어서 그런 것 같아요. 다른 집의 어머니 손자들 여섯도 나름대로 제 역할을 잘 합니다. 형님 댁 큰딸은 목사님 될 사람한테 시집을 갔는데 사람이 참 좋아보였어요.

어머니, 근래에 좋은 일이 좀 많았습니다. 제가 작년에 교감으로 승진했습니다. 또 노래자랑 나가서 상 받았지, 제 이름으로 집안 자랑해서 신문에 크게 났지, 뭐 그랬어요. 언제인가 어머니께 말씀드린 집안일들은 거의 잘 매듭이 지어져 갑니다. 소문중 일은 형님이 중심이 되어 잘 처리되고 있으며, 집안 아제들과도 얽히고설킨 실타래를 잘 풀어서 요즘은 잘 지냅니다.

머잖아 산소 설 자리와 납골묘가 조성되어 집안사람들이 죽어서도 평안한 안식을 취하도록 노력 중입니다.

대단한 일은 또 있습니다. 어머니의 종질, 반구정 종숙모의 둘째 아들 한호 형님이 별을 네 개나 달았어요. 공군참모총장 취임식에 가까운 친척들 모두 다녀왔는데 정말 기분이 좋았어요. 아마 우리 집안에서 이런 가문의 영광이 또 있을까 싶어요. 아 정말 기분 좋았어요.

　아쉬운 이야기를 전해드릴게요. 어머니의 마지막 형제였던 공연 외숙께서 지난 해 세상을 떠나셨습니다. 저 많이 슬펐습니다. 명절이면 찾아뵙던 어른이 안 계신다는 것이 그렇게 허전하고 쓸쓸한 걸요. 외가에 대해 사모곡을 읊는 심정으로 써놓은 글은 언제인가 발표를 할까 합니다.

　어머니 저 부탁 하나 드릴게요. 지금 아버지 건강이 안 좋으십니다. 마음도 심약하신 것 같고요. 저는 그리 생각합니다. 어머니의 짧은 삶의 나머지 몫을 아버지가 사신다고 말입니다. 이왕에 그러했으니 어머니가 조금만 더 돌봐주세요. 좀 더 사셔서 새어머니와 비슷한 시기에 어머니 곁으로 가시도록 말입니다.

　기왕에 말이 나왔으니 드리는 말씀인데 새어머니 좋은 분입니다. 낳은 자식 하나 없어서인지 좀 철이 없으시지만 사람이 착해요. 그리고 어머니의 아들들 셋과 그 배필들 건강도 잘 좀 부탁드립니다. 어머니처럼 그리 되어서는 어머니의 손자들이 좀 그렇잖아요.

어머니, 이제 하직 인사를 올릴까 합니다. 아주 오랜만에 어머니와 나눈 긴 이야기가 스스로 숙연해지는 마음입니다. 어머니의 영혼이 늘 평안하시기를 저도 빌고 또 빌겠습니다. 이 눈물 핑 도는 아들은 언제나 어머니의 음덕을 잊지 않고 살겠습니다. 어머니 돌아가신 지 31주기를 맞아 아들 정호, 삼가 땅 위에서 하늘로 올립니다. (2004. 2. 24)

어머니께 올리는 축문

1.

유세차 무자(2008)년 2월 정미삭 초닷새 신해에 어머니 돌아가신 지 어느 새 서른다섯 번째 기일을 맞아 아들 정호는 엎드려 아뢰옵니다.

다시 해가 바뀌고 어머니 돌아가신 날을 맞았으니 사무친 그리움과 함께 그 크신 고마움 어찌 다시 새기지 않겠사옵니까?

고맙고 또 고맙습니다, 어머니!

하지만 세월은 자꾸만 흘러가고 부모님은 이미 이 세상에 아니 계시니 좋은 일인들 누구에게 아뢰며 슬픈 일인들 누구에게 위로를 받겠사옵니까?

참으로 안타깝게도 오늘 기일에는 늘 함께 하던 어머니의 큰아들은 이 자리에 없습니다. 그리운 어머니를 찾아 멀고

먼 길 서방정토로 떠났기 때문입니다.

　제가 교장으로 승진한 기쁨을 제대로 누리기도 전에 이루 말할 수 없는 아픔을 겪은 지 아직 다섯 달도 지나지 않았습니다.

　더러 웃을 일이 있다가도 문득문득 가슴이 아린 것은 동생으로 태어나 형님이 진 삶의 무게를 나누어지지 못한 죄책감 때문입니다.

　그리고 많이 외롭습니다.

　어머니가 애지중지하던 세 아들은 그 동안 서로 위해주고 의지하며 살아왔건만 어깨 죽지 하나가 뚝 부러지고 말았습니다.

　어머니가 그렇게도 든든하게 믿었던 큰아들이었습니다.

　이리도 슬프고 안타까운 이야기를 아뢰는 제게 어떤 큰 꾸중을 내리실지, 언제쯤에나 용서하실지, 그저 한없이, 한없이 송구스러울 따름입니다.

　좀 더 시간들이 흐르고 어머니의 노여움이 가시면 다시 용서를 빌겠습니다.

　오늘은 어머니 기일을 맞아 송구스러운 마음과 함께 다시 고마움 새기며 삼가 맑은 술과 정성껏 마련한 음식으로 공경히 제사를 올리오니 저희 후손들 굽어 살피사 아버지와 함께 강림하시어 흠향하시옵소서. (35주기)

　2.

　유세차 기축(2009)년 2월 신축삭 초닷새 을사에 어머니 돌아가신 지 어느 새 서른여섯 번째 기일을 맞아 아들 정호는 엎드려 사룁니다.

또 해가 바뀌고 어머니 기일을 맞으니 애타는 그리움과 함께 살아생전 아무 효도도 못 한 회한이 가슴을 칩니다.

그래도 어머니의 자식에 대한 정성 덕분으로 그리 어렵지는 않게 이 세상을 살아가고 있다고 생각하며 늘 감사한 마음입니다.

고맙습니다, 어머니!

어쩌다 세월이 제 나이 예순이 되도록 흘러버렸습니다. 아 정말이지 세상은 뜻한바 이루기는 어려우나 나이 들고 세월 까먹는 일은 얼마나 헤픈지 자주 허망하다는 생각이 들기도 합니다. 특히 지난 해 기일에 아뢴 것처럼 형님이 세상을 뜬 후로는 더욱 그런 생각이 듭니다. 부모님 안 계신 세상에 형님마저 떠나고 없으니 이 무슨 이런 세상에 살고 있나 하는 생각이 들곤 합니다.

지난해에는 어머니의 증손녀 지우와 예윤이가 태어난 기쁨이 있었습니다.

형님이 이 아이들을 봤으면 무척이나 좋아했을 텐데 아이들은 우러러 볼 할아버지 한 분을 모실 복이 없나 봅니다.

형님을 지켜주지 못한 죄책감과 함께 그렇게 홀로 떠나가 버린 데 대한 원망도 다 소용없는 일이고 그저 형님의 빈자리가 표 나지 않도록 열심히 살아가겠습니다.

오늘은 어머니 기일을 맞아 송구스러운 마음과 함께 다시 고마움 새기며 삼가 맑은 술과 정성껏 마련한 음식으로 공경히 제사를 올리오니 저희 후손들 굽어 살피사 아버지와 함께 강림하시어 흠향하시옵소서. (36주기)

3.

유세차 경인(2010)년 2월 을축삭 초닷새 기사에 어머니 돌아가신 지 서른일곱 번째 기일을 맞아 아들 정호는 엎드려 사룁니다.

또 해가 바뀌고 어머니 기일을 맞으니 사무치는 그리움과 함께 살아생전 불효했던 일들이 가슴을 누릅니다.

어머니의 자식에 대한 정성이 아니었던들 어찌 오늘의 제가 있을 것이며, 만사에 형통할 수가 있었겠습니까.

살아갈수록 세상이 그리 만만치 않다는 것을 느끼며 열심히 살면서 자주 그리고 늘 고마운 마음 새기겠습니다.

어머니, 고맙습니다!

어쩌다 세월이 제 나이 회갑이 되도록 흘러버렸습니다.

아 정말이지 세상은 뜻한바 이루기는 어려우나 나이 들고 세월 까먹는 일은 얼마나 헤픈지 자주 인생무상을 느끼기도 합니다.

특히 부모님 안 계신 세상에 형님마저 떠나고 없으니 내 어찌 이런 세상에 살고 있나 하는 생각이 들곤 합니다.

그러나 누구나 그러한 것처럼 삶이 다 그러려니 여기며 다가오는 하루하루를 열심히 살아가겠습니다.

집안일들도 그저 형님의 빈자리가 표 나지 않도록 열심히 살아가겠습니다.

지난 해 한식날에는 지당 할배 비석과 아버지 묘지명을 제 손으로 세웠습니다.

또 지난겨울에는 산성 할배 내외분과 그 세 아드님 내외분 산소도 지역이 개발됨에 따라 하는 수 없이 정리하여 봉안당으로 모셨고, 이번 한식날 전에 고유제를 올릴까 합니다.

요즘에는 어머니의 증손녀 지우와 예윤이가 한창 재롱을 피우기도 하여 그 재롱 함께 볼 어른들이 더 없음에 아쉽기만 합니다.

오늘은 다시 어머니 기일을 맞아 지난 가을에 작성을 완료한 어머니 행장기를 지어 올리면서 다시 고마움 새기며 삼가 맑은 술과 정성껏 마련한 음식으로 공경히 제사를 올리오니 후손들 굽어 살피사 아버지와 함께 강림하시어 흠향하시옵소서. (37주기)

4.

유세차 신묘(2011)년 2월 기미삭 초닷새 계해에 어머니 세상 떠나신 지 어언 서른여덟 번째 돌아가신 날을 맞아 불초 정호는 무릎 꿇고 엎드려 아뢰옵니다.

해가 바뀌고 또 해가 바뀌어 어머니 제삿날을 맞으니 아스라이 피어오르는 그리움과 더불어 못다 한 효도 때문에 늘 송구스럽고 미안한 마음 그지없습니다.

어머니가 그토록 걱정하시던 저는 어머니의 가르침을 늦게나마 되새기며 부단히 노력하여 제 나름대로 남 앞에 나설 수 있는 정도는 되었습니다.

저는 지난 해 9월에 3년 동안의 시골 학교 교장 근무를 마치고 울산광역시교육과학연구원의 원장으로 취임하여 여러 가지 많은 역할을 수행하고 있습니다.

선생을 하다가 교감이 되고, 장학관이 되고, 교장이 되는 것으로도 복에 겨운데 남들이 부러워하는 자리에까지 갔으니 무슨 더 큰 복을 바라겠습니까.

이 자리에서 남들한테 욕 안 먹고 보람을 느끼도록 최선을 다하겠습니다.

곰곰이 생각해보면 어릴 적 어머니가 저에게 너는 금테두를 사주라고 더러 말씀하셨는데 제가 교육공무원이 되고 마침내 종결자의 자리에 갔으니 그게 참 희한하게 맞아떨어진 셈입니다.

어머니가 그런 희망이 담긴 예언을 제게 들려주셔서 이렇게 되었습니다.

어머니, 올해는 제 큰아들 원빈이가 16년 만에 고향 울산으로 돌아와 좋은 직장을 갖게 되었습니다.

작은아들 원희가 언양에서 한의원 개업을 합니다.

여름에는 또 어머니의 증손이 태어납니다.

어머니가 축원해주시면 아마 다 잘 풀릴 것이오니 어머니가 도와주십시오.

오늘은 어머니 기일을 맞아 다시 그 크신 고마움 새기며 삼가 맑은 술과 정성껏 마련한 음식으로 공경히 제사를 올리오니 후손들 굽어 살피사 아버지와 함께 강림하시어 흠향하시옵소서. (38주기)

선비유인달성서씨행장기先妣孺人達城徐氏行狀記

아, 나의 어머니 달성서씨 돌아가신 지 어언 36년이 지났어도 어찌 하루인들 떠올리지 않는 날이 있으리요마는 하해와 같이 크신 그 은혜 엷어질까 두려운 마음으로 공경히 행장을 지어 올립니다.

선비先妣께서는 1923년 1월 23일(음)에 범서면 다전 남쪽 마을에서 아버지 달성인 서장필과 어머니 학성이씨(외조 입암 이여락) 사이의 차녀로 태어나셨습니다. 위로는 오라버니세 분과 언니 한 분, 아래로는 여동생 한 분이 계셨으며, 가까운 일족들이 집성촌을 이루며 살던 그곳에서 성장하셨습니다. 임란 선무원종 1등공신 망조당 서인충 공의 10세손으로 조상에 대한 높은 자긍심이나 집안 어른들이 향교에 출입하시던 분위기로 보아 예법이 몸에 배었을 것입니다.

엄격한 가풍 속에 학교교육을 받을 기회는 갖지 못했습니다. 오히려 스스로 글을 깨우치려는 노력마저도 여자가 글을알면 안 된다는 분위기 속에 밤에는 불빛이 밖으로 새어나올까 봐 창호지 문을 가리고 노력한 끝에 한글을 깨우치고 모필毛筆에 능할 수가 있었습니다. 남아 있는 기록물로 보아 혼인하시기 전에 이미 가사문학이나 편지글, 한글 소설 등을많이 접했던 것으로 보입니다.

당시로서는 다소 늦은 나이인 21세(1943년 음력 11월 19일)에 다섯 살 위인 학성인 이채탁과의 혼인은 운명의 서막이었습니다. 비교적 따습던 친가와는 달리 농소면 약수의 시가

6년 여 동안 일본에 나가 있던 중간에 잠시 나와서 혼례를 올리고 다시 일본에 들어가 약간의 돈을 벌어 해방 직전에 귀국할 때는 신접살림을 꾸릴 정도는 되었습니다.

그러나 대동아전쟁이 막바지에 이르고 사회적으로 불안했던 시기라서 안타깝게도 집과 전답을 마련할 기회를 놓치고 말았습니다.

이로 인해 부군은 속병을 앓게 되었고, 그 후유증은 오래 계속되었습니다. 해방 이듬해인 1946년에 초가삼간을 겨우 마련했고, 맏딸 임주도 얻었으나 돌 직전에 잃는 아픔이 있었습니다.

다행히 1947년 말에 맏아들 수호를 얻었고, 3년 후 차남 정호를 얻으면서 그 어렵던 형편과 남편의 병고, 6·25 전쟁의 고통도 이겨내는 데 힘이 되었을 것입니다.

그러나 이 무슨 변고인지 어머니의 삶은 꼬이기 시작했습니다. 1954년 말 시숙모가 후사 없이 별세하시자 곧바로 남편과 함께 입양되었지만 새로 부인을 얻은 시숙부가 뒤늦게 자식을 얻자 파양되는 과정에서 차마 감당하기 어려운 정신적 고통을 겪으셨습니다. 그 바람에 애써지은 살림집을 처분하게 되었고, 5년 동안이나 남의 집 서포로 전전하였으니 얼마나 힘드셨을까요.

부군이 잠시 내종內從과 운수업을 하던 1958년 여름에 막내아들 성호를 얻으면서 다시 삶에 위안이 되었을 것입니다. 1961년 봄에 자활을 위해 고향을 뜨기로 한 부군을 따라 인근의 못안(제내) 마을로 이사하여 그곳 오두막집에서 12년 동안 사셨습니다. 선산에 딸린 1500여 평의 밭을 일구시느라 일은 버겁고 그 곱던 섬섬옥수는 거칠어졌습니다. 오랫동안 동네 구장을 맡았던 부군의 내조와 병구완에 바빴고, 한창 중고등학교에 다니던 아들들 뒷바라지에 갖은 고생도 마다하지 않으셨습니다.

그 덕분으로 집안은 조금씩 형편이 풀리기 시작했습니다. 부군의 건강도 점차 나아졌으며, 큰아들은 좋은 자리에 취직이 되었고, 둘째 아들도 교육대학을 졸업하고 교사 발령을 앞두고 있었으니까요. 그런데 이 무슨 운명인지 어머니가 쓰러지신 것입니다. 어머니는 1973년 3월 9일(음력 2월 5일)에 뇌졸중으로 하세하셨습니다.

만 50년의 짧은 삶이었습니다. 고생이 거의 마무리되어 갈 무렵 자식들의 효도 한 번 받아보지 못하고 갑자기 세상을 떠나셨으니 남은 가족들은 가슴이 무너져 내렸습니다. 망연자실하던 시간들이 한참이나 이어졌습니다.

많은 이웃 분들도 함께 눈물 적시며 어머니의 마지막 길을 배웅했습니다. 선비의 휘는 봉순鳳順이었으며 시집 온 이후 30여 년 간 다전댁으로 사셨습니다. 어머니의 삶은 너무도 애달픈 여자의 일생이었기에 자식들은 지금도 여전히 마음 아파하고 있습니다.

선비께서는 체격은 작으셨으나 사체四體가 바르고 늘 얼굴에 화기가 돌았습니다. 사람을 가리지 않고 친절하시던 모습과 어려운 이들에게 인정 베푸시던 측은지심을 주변사람들은 기렸습니다. 살림 규모가 크던 지당 이모 자문 역할을 자주 하신 것은 사리에 밝으셨기 때문일 것입니다. 밝은 예법으로 큰일에도 앞장서셨습니다.

집안이나 이웃 사람들의 혼사 때마다 예단 물목 쓰시던 모습이 이제야 그게 자랑으로 다가옵니다. 정성스레 장만하시던 장맛이나 동지에 쑤어주셨던 팥죽, 해 넘기면서까지 먹던 김장김치 등 어머니의 손끝에서 우러나오던 음식 맛도 입가에 맴돌다가 사라지곤 합니다.

어머니께서는 부군의 오랜 신앙身恙 뒷바라지와 자식교육에 각별한 정성을 쏟으셨습니다. 어려운 형편에도 겨울이면 어김없이 조청에 들깨를 재어 건강을 챙겨주시던 모습은 아내로서의 귀감이 될 만한 부덕이었습니다. 그 덕분이었는지 아버지는 어머니보다 31년이나 더 사셨는데 2004년에 돌아가실 때의 연세가 여든 일곱이었습니다. 자식들에게는 사람의 근본과 예를 자주 강조하시며 배우는 일을 게을리 하지 말기를 당부하셨습니다. 제가 더러 어긋나다가도 다시 제자리로 돌아올 수 있는 탄성을 가졌음도, 배움을 기피하지 않고 무언가에 골몰할 수 있음도 모두 어머니의 가르침 덕분이라 여기고 있습니다.

돌아보는 어머니의 삶 속에는 애잔한 그리움이 곰삭고 있습니다. 여름 밤 모깃불 모아놓고 길쌈일 하시던 날들이며, 이웃 분들 모여 호롱불빛 아래에서 어머니가 손수 베껴 쓴 이야기책을 음률에 맞추어 한 소절씩 낭랑히 읽으시던 겨울밤을 추억합니다. 어머니가 두드리던 다듬이소리와 숯불 담아 다림질하던 어느 날의 아침녘 풍경도 떠오릅니다.

아주 어릴 적 어느 봄날 외할머니의 별세 기별이 왔을 때 비녀 꼽은 머리 풀고 소리 내어 곡하시던 어머니 모습을 기억합니다. 가끔씩 다녀오시는 친정 길도 잦은 애사로 인해 밝지 못했습니다. 맏동서가 늦은 나이에 또 딸을 낳았다는 소식이 왔을 때도 섧게 우셨습니다. 입양으로 인해 뼈저린 고통을 겪으신 어머니는 다시 당신의 맏아들을 빼앗기는 예단을 하셨나 봅니다. 이렇듯 어머니의 삶은 운명처럼 다가오는 현실의 벽을 뛰어넘느라 더러 힘들어 하셨지만 평소에는 자주 웃으시고 밝은 모습이셨습니다.

아쉽지만 어머니는 50년의 삶, 그게 현실에서는 전부였습니다. 하지만 어머니 삶의 흔적은 연연세세 이어질 것입니다. 어머니가 낳고 길러주셨고 옳은 길 가도록 가르쳐 주셔서 큰아들이 대학교육 행정 전문가 역할을 탁월하게 수행할 수 있었으며, 둘째아들이 학교 교장까지 할 수 있고, 막내아들이 대기업에 근무할 수 있었습니다. 이 모두가 다 어머니 덕분이 아니겠는지요. 그런데 때로 궂은 일 닥치거나 못난 생각 떠오를 때는 어머니께 참 미안하기도 했습니다.

그래도 좋은 일 있을 때는 어머니 떠올리며 자랑하고 싶었습니다. 어머니의 며느리 얻었을 때, 우리 형제들 좋은 직장에 취직하고 승진했을 때, 여덟 명의 손자 손녀 얻고 좋은 학교 들어갔을 때 모두 어머니의 그늘이거니 여겼습니다. 이미 증손자들이 여럿 태어났으며, 앞으로도 어머니의 음덕에 힘입어 좋은 배필과 결혼하여 그 아래 증손들이 줄을 이어 태어날 것입니다.

이제 어머니 돌아가신 지 수십 년 세월이 흘러 세상이 놀랍게 바뀌고 살아가는 형태도 달라졌습니다. 어머니 사시던 옛날의 그 모습은 온데간데없고 상전벽해가 되었습니다. 수

많은 사람들이 세상을 뜨고 조상님 산소마저 온전히 지킬 수 없었습니다. 그래서 몇 년 전에 동대산 산마루에 널찍이 터를 잡고 흩어져 계시던 조상님도 모셔오고, 세상 뜨는 후손들도 영면할 추모지소를 마련했습니다. 그 옆에 어머니 유택幽宅도 옮겨와서 지금은 양지바르고 풍광 좋은 곳에 아버지와 나란히 누워 계십니다.

불초 소생 정호는 이제 우리 가정이 복되도록 건사해 나가야 할 강한 책무를 느낍니다. 가장으로서의 역할뿐만 아니라 집안 문사에도 앞장서야 하고, 교육일념으로 후학들의 본보기가 되어야 합니다. 어머니께서는 더러 제 행신 바르지 못하면 준엄히 꾸짖어 주시고, 어려움에 이르러 힘들어하면 지혜를 내려주십시오.

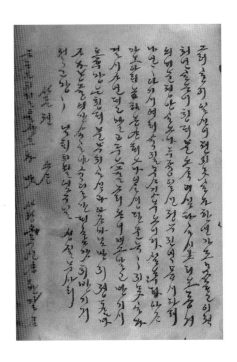

아 우러리 볼 어머니의 행신은 정령으로 되살아나 햇살처럼 따사롭게 혈육들을 비추실지니 수많은 날이 가도 저마다 어머니를 흠모하며 세상에 나아가 빛이 되겠나이다.

　우리 어머니 유인儒人 달성서씨의 행적을 더욱 정연하게 마름질하고 싶지만 재주가 여기까지이니 가납하여 주시옵소서. (2009. 10. 26)

아버지의 딸

아들만 둘을 둔 내게 사람들은 종종 딸이 없어서 서운하겠다는 말을 건네곤 한다. 요즘 같이 자식을 많이 두지 않는 세월에 어찌 딸 아들을 두루 갖추기를 바라겠는가. 그저 운명이려니 생각하며 서운해 하기보다 오히려 아들 둘을 든든하게 생각하며 살고 있다.

아버지 팔자에도 딸이 없었는지 슬하에 아들만 셋 두셨다. 자랄 때도 여형제가 있었으면 좋겠다는 생각을 하곤 했지만 그것이 그리 불만일 수는 없었다. 아들 없어서 애간장 태우는 집보다야 훨씬 나았으니까.

없는 살림에 자식들 공부시키시느라 힘들게 사신 덕분에 아들들은 그런 대로 밥은 먹고 산다. 아버지가 바라보시는 며느리들도 그리 못마땅한 정도는 아니라고 본다. 그럼에도 불구하고 아버지는 늘그막에 딸을 얻어서 그렇게 정을 쏟으며 사이좋게 지내셨다. 아무래도 시아버지 입장에서는 며느리가 만만하게 대하기가 어려웠는지도 모른다.

아버지가 원래부터 딸을 생산하지 못한 것은 아니었다. 해방되던 해에 첫딸을 얻었으나 첫돌 직전에 할머니의 등에 업혀서 오징어 다리를 빨다가 삼키는 바람에 그만 딸을 잃어버리는 아픔을 겪으셨단다. 그 후 당신은 딸을 얻지 못했으며 평소 딸을 많이 부러워하셨다.

그런 아버지께서 칠순이 다 돼서야 이웃에 사시는 좋은 분을 양딸로 정하여 인정을 나누며 사셨다. 지금은 내가 누님이라고 부르는 이분은 흔히들 '범 아구리' 라 할 정도로 힘든 가정을 당당하게 꾸려나가는 모습에서 아버지가 반하신 것이었다. 그런 아버지와 외롭고 힘들 때 자신의 넋두리를 들어주고 격려해주실 분을 찾던 딸의 처지가 맞아떨어진 사이라고 생각된다.

60대 후반으로 내게 누님이 되는 이 분의 운명도 참 기구한 인생 역정의 주인공이다. '이것이 인생이다.'라는 텔레비전 프로그램의 주인공이 되고도 남을 분이다. 평생을 채소밭에서 살았고, 앞으로도 계속 그럴 것이다. 새벽같이 일어나 움직이기 시작하여 저녁 늦게까지 잠은 거지반 늘 부족한 상태로 그렇게 살아도 무슨 운명인지 좋은 일보다는 궂은일을 훨씬 더 많이 겪은 분이다. 아마 지금도 이런저런 걱정거리가 많은 모양이다. 원래부터 큰 체격에다가 타고난 성품이 활달하고, 사리분별력이 분명하여 자신의 삶을 능동적으로 개척해나갈 분이지만 얄궂은 운명은 이분을 늘 시험대에 올려놓고 흔들지 않았나 싶다. 생전의 아버지는 딸에 대해 이런 소회를 남기셨다.

"양딸이니, 정한 딸이니 하지만 이런 인연을 맺기 전부터 말을 놓고 지낼 정도로 관심을 달리하고 지냈으나 남이 볼 때는 남녀가 유별한데 예를 갖추어 대하였다. 속으로는 남의 딸 같이 생각하지 않고 내 피를 이어받은 딸 이상으로 정이 깊어진 것이 지금의 아버지가 되고 딸이 된 것이다. 20년이 넘도록 욕심을 내고 탐을 낸 것이라 이제는 변할 수 없을 만치 깊은 정을 느끼며 살고 있다."

딸은 아버지가 병원에 계실 때 늦은 일을 마치고 피곤할 텐데 매일같이 찾아주셨다. 아버지가 운명하실 때는 세 아들이 모두 종신을 못했는데 아버지의 딸은 어머니, 막내며느리와 함께 임종을 지켜보셨다. 별세 직후부터 섧게 우시며 못다 한 정을 못내 아쉬워하셨다. 조문객들은 보는 이마다 누구냐고 물으면서,

"딸 없는 집에 초상집 분위기 나네. 어느 친딸인들 저리 슬픈 눈물을 흘릴꼬. 참 정이 대단한 두 분 사이로구나."

하고 이야기 나누곤 했다. 아버지의 딸은 손님 접빈 일도 앞장서서 친딸 못지않게 역할을 다하셨다. 큰일을 자주 쳐보고 부녀회장도 다년간 해본 경험이 있는지라 그 많은 손님들을 아주 휜칠하게 잘 처리하셨다.

요즘 사람들은 부모가 돌아가셔도 옛날과 달리 사설辭說조로 읊어가며 곡哭을 할 줄도 모르고 하지도 않는다. 그런데 아버지의 딸은 실타래를 풀어나가듯 이야기를 섞어가며 섧게 우셨다. 그 사설은 삼우제 때도, 탈상 기간 안에 세 번 들었던 초하루 보름 삭망 때도 계속되었다.

못다 한 이야기는 우리 형제들에게 세세히 들려주셨다. 듣고 보니 참 울만도 하다는 생각이 들었다. 아버지는 평소 딸이 당신에게 잘한다는 이야기는 했어도 당신이 딸에게 어떻게 한다는 이야기는 들은 바가 없었다.

아버지의 딸 사랑은 딸의 아버지 사랑 못지않게 극진했단다. 매일 한 번씩 딸의 일터를 둘러 가시고, 채소 씨앗이 떨어졌다고 하면 자전거를 타고 달려가 사다주시고, 생선 사오시다가 다섯 마리 중 세 마리를 주고 가시곤 했다. 볼일도 대신 봐주시고, 노래자랑 나가라고 신청해주시는 등 딸을 위한 일이라면 마다하지 않으시고 다 해주셨다. 한 마디로

사랑이란 받는 것보다는 주는 것임을 몸소 실천하신 것이다. 또 그렇게 하신 것이 당신의 큰 기쁨이요, 살아가는 힘이 되었을 것이다.

두 분 사이에 오고간 정리情理들은 나들이에서도 잘 나타나곤 했다. 어디를 나가시면 두 분은 손을 꼭 잡고 다니셨다. 다리 불편한 어머니는 홀로 두고 두 분이 소풍 나온 아이들 마냥 즐거운 표정으로 이것저것 구경하시던 모습을 보며 빙그레 웃은 적이 있다. 하여튼 평소 고함이나 된소리뿐만 아니라 기쁨이나 칭찬 등 감정 표현도 거의 없으시던 당신이 딸에게만은 예외였다.

아버지는 딸에게 여러 가지 모습으로 자상함을 보이셨다. 어찌해야 할지 판단이 서지 않는 일을 물으면 사람다움과 양심에 근거한 올곧은 길로 인도해 주셨단다. 답답한 일이 생겨 늦은 밤이라도 찾아가 하소연하면 일일이 응대하시며 위로해주셨다니 며느리가 다 알면 배 아플 일이다. 아버지가 돌아가신 후의 딸은 못 다한 정리를 넘어서 자신의 처지를 하소연하기도 하셨다.

"아부지요, 아부지요. 내 이 답답한 속을 누구에게 하소연하겠능교. 내 모르는 것 이제 누구에게 물어야 되겠능교. 아부지가 날 그리 좋아해 주신 힘으로 여태 살았는데 나는 이제 어째 사꼬."

물론 아버지만 잘 대한 것은 아니었다. 어버이날에는 친자식들의 꽃보다 항상 먼저 아버지의 딸의 꽃이 먼저 꽂혀 있었고, 생신이며 명절에도 떨어져 사는 아들네들보다 먼저

46

아버지를 챙기셨다. 아버지가 좋아하시는 사탕은 떨어질 날이 없었고, 때때로 보약도 지어오셨단다.

사람은 누구나 늙는다. 늙으면 별로 할 일도 없고 역할도 주어지지 않는다. 그리고 죽는다. 아버지는 더러 인생무상에 대해 때때로 우울해하기도 하셨다. 그러다가 그렇게 돌아가셨다.

그런 과정에서 만난 아버지의 딸은 아버지의 삶을 지탱하게 해주었고, 재미를 느끼게 해주었으니 아들 입장에서 그렇게 고마울 수가 없다. 피를 나누지 않아도 사람이 사람을 사랑하고 아낀다는 것이 얼마나 아름다운 일인가.

아버지가 돌아가신 지 30여 개월이 지났다. 이제 남은 일은 당신이 살아생전 이미 죽음을 예견하고 남긴 심중록을 비碑로 세우는 일이다. 세워놓고 후회하지 않도록 형식과 내용을 구상 중이지만 아직은 머릿속에 정리된 게 없다. 어떤 형태이든 살아생전 아버지께 딸이 있었음도 포함시킬 예정이다. 다시 한 번 두 분이 서로 나누었던 정리에 대해 진정 경의를 표해마지 않는다. (2004. 6. 26)

아버지의 자전거

아버지의 살아생전 모습은 많은 사람들에게 자전거와 함께 기억되고 있다. 그만큼 아버지와 자전거는 오랜 세월동안 함께 한 날이 참 많았다는 이야기가 된다. 그만큼 자식들에게는 아버지의 자전거가 큰 자랑이었다. 연세가 많은 아버지의 안부를 물을 때면 으레,

"다전어른 요새도 자전거 타시나?"

이와 비슷한 물음을 던지곤 했고, 나보다 아버지를 더 자주 보는 지인들은,

"야, 느거 아부지 대단하더라. 그 연세에 아직도 자전거 타고 다니시데."라고 말하며 인사를 나누곤 했다. 그럴 때마다 기분이 좋았던 것은 두말할 필요가 없다. 아니 괜히 우쭐해 하곤 했다. 아버지가 남들에게 그렇게 비쳐졌음이 얼마나 자랑스럽던지!

아버지의 자전거 역사는 아마 소싯적인 왜정 때부터 시작되었던 것 같다. 1939년에 도일하여 1945년 해방되던 해 봄에 귀국선을 탈 때까지 만 6년간 일본에 계실 때 자전거 타는 법을 배우지 않았나 싶다. 내가 성장하던 5~60년대에는 아버지가 자전거 타시는 모습을 본 적이 없다. 60년대에 10여 년 동안이나 동네 이장을 맡아서 면사무소를 자주 드나들면서도 그냥 걸어 다니셨다.

그런데 아버지가 50대 중반이던 70년대가 시작될 무렵 자전거 타는 것을 따로 배우는 과정 없이 이용하기 시작하셨다. 마을 앞을 지나던 도로가 포장되어서 자전거 타기에 좋은

48

환경으로 바뀐 덕분일 것이다. 아버지의 자전거는 초반에는 주로 운송수단을 겸한 이동수단으로 이용하시다가 후반기에는 주로 이동수단으로만 이용하셨다.

나이가 들면 근력도 떨어지고 판단력이나 몸의 균형감각도 떨어지게 마련일 것이다. 그런데 30여 년을 탔던 자전거를 아버지는 생애 최후의 병원에 입원하기 직전까지 타셨다. 지난 4월에만도 자전거를 타고 호계장에 가서서 사 오신 전어회를 두 번이나 얻어먹은 적이 있다. 이런 경력으로 미루어 아버지의 자전거는 꽤나 유명할 수도 있겠다는 생각이 든다.

시골에서 자란 우리 세대 사람들은 대개 자전거를 무척이나 갖고 싶어 하던 물건이었다.

웬만한 거리는 걸어 다니던 그 시절에 사람이 페달을 밟아 생긴 힘으로 바퀴를 돌리면서 앞으로 나아가게 만든 자전거가 얼마나 신기한 물건이었겠는가. 걷는 것보다 훨씬 빠르지, 어떤 도구에 탄다는 것이 또 얼마나 재미난 일인가 말이다. 또래 아이들 사이에 어쩌다 자전거가 하나 생기면 타는 법을 배우고자 무진 애를 쓰곤 했다.

불행하게도 나는 남들보다 짧은 다리가 땅바닥에 닿지 않아 배우는 데 애로가 많았다. 거기다 왼손잡이니 다른 사람들은 바닥에 지지시키는 세움대가 있는 쪽에서 타면 되지만 나는 그 반대쪽에서 타야 했으니 어려울 수밖에 없었다. 겨우 조금 익혀갈 무렵에는 꿈속에서도 자전거 타는 모습이 나타나곤 했다. 마치 당구를 처음 배울 때 천장에 당구대가 왔다 갔다 하는 것처럼.

지금의 자전거는 운송이나 이동수단 기능보다는 주로 여가활동이나 스포츠용으로 이용되고 있지만 내 기억 속의 자전거

는 그와 많이 다르다. 술도가의 말통을 주렁주렁 달고 배달
하던 자전거나 산더미처럼 쌓은 짐을 싣고 '따릉따릉' 울리
며 지나가던 자전거의 모습이 눈에 선하다.

어느 핸가 토요일에 울산농고 학생들의 자전거 행렬이 아
주 길게 꼬리를 물고 경주로 향해가던 모습도 그렇다. 아마
학교에서 자전거 통학생들을 모아 하이킹을 가던 중 단체로
쉬기 위해 내가 다니던 중학교에 들어온 모양이었다.

아버지도 당시에 약수에 있는 큰집이나 중봇들에 있는 논
에 자주 드나드실 때 자전거를 이용하셨다. 나도 1976년도
에는 집에서 오리쯤 떨어진 약수초등학교에 발령을 받아 자
전거로 출퇴근을 했다.

아마 그 당시는 이동수단으로서의 자전거가 전성기였을
것이다. 자전거방도 성업을 이루었으니 자전거 공장도 한창
재미를 봤을 것이다. 마치 요즘의 차처럼 집집마다 자전거
가 있었다.

젊은이들은 그것도 차랍시고 기름걸레로 닦아서 차체나
휠이 반들반들하도록 윤을 내곤 했다. 심심찮게 타이어 펑
크가 나기 때문에 튜브를 때울 재료나 본드 같은 기본 장비
나 공기주입기도 다들 갖고 있었다.

이래저래 아버지의 자전거는 짐차여서 웬만한 물건들은
다 싣고 다니시면서 이동과 운반 수단을 겸하여 활용 빈도
가 매우 높았다. 그러나 이때는 아버지도 50대 나이였기 때
문에 남들 다 타는 자전거여서 평범한 일상인지라 주목받을
일이 아니었다. 아마도 아버지가 생업이던 농사일을 접고
소일할 정도로만 하시던 70대 중반부터 남들에게 주목받지
않았나 싶다. 젊은이들은 오토바이나 자동차로 이동 수단의

주류가 바뀌어도 아버지는 여전히 자전거였다. 다만 짐자전거가 아닌 일반형으로 바뀌었을 뿐이었다.

농소 지역에서 평생을 사신 아버지의 자전거는 일제강점기 때 전국적 명성을 날린 엄복동의 자전거만큼이나 유명하다. 아버지의 이동 대상지역은 멀어야 대략 오리 이내였다. 고향 마을인 약수와 생활 중심지인 호계장을 중심으로 몇몇 군데이니까.

아버지의 볼일이란 대체로 사람을 만난다거나 물건을 사는 일과 농협, 보건소, 행정관서 등지에 드나드는 일이었다.

아버지의 노년은 뚜렷이 무엇을 하는 일이 없었으니 생활의 변화가 필요했을 것이고, 그러자면 볼일을 만들어서라도 자전거를 타고 바깥출입을 하시지 않았을까 생각된다.

한 번씩 시골에 가면 차가 많아 위험하고 힘드실 테니 자전거 타는 일을 그만두시기를 권하기도 하는데 그럴 때마다 당신은 이렇게 말씀하셨다.

"걷는 것보다 자전거 타는 것이 쉽다. 걷는 것이 오히려 협심증 때문에 숨쉬기가 힘들고, 무릎 관절이 안 좋아서 걸으면 무리가 가는데 자전거를 타면 괜찮다."

이 말씀을 가만히 새겨보면 자전거를 움직이는 데 필요한 근력이나 균형감, 판단력 등이 앞의 두 가지 이유보다는 쉽다는 이야기가 된다. 아버지의 필요에 의해 자전거를 탔을 뿐이지, 남다른 건강생활을 유지하기 위한 방법이 아니었기에 알고 보면 결코 큰 자랑이라고 말할 수는 없지만 그래도 자랑은 자랑이었다.

4월 하순 무렵 입원하신 이후 돌아가시기까지 38일간 병원생활을 하시는 동안에도 아버지의 자전거는 자주 화제가 되곤 했다. 그래도 살아나갈 수 있다는 희망을 조금이나마 가지고 계시던 입원 기간의 중반까지 아버지의 자전거는 자랑이고 희망이었다. 다녀간 문병객들 중 상당한 수가 아버지의 자전거 타시던 모습을 연상시키며 90에 가까운 노인이 참 대단하다고 이야기하면 병석의 아버지는 입가에 웃음을 머금은 채,

"내 인지 일라면 또 자전거 안 타나."

라고 말씀하시면서 한참이나 자전거 이야기를 이끌어 가곤 하셨다. 그러나 아버지의 자전거는 끝내 부활하지 못했다. 주인 잃은 자전거는 초상을 마치고 보니 누군가에게 줬는지 시골집에 보이지 않았다. 이제 아버지는 자전거 타는 풍경을 많은 이들의 기억 속에 남기고는 하늘로 가는 자전거가 되었다. 저승 세계에서도 아버지의 나들이에 자전거가 늘 동행하기를 기원한다.(2004. 7. 4)

아버지께 올리는 축문

1.

유세차 을유(2005)년 4월 임진삭 초열흘 신축에 아버지 첫 기일을 맞아 효자 정호는 엎드려 고하옵니다. 해가 바뀌고 아버지 돌아가신 날을 맞아 지난 1년을 돌이켜 생각하니 날이 지날수록 하늘과 같은 은혜 그지없사옵니다.

아버지를 땅으로 떠나보내시던 날 어머니를 31년 만에 동대산 능선에 함께 이장하여 나란히 모실 수 있었음을 그나마 다행으로 여기며 애달픈 마음 달래었습니다. 장례식 후 발견된 아버지의 심중록은 남은 가족들에게 더욱 아픈 마음을 갖게 했지만 세태가 여의치 않아 49일 만에 탈상을 하고 천도의식을 가지면서 아버지와 어머니 영혼이 하늘에 올라 영원한 안식을 누리시기를 간구하였습니다.

작년 가을에는 반구정 종숙모도 세상을 떠나심에 따라 아버지 산소 아래에 아제 산소도 이장하여 나란히 모셨으니 아마도 아래 위 오가시며 살아생전 못다 나눈 종반간의 정을 한껏 나누었으면 합니다. 비슷한 시기에 아버지의 삼종제인 채한 아제, 채원 아제도 세상을 떠났습니다.

윗대 산소가 온전치 못하여 걱정하던 중 장래를 보아 납골묘에 모시기로 하고 공사를 시작한 지 10여 개월 만에 지난달에 준공을 보았습니다. 아마도 아버지께서 누우신 자리 옆이니 아시리라 생각합니다. 중조이신 휘 일민 할아버지 내외분을 비롯하여 늘 가까이서 모셨던 휘 지회 못안 할아버지 내외분, 휘 형재 이원할아버지 내외분 등 여덟 분의 선령들을 우선 모셔와 봉안하였습니다.

참 좋은 일도 있었습니다. 아버지의 첫 손녀인 헌영이가 아들을 낳아 오늘 이 자리에 같이 참배하고 있습니다. 이렇게 세대가 바꿔어가나 봅니다. 아뢰옵건대 저희 형제들은 부모님 은공 잊지 않고 열심히 살아가겠습니다. 크고 작은 손자들도 반듯하게 잘 성장하도록 돕겠습니다. 늘 마음에 끼시던 어머님이나 누님도 건강하게 잘 살아가시도록 살펴주시옵소서.

늘 평안하시옵기를 기원 드리며 오늘은 삼가 맑은 술과 정성껏 진설한 음식으로 공경히 제사를 드리오니 강림하시어 흠향하시옵소서. (1주기)

2.

유세차 병술(2006)년 4월 정해삭 초열흘 병신에 아버지 두 번째 기일을 맞아 효자 정호는 엎드려 고하옵니다.

해가 바뀌고 아버지 돌아가신 날을 맞아 지난날을 돌이켜 생각하니 하늘과 같은 은혜 그지없사옵니다.

세상은 빠르게 흘러가고 그 속의 우리들은 바삐 살다보니 미쳐 부모님 은공을 잊고 사는 것 같아 오늘따라 송구스러운 마음입니다. 하지만 어찌 제가 부모님의 고마움을 잊을 리가 있겠습니까?

어렵게 살면서도 자식들만큼은 반듯하게 키우려는 그 일념으로 갖은 고생 마다 않으시고 사시던 그날들이 저희들에게는 시린 아픔이자 아련한 추억이기도 합니다.

　살림집을 지을 때의 고생담이며, 파양으로 인한 말할 수 없는 고통이며, 남의 집 서포를 전전하며 살던 부모님의 젊은 날들을 기억합니다.

　일찍이 속병을 얻어 머리맡에 소다 가루 떨어질 날이 없었고, 한때 장티푸스를 앓아 길게 누워 계시던 파리한 모습의 아버지도 떠오릅니다. 자주 드시던 개고기나 조청에 들깨 재어 드시던 그런 음식들이 아버지의 건강을 지켜주었고, 저희들에게도 먹는 즐거움을 주었지요.

　고향인 약수를 떠나 못안으로 이사하시어 살면서부터 황토밭과 씨름하며 수박밭을 가꾸시거나 배나무, 복숭아나무를 심던 새로운 시도와 동네구장 일을 맡아 동분서주하시던 중년시절의 아버지 모습도 그립습니다. 가만히 생각해보면 초가삼간 오두막집에서 다섯 식구가 도란거리던 그 소리가 바로 행복이었지 싶습니다. 아 어느 새 아버지의 그 나이를 넘어 제가 쉰일곱 세상을 살고 있습니다.

　아버지 육신을 땅으로 떠나보내고 영혼이 하늘로 오르시던 2년 전의 그날처럼 오늘도 비가 옵니다. 삼가 맑은 술과 정성껏 진설한 음식으로 공경히 제사를 드리면서 아버지 영혼이 안식하시기를 기원 드리오니 이 빗줄기 타고 어머니와 함께 강림하시어 흠향하시옵소서. (2주기)

3.

유세차 무자(2008)년 4월 을사삭 초열흘 경술에 아버지 네 번째 기일을 맞아 효자 정호는 엎드려 아룁니다. 다시 해가 바뀌고 아버지 돌아가신 날을 맞아 사무치는 그리움과 함께 하해와 같은 은혜 다시 새기고자 합니다.

세월은 이리도 빨리 흘러 아버지 돌아가신 지 어느 새 4년이 흘렀고, 저는 이런저런 일로 바삐 살다보니 부모님을 추모하는 마음이 엷어지는 것 같아 무척이나 송구한 마음입니다. 그러나 세월이 아무리 흐른다고 해도 어찌 부모님의 고마움을 잊을 것이며 함께 하던 추억의 시간들을 잊을 수야 있겠사옵니까?

그런데 이제는 형님이 세상을 떠남으로 해서 그 추억도 평생을 씻어내지 못할 아픔도 함께 되새겨야 하니 어찌 이리 세상 일이 야박하고 원망스러운지요.
두어 달 전 어머니 제사 때 아뢴 적이 있습니다마는 형님마저 이승을 떠난 지가 일곱 달째입니다. 참으로 기가 막히고 눈앞이 캄캄한 일이었지만 아픈 가슴 저미며 용기를 내어 세상을 살아가고 있습니다.

지난겨울에는 고조부 지당 할배 내외분 산소를 파묘하고 봉안당으로 모셨습니다. 명절 차례며 큰집 제사도 모십니다마는 그럴 때마다 가슴이 아픕니다. 며칠 뒤에 열리는 약수 문중 화전 준비도 그렇습니다.

이럴 때는 형님이 앞장서고 제가 따라가며 능히 감당해내 겠건만 제게 짐을 맡기고 떠난 형님이 좀은 원망스럽습니 다. 하지만 어찌 죽은 형님을 원망하며 더 못난 동생이 되기 를 바라겠습니까? 다시 마음 다잡아먹고 집안 일 잘 해내겠 습니다. 아버지도 제게 형을 지켜주지 못한 동생이라 책망 만 하지 마시고 용기와 격려를 주십시오.

감사와 공경의 달인 양력 5월입니다. 이 좋은 계절에 아버 지 기일을 맞아 삼가 맑은 술과 정성껏 진설한 음식으로 공 경히 제사를 올리오니 어머니와 함께 강림하시어 흠향하시 옵소서. (4주기)

4.

유세차 기축(2009)년 4월 경자삭 초열흘 기유에 아버지 기일을 맞아 효자 정호는 엎드려 사뢰옵니다. 아버지 돌아 가신 지 어느덧 다섯 해가 지나는 동안 다시는 돌아오지 못 하는 먼 길 가신 줄 알지만 늘 고마운 마음과 함께 그리운 정은 말로 다 할 수 없음을 아버지는 아시는지요.

곰곰이 생각해보면 제가 성장하던 시기나 젊은 날의 모습 은 아버지께 참 못난 아들이었을 뿐만 아니라 속만 썩이던 애물단지였음을 제 아이들의 머리가 커지면서 더욱 그런 생 각을 하게 됩니다.

그나마 제 스스로 위로 받고, 아버지를 기쁘게 해드릴 수 있었던 일은 조상님에 대해 관심을 가지면서였지 싶습니다. 저의 그런 노력에다가 아버지와 나누었던 대화가 도움이 되어 이제는 저 나름대로의 안목을 갖게 되었으니 아버지 덕분이라 생각합니다.

가끔씩 아버지를 찾아뵈올 때마다 이런저런 옛날이야기를 나누면서 적어두었던 기록물들을 정리하여 연보집을 만들어 후손들에게 물려줄 수 있었음도 제게는 자랑입니다. 정말 자랑은 동대산 능선에 어머니와 함께 나란히 모셔놓고 한 번씩 찾아뵈올 때마다 편안히 누워계시는 모습입니다.

이제 그 자랑에 자랑 하나를 더 보탰습니다. 아버지가 남기신 글을 '자찬묘지명'으로 이름 지어 지난번 한식날에 비석을 세워놓고 보니 정말 기분이 좋습니다. 신선이 되신 아버지를 오가는 많은 이들이 바라보며 부러운 눈길을 주고 있기 때문입니다. 늘 그렇게 그 자리에 계시면서 지난해에 태어난 두 명의 증손녀들 어여삐 살피소서.

오늘은 아버지 기일을 맞아 다시 고마움 새기며 삼가 맑은 술과 정성껏 마련한 음식으로 공경히 제사를 올리오니 저희 후손들 굽어 살피시고 어머니와 함께 강림하시어 흠향하시옵소서. (5주기)

아버지와 함께한 마지막 시간들

♣ 1.

어버이날 전날 택배로 카네이션 두 송이 받았습니다. 5월 8일 아침 일찍 병원에 갔습니다. 병상의 아버지와 보호자인 어머니의 가슴에 꽃을 꽂아드렸습니다. 아들이 보내온 것을요. 서서히 사그라들고 있는 아버지의 생명이 뻔히 보이는데도 아무 것도 할 수 없는 아들은 목이 멥니다.

통증 억제제 때문에 혼미한 정신 상태를 거듭하고 계시는 아버지는 결정적 고비를 넘기고 겨우 버티고 계십니다. 사람의 마지막 모습은 다들 이렇게 쇠잔할 대로 쇠잔해진 모습으로 간다더군요. 어제는 까만 밤을 병원에서 간병하며 뜬눈으로 새웠습니다. 안타까운 모습의 당신은 말씀하십니다.

"가서 자거라, 일찍 자거라. 놔둬라, 괜찮다, 어제나 오늘이나 똑같다……"

종종 또 이렇게 말씀하십니다.

"오줌 눠야지, 세수해야지……"

그놈의 기침과 가래가 아버지를 힘들게 하고 오줌이 성가시게 합니다. 온 팔뚝이 바늘구멍으로 멍이 들어 있습니다. 참 힘드실 것 같은데 당신은 잘 모르십니다. 통증 억제제가 정신도 마비시키고 있다는 사실을요. 아버지와의 하직 인사가 더 길어질 수도 있다는 생각이 들기도 합니다.

♣ 2.

장례식 후 책갈피에서 찾은 아버지의 글입니다. 병원 입원하시기 직전에 쓰신 것으로 보입니다. 더러 잡문은 쓰신 것을 본 적이 있지만 이런 시는 처음 봅니다.

87세로 돌아가시기까지 동네의 큰 어른으로 존경받으셨던 아버지는 평생을 촌부로 사신, 그냥 무식을 면한 정도이지만 참 반듯한 분이셨습니다.

담담히 자신의 운명을 받아들이시며 병원에서도 양반 소리 들으며 지내셨습니다. 병석에서 자신의 장례를 걱정하며 하나씩 가르쳐주셨고, 마치 도인처럼 점심까지 밥을 드시고 임종 직전까지 말씀하시다가 조용히 돌아가셨습니다.

조용히 아주 쉽게 운명하신 아버지께 진심으로 감사드립니다. 5주 동안 뒷바라지하며 효도할 기회를 주심에도 깊은 감사를 드립니다. 이제 육신은 땅에 묻히셨으되 영혼은 하늘에 올라 편히 쉬십시오.

*아버지의 글은 '자찬묘지명'으로 묘비명을 붙여서 2009년 한식에 비를 세웠습니다.

♣ 3.

오늘로 꼭 14일이 지나갑니다. 꿈에 그리듯 아버지는 그렇게 가고 안 계십니다. 여러분의 걱정 고맙습니다. 마음 추스르고 일어서려 하고 있습니다. 그러나 아직은 큰일을 마친 후 뒷일이 곳곳에 있어서 정리 기간이 필요하군요. 저 역시 슬픔보다는 안도의 마음이 더 큽니다. 부디 아버지의 영혼이 하늘에 생시에 도움 주셨던 고마운 분들 찾아뵙고, 곳곳에 인사드리고, 행정적 처리 완료하고, 상속성 재산 처리하고 뭐 일이 많더군요. 그러나 아직도 몇 가지의 문제는 있습니다. 산소 돌보기, 새어머니 모시기, 49일 탈상과 빈소 상식 올리기, 삭망 지내기, 상석의 글자 추가하기 등 일이 많지만 잘 해내겠습니다. 아직은 상중이라 좀은 몸을 낮추면서 서서히 현실로 돌아오렵니다. 전화, 문자, 블로그 등에서 지지를 보여주신 여러분께 진심으로 감사드립니다.

♣ 4.

많은 분들의 위로를 받으니 한결 힘이 납니다. 세상에 오직 한 분밖에 안 계시던 아버지를 떠나보냈습니다. 다시는 뵈올 수 없다는 슬픔과 안타까움은 뒤로하고 무사히 장례식을 잘 마쳤습니다. 평소 가고 싶어 하시던 곳에 돌아가신 어머니와 나란히 묻히셨습니다. 장례 후의 처리도 깨끗이 마무리 지었고, 형제간 사이좋게 의논하여 아버지께 누가 안 되게 처리했습니다. 잘 마무리한 데 대한 안도로 마음이 가벼운 편입니다. 감사합니다.

♣5. 조문객에게 보낸 답례 글

금번 불초 소생의 외간상에 위로와 부의를 보내주심에 진심으로 감사드립니다.
염려 덕분으로 분향 범절을 갖추어 상례 절차를 큰 실수 없이 마쳤습니다.

소문중 산지(농소 매곡동 파군산 정상에서 남쪽 능선)에 명당을 골라 선비 묘소도 이장하여 나란히 모셨고, 지금의 어머니 산소 또한 미리 마련해두었습니다.

10개월여 투병기간 중에도 아버지께서는 큰 동요가 없었고, 약 5주 동안의 병원생활도 비교적 담담하게 수용하시면서 당신의 장례 절차까지 가르쳐주신 그 은혜 이루 말할 수 없지만, 그냥 지켜볼 수밖에 없는 자식은 가슴이 미어졌습니다.

다행히 돌아가실 때 편안한 모습을 보여주셔서 많이 안도했습니다.

빈소는 평소 당신이 거처하시던 방에 마련하였고, 49일 만에 상복을 벗을 예정입니다.

여든일곱 해를 사신 아버지가 늘 자랑스러웠고, '큰바위'처럼 느껴지던 아버지를 더는 뵈올 수 없다는 슬픔을 그나마 좀은 지울 수 있었던 것은 평소 걱정하시던 묘소를 정중히 모실 수 있었고, 남은 가족들과도 더욱 화합할 수 있는 기회가 된 점입니다.

하세하시면서까지 자식들에게 베풀어주신 고마움을 늘 가슴에 새기면서 사람다움을 강조하시던 유지를 받들며 살고자 노력하겠습니다.

다시 한 번 조문에 머리 숙여 감사드립니다.

♣ 6. 연보집을 마무리하며

아버지는 참 어려운 세상을 사셨습니다. 일제강점기에 기울어버린 집안에서 태어나셔서 제대로 교육을 받기는커녕 생존에 허덕이는 젊은 날을 보내셨습니다. 우리 부모님 세대들은 개인이 지닌 가정환경도 중요한 요인이 되겠지만 시대적 상황이 우여곡절을 겪을 수밖에 없는 구조를 갖고 있었던지라 아버지 또한 순탄하지 못한 삶을 사셨습니다.

젊은 시절에 크고 작은 구비를 많이 넘기신 탓인지 56세의 어중간한 연세에 배우자를 잃고도 아버지의 인생의 후반기는 대개 무난했습니다.

60을 넘기신 후로는 일부 잔 구비는 있었지만 대체로 평탄한 삶을 사셨거든요. 소싯적에 얻은 위장병이 오히려 호전되었고, 시력도 돌아와 돋보기 없이도 신문을 읽으시니 자식으로서 무척 기뻤습니다. 심장이나 무릎이 다소 좋지 않다거나 틀니를 끼고 보청기를 끼워야만 하는 불편함이 있었지만 오래오래 사셔서 자식들이 기댈 언덕이 되고 바위처럼 지켜주시기를 바랐으나 결국 운명하셨습니다.

통증 완화를 위해 놓은 주사제로 인해 맑지 못한 정신임에도 불구하고 거의 흐트러진 모습을 보이지 않으셨습니다. 늘 자신은 '괜찮다, 일찍 자거라.' 하시며 간병하는 가족들에게 그다지 역정을 내지 않으셨습니다. 다만 돌아가시면서도 다소 졸갑증을 내기는 하셨으나 마치 도인처럼 자신의 운명을 예감하신 듯 장례 절차를 점검하시며 비교적 담담히 자신의 운명을 수용하셨습니다.

한편 자식들은 간병하면서 옆자리의 병석에 계시던 노인분들이 돌아가시던 모습을 보면서 겁이 좀 많이 났습니다. 대개 암과 싸운 기간이 길수록 혹독한 통증으로 인해 너무 힘들어하셔서 우리 아버지도 저러면 어쩌나 하는 걱정을 안 할 수가 없었거든요.

자식들의 바람이 통했던지 아버지는 쉽게 숨을 거두셨습

니다. 아버지는 점심을 드시고 약간의 시간이 흐른 후 조용히 절명하셨습니다. 숨을 몰아쉬지도 않은지라 아들들을 불러 모을 시간도 주시지 않은 채 그렇게 가셨습니다. 뭔가 이상 징후를 감지한 막내며느리의 연락을 받고 곧장 달려간 아들들은 누구도 종신을 하지 못했습니다. 10여 분만 기다리셨어도 마지막 가실 때 손을 잡아드렸을 텐데 하는 아쉬움이 무척이나 큽니다.

하지만 어찌 모두를 바라겠습니까. 편히 가신 아버지의 명복을 빌며 수년 전부터 준비해왔던 아버지의 연보를 정리하였습니다. 혹여 착오가 있을지 모르고 자칫 바른 삶을 사신 아버지의 흔적을 잘못 전달할지도 모른다는 걱정이 되기도 합니다. 사람은 죽어서 이름은 남긴다고 합니다. 아버지는 그냥 촌부의 삶을 사셨습니다. 학식이 깊다거나 글을 많이 아는 선비도 물론 아닙니다.

특히 이번에 가족 이야기를 엮으면서 연보를 재정리하게 되었습니다. 제가 작성한 이 기록물이 후손들에게 길이 전수되어 할아버지가 어떤 삶을 사신 분인지를 이해하는 데 도움이 되기를 희망합니다. 누구나 가족사가 있습니다. 저의 가족이 아닌 분들은 이 자료를 참고하여 각자의 부모님 연보를 정리하는 데 도움이 되면 좋겠다는 생각도 해봅니다.

선고 이채탁공 연보
先考 李埰鐸公 年譜

★학성인鶴城人, 자 : 한암翰岩, 택호 : 다전茶田(음 1918년 8월 9일~2004년 4월 10일, 양력 5월 28일 15시 15분)

★조상님 제사를 올릴 때 생시에 어떤 분이었는지 잘 모르면 공경하는 마음이 덜합니다. 누구나 삶의 기록은 중요합니다. 아버지의 삶을 알고 싶었고 자식들에게도 들려주고 싶었습니다. 이에 저는 고향집을 찾을 때마다 대화를 통하여 아버지의 삶을 정리하여 당신께 보여드려서 교정을 받았습니다. 그리고 돌아가신 후 49재 때 아버지 연보집을 영전에 올렸습니다.

▶1918년(음 8. 9) 출생하시다.

-경상남도 울산군 농소면 중산리 894(현 울산광역시 북구 중산동) 약수에서 부 이남걸과 모 경주최씨(가암) 사이에서 넷째(차남)로 출생하시다. 충숙공 19세손이며 난은공 휘 한남 11세손, 이휴정공 휘 동영 9세손이기도 하다.

-조 휘 수련(산성, 영월엄씨), 증조 휘 경복(지당, 고령박씨), 고조 휘 형재(이원, 경주최씨, 현풍곽씨), 5대조 휘 지회(못안, 흥려박씨, 김해김씨)

-외조 휘 세걸, 외조부는 정무공 잠와 최진립 후后로 내남에서 경주 교촌으로 나와 사셨으며, 당시 서울까지 출입하시는 등 경주 지방의 큰 선비이셨다.

-보문댁 등 세 분의 외숙 아래 여러 분의 명석한 외종(외사촌)이 있었으나 해방 전후 사상의 소용돌이 속에 거의 멸문

지화를 입게 되었고, 오직 한 분(최현홍)만 살아남아 대를 이어 오고 있다(진외육촌 : 최해충, 대구 거주).

　―이종으로는 경주 양동에 손영호 씨가 살고 있다.

▶1924년(7세) 고난의 행군을 시작하시다.

　―1800년을 전후로 임란 전후 7대 만석을 누리던 세도가 월 진문중의 영화가 막을 내리면서 5대조(휘 지회)께서 이원, 화정을 거쳐 약수에 정착하게 된 집안은 증조부(휘 경복) 대에서는 수백 석 지기는 넉넉히 할 정도가 되었다.

　―인물 또한 재종 증조부 학남조(휘 경권)와 종 증조부 연동조(휘 경조) 두 분이 당대의 대표적인 선비를 지낼 정도로 울산의 명문가가 되었다. 혼맥을 보더라도 외가가 경주의 명망가였고, 진외가가 충의공 엄흥도 후后인 산성엄씨인데 천석지기 이상의 부를 지닌 집안이었다.

　―그러나 연이은 초상과 혼사, 홍수, 분가 등으로 가세가 급격히 기울어 유년기에는 그나마 비婢(유모俞謀의 모母)의 보살핌을 받기도 했지만, 종택마저 지키지 못하고 덕산숙부의 살림집으로 옮기면서 고난의 행군이 시작되었다.

−그 후 여러 차례 남의 집 아래채를 전전하다가 일본에 나가 계시던 계부季父의 도움을 받아 현재의 큰집(원래 차일댁 집)에 정착하게 된다.

*일본 종조부(휘 상걸, 영수)가 일시 귀국하여 보니 당신의 어머니(산성 조모)가 기거하고 있는 모양이 목불인견이라 1936년 무렵에는 집을, 1942년 무렵에는 뒤뜰 논 5마지기를 마련해주시고 다시 일본으로 돌아가셨다고 한다.

▶1926년(9세) 농소공립보통학교에서 수학하시다.
−송정 경신강습소(간이소학교)에서 개교한 농소공립보통학교에 입학하여 현재의 농소초등학교로 옮길 무렵에 약 2년 동안 학교를 다니셨다.

그러나 3학년 봄에 아버지의 심부름으로 세 살 위의 형과 이원에 갔다가 돌아오던 도중 개에게 물려 몇 달간 결석을 하게 된 것이 학교를 그만두게 된 동기가 되었지만 가정 사정이 월사금을 낼 형편이 못 되어 중도 자퇴를 했다고 하셨다.

■1928~1937년(11~20세) 불우한 청소년기를 보내시다.
−이 시기는 기울고 있던 가세가 완전히 바닥을 드러내어 바늘 꽂을 땅도 없을 만큼 가난하였지만, 어려서 소작농도 할 수 없는 형편이라 땔감 구하기, 나무 장사 등으로 연명하다가 17세 때부터 철도공사 노동 등으로 청소년기를 아주 어렵게 보내셨다. 거기다 아버지는 밖으로 나돌았으니 그 어려움이 말 못 할 정도였던 것이다.

* '저 집에는 재물만 빠져나가고 생죽음은 없으니 그나마 다행이다.' 라는 동네사람들의 평가가 있었다고 한다.

■1938년(21세) 객지생활을 처음 경험하시다.-함경북도 청진에서 고물상을 하고 있던 상방어른 제씨弟氏 댁을 연고로 약 3개월 동안 막노동 체험을 하고 돌아오셨다.

■1939년(22세) 일본으로 건너가시다.
-우산 조(휘 민수)와 박수석 씨의 신분 보증으로 여권을 발급 받아 이미 앞서 도일한 덕산 숙부, 막내 숙부, 장현동 내종內從(고종사촌 황재천) 등이 길잡이가 되어 도쿄 근처에서 귀국할 때까지 징용을 피하여 공사장을 전전하며 생활하셨다. 한때는 열대 지방까지 가서 군속 노동을 하였으나 돈벌이는커녕 고생만 하시다가 귀국 1년 전쯤부터 이동 잡화상을 하여 약간의 돈을 만지게 되었다.

▶1943년(26세, 음 11. 19) 혼인하시다.
-왕고종 6촌 서진현 씨의 중매로 망조당 서인충 공의 후后

인 달성인 서장필의 차녀 봉순鳳順(21세)과 혼인하시게 되었다. 실제로는 금천 외숙과 일본에서 같이 기거한 것이 계기가 되었던 것으로 보인다.

　-처의 외조는 본종本宗 이여락(입암)이며 백부는 서장철(지당 조 휘 경복 사위, 자 : 대규, 복규)이시니 서로 겹사돈을 맺었던 셈이다.

　▶1945년(28세) 6년간의 일본생활을 마감하고 5월에 귀국하시다.

　-대동아전쟁의 발발로 3, 4월에 소이탄이 비 오듯 퍼붓는 모습을 보고 죽어도 고향에 가서 죽자는 심정으로 귀국을 결심했으나 관부연락선이 두절되어 귀국에 애로를 많이 겪게 되었다. 전쟁을 피해 만주로 가는 일본인들과 함께 니가타 항을 출발, 며칠 만에 나진항에 도착하여 하루를 묵고 여러 경로를 거쳐 6일 만에 호계역에 닿으셨다. 6년간의 일본생활에 종지부를 찍은 것이다.

　*나진에 정착하여 살고 있는 족종族從(입암 출신) 집에서 하루를 묵었는데 그 분의 4형제 중 3형제가 울릉도에 정착해 산다는 말을 들었다고 함.

　▶1945년(28세) 어렵게 번 돈 3천 원이 종이 짝이 되다.

　-귀국 후 일본에서 어렵게 번 돈 삼천 원으로 무엇을 살 것인가 주춤거리다가 기회를 놓치고 해방을 맞자 그 돈은 종이 짝이 되고 말았다.

　-당시의 그 돈은 논 10마지기와 집 한 채, 채전 밭 정도를 마련할 정도의 큰돈이었는데, 전쟁으로 인한 절망감으로 모치미

던지는 놈(모내기 준비하는 자)은 온 미친갱이, 소깝 찌는 놈
(땔감 준비하는 자)은 반 미친갱이라고 하는 절망감이 팽배하
던 시대 상황 때문에 전답과 집을 마련하지 못한 것이 당신의
일생을 경제적으로 어렵게 살게 만든 가장 큰 이유일 것으로
보인다.

▶1946년(29세) 맏딸 임주를 얻었으나 잃어버리다.
 −1945년 해방되던 해에 첫딸을 얻었으나 첫돌 직전에 산성
할머니의 등에 업혀서 오징어 다리를 빨다가 삼키는 바람에
딸을 잃어버리는 아픔을 겪으시다.
 −이후 1947년에 큰아들을, 1950년에 둘째 아들을, 1958년에
셋째 아들을 얻어서 슬하에 삼형제만 두셨다. 중간에 1956년
아들을 얻은 일이 있으나 조졸早卒하다.
 −그 후 당신은 딸을 얻지 못했고 평소 딸을 많이 부러워하
셨는데 늘그막에 이웃에 사시는 좋은 분을 양딸로 정하여 인
정을 나누며 사셨다.

－흔히들 '범 아구리' 라 할 정도로 힘든 가정을 당당하게 꾸려나가는 모습에 반한 아버지와 외롭고 힘들 때 하소연을 들어주고 자신을 격려하고 지지해주실 분을 찾던 누님(강연화)의 처지가 맞아떨어진 사이로 보인다.

－아버지가 병원에 계실 때 매일같이 찾아오셨고, 세 아들 모두 못 한 종신을 어머니와 막내며느리, 이웃 분(김원도 씨)과 함께 하였다. 별세 직후부터 섧게 우시며 못다 한 정을 아쉬워하였고, 손님 접빈 일이며 딸로서의 역할을 다하셨다.

▶1946년(29세) 20여 년을 병고에 시달리시다.
－이 시기를 전후로 위장병을 얻어서 늘 병고에 시달렸다. 약 17년간 앓으셨는데 흔히들 계절병이라 불리기도 하였다. 다들 머잖아 죽을 것이라는 예측을 할 정도로 심하게 앓았다고 한다.

－우리 형제들은 봄철이 되면 아버지의 머리맡에 놓여 있는 소다 가루나 활명수 등을 자주 보았고, 맨날 무른 밥을 먹었다. 밥이 되거나 하면 신경질적인 모습의 아버지나 전전긍긍하는 어머니의 모습도 많이 봐가며 자랐다.

－계절에 관계없이 솥에는 보신탕이 자주 끓었고, 덕분에 우리들은 어릴 때부터 장복을 한 셈이다. 뿐만 아니라 겨울이면 조청에 들깨를 잰 보충 영양식을 하시거나 한의원에서 지어온 경옥고를 드시는 모습을 자주 볼 수 있었다.

▶1946년(29세) 첫 살림집을 지으시다.
－장티푸스에 걸려 외롭게 투병중인 죽마고우 박계수 씨와 제씨 박경수 씨(사촌어른)에게 매일 같이 찾아가 친구가 되어

준 공으로 두 분 형제의 부친인 차동어른께서 살림집 짓기를 권함에 따라 용기를 내어 집을 짓게 되었다.

　－목수 일은 차동어른이, 채목은 재 너머에서 당신께서 직접 나르시고, 연목감은 못안 선산에서 조달하였다. 집의 형태는 대강 형성되었으나 문을 달 돈이 없어서 장현동 고모댁에 가시어 갖고 가신 옷감 몇 필을 드리고 돈 200원으로 바꾸어 힘들게 집일을 마무리하셔서 그곳에서 1955년까지 사셨다.

　－당시 차동어른의 은공에 대해 전혀 보답하지 못한 송구한 마음을 평생 간직해오시다가 최근 몇 년 전 사촌댁을 찾아가 시어른 제사 비용을 드리며 마음의 빚을 갚았다는 말씀을 하셨다.

　▶1947년(30세, 음 12. 4) 장남 수호 출생하다.
　－농소초 32회　－농소중 9회　－경주상고
　－당시 아버지는 편찮으셔서 큰집 제사에 참배도 못 하고, 혼자 다녀오신 어머니는 강보의 아기인 큰아들을 안고 눈물지으시며,
　"수호야, 네 아버지가 너 스무 살 때까지만 살았으면 좋겠구나. 그리고 어서 자라 큰집 제사에 고기 큰 거 사가거라."고 하시며 우셨단다.
　－이 무슨 운명인지 큰아들은 큰 고기 사가는 것이 아니라 아예 큰집 제사를 모두 떠맡아야 하는 입장이 되었다.

　▶1948년(31세, 음 7월) 깊은 인연 최영준 친구를 만나시다.
　－경주 내남 출신으로 정무공 최진립 선생 후后
　－배配 : 학성이씨 서면파(반계공 휘 양오 후后)

-한의는 물론 한학에도 조예가 깊으셔서 노년에는 자신의 컴퓨터 실력을 유감없이 발휘하여 정무공 후예 선비들의 문적들을 전산화시키고, 보급하는 데 크게 기여하셨다.

정조 때의 명신 질암 최벽의 5세손인데 은퇴 후 경주 내남면 안심리에 질암정사를 지으면서 노년을 보내시다가 2010년 겨울에 돌아가셨다.

-해방 직후 사상의 소용돌이를 피해 약수에 10년 가까이 살게 되셨는데 서로 정 나누기를 돈독히 하셔서 1950년대 중반에 헤어졌음에도 지금까지 인연의 끈을 이어왔던 관계이다.

-자식들도 양가 부모를 '아제, 아지매'로 부르며 남다른 정분을 나누었으며, 아버지 상사喪事에는 거동이 불편하신 아버지를 대신하여 자식들이 조문하였다.

-두 분 모두 아내를 먼저 여의는 불운이 있었으며, 종종 내왕을 했었는데 아래 한시는 오랜 정을 기리며 지은 것이다.
(1998. 4. 16)

| 寄情友李埰鐸回想 이채탁 벗에게 추억을 회상한다 |

於時紊亂焚玉石　때는 민란으로 옥석을 가리잖고
釜山歸路伯仲夕　부산서 오던 길이 7월 보름 저녁이다.
路中咽乾求藥水　노중에 목말라 샘물을 구하다가
倖逢情友李埰鐸　요행히 정든 벗 이채탁을 만났네.
此緣深深寓作鄰　이 인연 깊고깊어 우거하여 이웃되니
晝宵相從利不釋　주소상종 깊은 정 내것네것 가리잖다.
幼女路毒長夜鳴　어린 딸 노독으로 밤새도록 울고
賢妻喜逢思追憶　어진댁 반겨하니 생각사 추억이다.

▶1950년(33세, 음 9. 26) 6 · 25 전쟁 중 차남 정호 출생하다.
　–농소초 36회　–농소중 13회　–경남상고 23회
　–마산교대 3회 –방통대
　– 당시 사상의 소용돌이 속에 위험한 고비를 넘기시고 그 해

여름에 6 · 25가 발발하여 술렁이는 사회적 분위기가 약 3
년간 지속되었다.
　백씨와 당신께서 울산까지 징집당하셨으나 백씨는 태화
강을 도강하여 도망을 가시고, 당신께서는 경주로 가시는
도중에 풀려나셔서 한국전쟁에는 참여하지 않았다. 당시 좌
익의 공산당 활동으로 인해 부락마다 남로당에 가입하는가
하면, 보도연맹으로 억울하게 희생당하는 이가 부지기수였
지만 다행히 화를 면하시고 휴전을 맞게 되었다.

　▶1951년(34세, 음 3. 16) 산성 조모 돌아가시다.
　–산성 할머니(1864~1951)께서 88세를 일기로 세상을 떠
나셨다.
　–친가가 천 석이요, 외가가 이휴정 공의 종가이며 큰 부자

요, 시가 또한 수백 석지기는 넉넉한 집안에 시집오셨고, 손 귀한 집안에 종부로 들어오셔서 4남 3녀를 두셨으니 아주 유복한 할머니셨다.

　-그러나 가세가 기우는 바람에 '내 복은 쳐도 안 나간다.'는 할머니의 복은 인생 후반 30년 동안 곤궁에 처하고 말았다. 전쟁의 와중이니 장례를 제대로 치르기 어려웠을 것이나 돌아가실 당시의 제문이나 애감록이 보존되어 있다.

　-산성 조부님보다 세 살 위시고, 이미 시집오실 때 피우시던 담배를 돌아가실 때까지 피우시고도 7남매를 낳으셨고, 장수도 하셨다. 매일 아침 윗도리를 벗고 머리를 감으셨다니 그것도 장수에 도움이 되었을지도 모른다.

▶1955년(38세) 신호 숙모 돌아가시다.

　-딸만 두 분을 두신 신호 숙모가 돌아가시자 숙부께 입양되어 상주 역할을 맡았으며, 그 후 양부와 합가하여 채 1년을 넘기시지 못하고 파양되시다. 왜, 무엇 때문이었는지에 대해서는 무척 알기 어려운 일이나 기본적으로 제 핏줄을 보시고자 하는 신호 숙부님의 욕구가 작용했을 것이다.

　-양자 또한 상황을 인식하고 스스로 파양을 원했다고 하시니 크게 문제될 일은 아니라고 본다. 다만 양부가 50대 후반에 얻은 아들을 끔찍이 좋아하시던 나머지 어린 아들이 병이 나자 굿을 하는 과정에서 궁중비사에나 나옴직한 그런 모함이었으며, 이로 인해 양쪽 모두 엄청난 희생을 감수해야 했다.

　-숙부님은 양산 물금으로 이거하셨다가 돌아가신 후 고향 땅에 묻히셨고, 당시 새댁이었던 처는 엄청난 정신적 고통에

시달려야 했다. 이 일로 인한 후유증으로 일찍 상처하게 되는 이유 중의 하나가 되었을지도 모른다.

　-합가 당시 살림집을 처분하시는 바람에, 파양 후 못안으로 이사하시기까지 5년여 동안 덕동댁 아래채, 원산댁, 덕산 조모댁 등으로 이사를 다니시며 남의 집 곁방살이를 하게 되었다. 혹자는 중보 논을 양부로부터 받은 재산으로 아는데 이는 전혀 사실이 아니며, 집을 팔았던 돈이라고 아버지는 강조하신다.

　-그곳에서 셋째 아들을 낳았으나 일주일 만에 잃었다. 원래 부모님은 4남 1녀를 생산하셨으나 3형제만 키우셨다.

　■ 1958년(41세) 내종(고종사촌) 황재천과 운수업을 하시다.

　-살림집을 팔았던 돈을 밑천으로 장터 내종과 운수업을 시작하셨으나 10개월 동안 중고 트럭이 계속 고장 나는 데다 당시 물량이 많지 않아 별 재미를 못 보고 투자 금액만 찾아 나오시고 그만 두시다.

　-자식들의 기억에는 막내아들을 낳을 무렵에 그 사업을 하셨고, 과자나 양말, 옷가지 등을 가끔 사오셨던 기억이 있다.

　▶1958년(41세, 음 6. 3) 셋째아들 성호 태어나다(덕산숙모댁).
　-농소초 44회　-농소중 21회　-학성고 7회
　-울산대 전자계산학과

　▶1961년(44세, 음 1. 23) 외간外艱, 아버지 돌아가시다.
　-중풍을 장기간 앓으시던 아버지께서 돌아가시다 (1888~1961, 6남 3녀).

▶ 1961년(44세, 음 2. 17) 못안(제내)으로 이사하시다.

–선영이 딸린 밭을 일구어 생계에 보탬이 될 목적으로 초가삼간 오두막집을 구입하여 못안으로 이사를 하셨다(신천리 296, 제내).

–당신은 그 후 억새풀뿌리와 배수가 잘 안 되는 진흙과 줄기차게 씨름하신 끝에 일반 작물은 물론 참외, 수박 등도 재배하셨고, 배나무, 복숭아나무도 심었다.

–남이 부칠 때보다 훨씬 많은 밭세를 큰집에 드렸음에도 불구하고, 과수를 심은 후 채 수입도 있기 전에 집안 일부에서 세수 문제를 거론하자 과일나무들을 모두 팔아버렸다. 자식들은 이 일에 대해 두고두고 서운한 마음을 금하지 못했으며, 이런 일들이 집안 족숙이나 족조에게 감정을 갖게 되는 시발점이 되었다.

–큰집에 밭세를 바치거나 묘제를 준비하는 외에 세수 일부를 적립시켜서 밭머리 땅 40평 구입, 선조 묘소 상석 비용 마련 등 위선 사업에 누구보다 공이 컸다고 자식들은 자부한다.

▶1961년(44세) 마을 이장을 맡으시다.

–1961. 5. 16 박정희 군사정권이 들어서면서 구습을 타파하고 새로운 질서를 형성시키고자 하는 정부의 방침에 따라 마을 이장을 교체함에 따라 이사 온 후 곧바로 동네 일을 맡게 되셨다.

–그 후 1970년까지 약 10여 년 동안 이장을 맡으셨는데 1965년에 추곡수매 유공 울주군수 표창, 1966년 농소면사무소 개축 기념 농소면장 표창, 1967년에 농업통계 경상남

도지사 표창 등을 개인 또는 부락 단체로 수상하셨다.

▶1973년(56세, 음 2. 05) 처상妻喪, 상처하시다.

 -약 30여 년 동안 남의 집 아래채와 오두막집에 기거하시며 동고동락하면서 삼형제를 성장시킨 조강지처(1923. 01. 23~1973. 02. 05)를 잃은 아픔을 어찌 말로 다 표현할 수 있었으리요.

 -젊은 시절부터 남편의 위장병 수발, 파양으로 인한 심적 고통, 어려운 살림살이 등 무수한 고생 끝에 큰아들은 중앙정보부 감찰실에 근무할 당시, 둘째아들은 교대를 졸업한 직후, 막내아들이 중학교 2학년에 갓 올라갔을 때인 3월 9일(음 2. 5)에 처는 유인 달성서씨가 되고 말았다.

 -뇌졸중으로 만 이틀을 의식불명의 상태로 성모병원 응급실에서 힘든 숨을 쉬시다가 큰아들이 도착한 지 얼마 안 되어 어머니는 그렇게 세상을 뜨셨다.

 -그 해 큰아들이 정계의 파편을 맞아 실직하고, 5년을 고등학교와 대학에 다니느라 집을 떠나 있던 둘째아들이 돌아와 남자 네 식구가 식사와 빨래를 해결하며 빈소에 상식尚食과 삭망朔望이면 호곡昊哭하던 모습은 눈물겨웠다.

 -비교적 유복하신 가정에서 성장하신 어머니는 글씨에 능하고 예법에 밝은 분이셨다. 이웃이든, 친척이든 모두 밝은 모습으로 대하곤 하시는 모습이 자식의 눈에 선하다. 체격이 작고 연약하신 몸으로 힘든 살림살이에 힘이 많이 부쳤을 것임에도 불구하고 남편의 병구완이며, 자식들 공부 뒷바라지에 정성을 다하셨다.

▶1974년(57세) 두 아들이 새롭게 출발하고 맏며느리를 보다.

－장남은 다시 울산공과대학(현 울산대학교)에 취직하고, 둘째아들은 교사(길천초등학교)로서 첫발을 내딛게 되었다.

－그 해 5월에 큰아들이 장가들었다(함안 조정숙).

▶1975년(58세) 현재의 집을 지어 이사하시다.

－처를 잃은 지 만 2년 만에 현재의 집을 새로 지어 전처의 잔영을 떨쳐버리고자 이사를 하시다. 만 2년 남짓 함께 기거했던 젊은 부인과 헤어지다.

▶1975년(58세) 첫 손녀를 보시다.

－첫 손녀를 보시다(헌영 : 울산여고－울산대 의류학과). 그 후 네 명의 손자(원국 : 울산고－울산대 수학과, 원빈 : 학성고

－성균관약대 대학원, 원희 : 학성고－동국대 한의학과, 원준)와 3명의 손녀(아름, 주림, 슬기)를 더 보게 되었다.)

▶1976년(59세) 둘째 며느리 보시다(김해 김영자).

▶1977년(60세) 재혼(인동 장영애)하시고 두 손자를 보시다.

－반구정 종형수의 주선으로 여름에 재혼하시다.

－가을에 손자 원국, 원빈을 보름 사이에 보시다.

▶1978년(61세) 내간內艱, 어머니 돌아가시다.

－대가의 종부로 일찍이 열일곱 살에 경주에서 시집오셔서 집안의 영화와 몰락을 지켜보셨고, 몸소 갖은 풍상을 겪으시며 사셨던 자당께서는 말년에 안질이 나빠 거의 앞을

보지 못하셨고, 돌아가실 무렵에는 대소변도 가리지도 못하시다가 길고 긴 이승을 하직하셨다(1886~1978, 93세).

▶1979년(62세) 진갑이 들던 해에 세 번째 손자 원희를 보시다.

▶1982년(65세) 큰 누님 돌아가시고(휘 경출, 경주 고모, 76세), 그해 여름 두 번째 손녀 유진이를 보시다.

▶1986년(69세) 셋째 며느리 보시다(월성 이수호)
▶1988년(71세) 세 번째 손녀 주림이를 보시다.
▶1989년(72세) 네 번째 손녀 슬기를 보시다.
▶1989년(72세) 큰아들을 백씨께 입양시키다(7대 주손)

▶1994년(77세) 일본 군마현 거주 숙모와 사촌동생들 만나시다.
−1945년에 귀국하신 후 49년 만에 일본 여행을 하고 돌아오셨다. 절친하게 지내시던 내종(황재천)의 딸을 만나 친절한 안내를 받았으며, 막내 숙부님이 사셨던 군마현으로 가서 숙모님과 종제들을 만나 며칠을 유하며 관광지를 돌아보시고 귀국하셨다.

▶1995년(78세) 백씨 돌아가시다(81세).
▶1998년(81세) 네 번째 손자 원준이를 보시다.
▶2002년(85세) 둘째 누님(휘 임출, 괴정 고모, 90세) 돌아가시다.
▶2003년(86세) 첫 손녀 헌영 시집보내고 손서 보시다(영

월 신창남). 종질 한호 공군참모총장 취임식에 참석하시다.

▶2004년(87세, 음 4. 10) 5월 28일 5시 15분 하세하시다.
  −70대 초에 협심증으로 판명 받아 50여 년을 피우시던 담배를 끊으시고 건강에 유의한 결과 돌아가시던 해까지 자전거를 타시는 등 비교적 건강한 노년을 지내셨다.
  −그러나 폐암으로 판명 받으신 지 8개월여 만에 뇌에까지 전이되어 약 6주간(40여 일) '21세기좋은병원'에서 병원생활을 하시다가 돌아가셨다.
  −5월 28일(음력 4월 10일, 금요일) 오후 3시 15분 절명하시다.

자찬묘지명自撰墓誌銘

이채탁李琛鐸(1918~2004)

함월산含月山 제일봉은 산세도 좋거니와 풍경도 아름답다.
동해를 일망一望하니 추억은 깊어가고
신흥사 종소리는 계명성鷄鳴聲을 재촉하네.
그윽한 솔향기 단숨에 취흥하니 신선이 방불쿠나.
노송老松 그늘 석자 밑에
그립던 두 아내와 나란히 잠이 드니
저승은 어디메요, 극락은 여기로다.
삼남三男 내외 어진 마음 삼령三靈 함께 하니
원願은 무엇이며 한恨은 무엇인가.
비인간 세상이라 인적은 고요한데
지저귀는 산새들은 무슨 사연 서러워서
그칠 줄을 모르는가.
부운浮雲같은 인간 일생 구순九旬성상 짧다 하고
할일도 못다 한 채 서산에 일영日影하니
피골은 고갈되어 거동조차 어둔한 몸
불해不解 한이 아쉽구나.

뒷면 : 묘지명 원문 부착
세운 날 : 2009. 4. 5
세운 이 : 세 아들 가족과 양녀 강연화

82

선고 자찬묘지명 입석 고유문
先考 自撰墓誌銘 立石 告由文

　유세차 기축(2009)년 4월 한식일을 맞아 아들 정호는 엎드려 사룁니다. 아버님 돌아가신 지 어언 5년이 지난 이제서야 남기신 고귀한 글을 '자찬묘지명' 이라는 이름으로 돌에 새겨서 산소 앞에 세우게 되었습니다. 세 아들 가족과 아버님의 딸이 정성을 모았습니다.

　저는 그 동안 읽고 또 읽어도 명문장인 이 아름다운 글귀를 어떻게 하면 더욱 빛나게 할 것인지를 거듭 고심해왔습니다. 그런 고심을 거쳐 이렇듯 자연석에 각자刻字하여 세우고 보니 생전에 못다 한 효도였지만 한결 마음이 가볍고 기분이 그렇게 좋습니다.

　지금 아버님의 비석은 산세 좋고 풍경 아름다운 이곳 산마루에 아버님 산소를 지켜주는 듯, 분신되어 함께 노니는 듯 살아생전 모습처럼 점잖게 서 있습니다. 더러 길손들 지나다가 잠시 머물며 글귀의 뜻을 음미할 듯도 합니다. 어디 이런 문장을 누가 흉내라도 낼 것이며 발상조차 하리오.

　동해를 바라보며 추억에 잠겨 계시는 아버님은 솔향기에 취흥하신 신선이십니다. 지금은 한 아내와 나란히 잠들고 계시지만 머잖아 또 한 분이 함께 하실 것입니다. 원도, 한도 다 잊으신 듯 극락 세상에 닿으셔서 신선처럼 시공간을 넘나들며

84

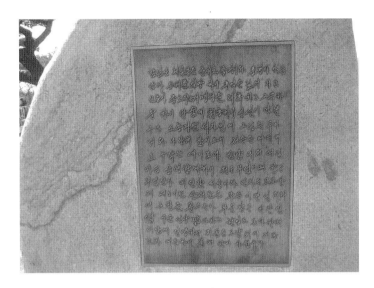

나다니실 것입니다.

　더러 낮달도 비치고, 산새도 지저귀며, 넘나드는 산안개도 맞으시면서 인간 세상을 굽어보실 것입니다.

　자주 시간 내셔서 이 산 저 산 군데군데 누워 계시는 못안 동네 사람들 돌아보시며 생전에 하셨던 것처럼 좋은 말씀 많이 나누어 드리십시오.

　이렇게 비석을 세우고 보니 마치 아버님이 살아오신 듯한 오늘은 참 기쁜 날입니다. 이 비석 세워 아버님께 바치는 고유와 함께 대를 이어 길이길이 보전되도록 정성껏 보살피겠다는 다짐을 하면서 삼가 맑은 술을 올립니다. 정성껏 마련한 음식과 함께 공경히 올리오니 저희 후손들 굽어 살피사 어머님과 함께 강림하시어 흠향하시옵소서.

2부
가족이라는 울타리

2부 가족이라는 울타리

신문 배달

모처럼 오래된 이야기 하나를 시작하려 한다. 우리 가족이 살아온 과거일 수도 있고, 자녀 성장기의 하나일 수도 있는 이 이야기는 바로 신문배달에 관한 것이다. 그러니까 벌써 시작한 지는 20년이나 지났고, 그만둔 지도 15년이 다 되었으니 많이 묵은 이야기가 된다.

때는 1989년 여름방학 8월 초순 어느 날 방송통신대학 공부를 하느라 휴가철임에도 집에 처박혀 있는데 신문 구독 판촉을 나온 사람이 아파트 출입문을 노크하는 것이었다.

"D일보 한 번 보시지요?"

"안 봅니다."

"석 달 공짜로 보시고 11월부터 구독료 받을 테니 한 번 보시지요?"

"안 본다니까요, 나는 H신문 봐요."

"아 그러세요? 그럼 어렵겠군요."

"그런데 전봇대에 보니까 D일보 배달원 모집한다고 붙어 있던데 그거 내가 하면 안 될까요?"

"정말요? 진짜 할 수 있겠어요? 에이, 그거 아무나 하는 게 아닌데……."

이야기는 이렇게 이어졌고, 곧이어 지국장이 음료수 한 통을 사들고 우리 집을 방문하면서 계약이 구체화되기 시작했다. 나는 수련회 갔다가 돌아온 아들들에게 자신들이 신문배달을 하면 도와주겠다면서 권유했다.

내가 신문배달을 하겠다는 이야기는 뒤로 감추었으니 아들은 알 턱이 없다. 큰 아들은 심사숙고 끝에 해보겠다는 의지를 나타내었다.

그 무렵 우리 가족은 야음동의 주공2단지 공무원 임대아파트에 살고 있었다. 나는 거기서 20여 분 걸리는 인근의 남부초등학교에 근무하고 있었고 아들들은 수암초등학교에 다니고 있었다.

마침 6학년을 맡고 있던 우리 반의 어떤 아이가 신문배달을 하면서 종종 남은 신문을 한 부씩 내게 주곤 했는데, 남의 아들이지만 참 기특하다는 생각이 들었다.

그래서 우리 아들도 저런 경험을 했으면 좋을 것 같다는 생각을 하곤 했던 것이 신문배달의 단초가 되었다. 그래서 주체는 아들이 되고 어른은 도와주는 형식의 신문배달이 시작된 것이다.

요즘은 신문배달 인식이 그때와는 엄청 달라졌다. 아이들이 신문배달 하는 그때의 모습은 거의 사라졌고, 보통 아줌마들이 부업 삼아 신문배달 시장을 맡고 있기 때문에 지금은 하고 싶다고 해서 기회가 주어지지 않는다.

하지만 당시의 신문배달은 대개 형편 어려운 집 아이들에게 의존하는 형편이었다. 더러 아이들이 호기심에서 시작했다가 몇 달도 못 채우고 그만두기가 일쑤였던 안정되지 못한 일이었다. 그러다 보니 신문은 배달사고가 잦고 배달원 모집에 애로를 겪을 수밖에 없었을 것이다.

　그런 차제에 어른이 하겠다고 나섰으니 신문지국 입장에서는 아주 반가웠을 것이다.

　아들들을 앞에 내세우기는 했지만 나 자신의 필요에 의해 한 번 해보고 싶은 마음도 있었다. 고등학교 다닐 때 신문배달을 시도하다가 견습 기간도 못 채우고 그만둔 실패 경험도 만회하고, 게으르고 무기력한 방학생활을 떨쳐버리고 싶은 생각이 깔려 있었던 것이다.

　이런 속내를 감추고 순전히 아들들에게 자발적 동기에 의해 신문배달을 시작하면서 노동의 신성함을 몸소 깨우치고 일의 보람을 얻게 하고자 권하였던 것이다.

　또 다른 몇 가지의 목표는 있었다. 하기 싫어도 해야 할 일은 꼭 해내야 한다는 사실을 깨우치고, 주어진 일에 대해서는 모든 어려움을 다 이기고 해내야 한다는 책무성을 갖게 하고 싶었다.

　잠시 하다가 그만두면 아예 시작 안 하는 것보다 못하다는 걸 강조하면서 무엇보다도 한 번 마음먹은 일은 끝까지 해낼 수 있다는 자부심도 갖게 하고 싶었다.

　아들들에게 거듭 다짐을 받아내면서 6개월을 목표로 신문배달이 시작되었다. 새벽같이 일어나 신문 뭉치가 아파트 통로에 도착하면 한 시간 남짓의 강도 높은 노동이 시작된 것이다. 50여 동이 넘는 5층짜리 주공아파트를 식구 넷이서 구역을 나누어 배달을 했다.

　그렇게 시작된 신문 배달은 여름이 가고 가을을 지나면서 점차 어려워졌다.

해가 늦게 뜨고 날씨가 추워진 것이다. 신문배달은 마침내 깜깜한 새벽에 곤히 잠든 아이들을 깨워서 살을 에는 매서운 바람 속으로 내몰게 되었다.

겨우 13살과 11살짜리 어린 아들들에게는 매우 어려운 과제가 주어진 것이다. 추운 날씨만큼이나 아이들을 깨우는 부모의 마음도 아리고 가슴도 아팠지만 기특하게도 아들들은 군소리 한 마디 하지 않고 잘 이겨내었다.

그러는 사이에 몇 가지 재미가 생겼다. 땀을 뻘뻘 흘리며 신문을 배달하다가 모두 마치고 가족들이 생수터에서 물을 마시는 재미, 가끔씩 아침부터 얼음과자를 사먹는 재미 그게 참 좋았었다.

약간의 사례금으로는 주로 돼지갈비를 메뉴로 하는 가족끼리의 외식을 더러 했다. 나머지 돈은 아이들의 용돈과 주방 기구를 구입하는 데 쓰이는 등 효용 가치를 극대화시키면서 가족 간의 유대는 깊어져 갔다.

약속된 6개월이 지나고도 계속되던 신문배달이 두 해째 연말을 맞을 무렵이었다. 부산에서 활동하는 아동문학가 B선생으로부터 전화가 왔다.

지난여름 만났을 때 이야기하던 신문배달 아직도 하느냐고……. 그렇다는 대답을 들은 B선생은 나를 '가족들과 노동의 가치를 몸소 실천하는 교사'로 국제신문에 소개했다.

곧 이어 신문사 데스크에서는 새해를 맞으면서 희망 스토리를 소개할 양으로 사회면에 '교사 일가 모두가 배달원'이라는 타이틀을 달고 톱기사로 다루었다.

1990년 1월1일자 국제신문 사회면에는 우리 가족들이 신문을 옆구리에 끼고 환히 웃는 사진과 함께 신문배달 사연이 세세하게 보도되었다.

이제는 그만두려 해도 좀 뭣하지만 그만둘 생각도 전혀 없었다. 단지 아이들 중심의 활동에서 어른 중심의 배달 체계로 바뀐 것이 좀 다를 뿐이었다. 그렇게 2년 반을 계속하다가 삼산지역으로 이사를 하게 되었다. 1992년 초 선경아파트에 입주하면서부터 지역을 바꾸어 다시 시작된 신문 배달은 새로운 상황을 맞게 되었다.

신문배달 방법이 종전과 많이 달라졌다. 24층짜리 고층 아파트인지라 올라갈 때는 엘리베이터를 타고, 내려올 때는 뛰어내려오면서 신문을 투입구에 밀어 넣는 것이었다.

종전에는 신문을 집 앞에 놓아두거나 던져놓았지만 이제는 신문을 두 번 접은 채 쥐고서 발로 투입구를 열고는 밀어 넣는 것이다.

배달 부수도 많을 때는 500여 부가 넘었고, 가짓수도 10여 가지로 늘어났다. 몇 동, 몇 호에 무슨 신문을 넣어야 하는지에 대해서는 오래 하다 보니 거의 외우게 되지만 신문을 끊고, 새로 구독하고, 이사를 가고 하는 등 가변적이다 보니 배달 명단을 수시로 수정해야만 했다.

신문 사절이 나붙어도 지국의 승인이 떨어질 때까지는 계속 넣어야 하는 것이 배달원의 책무인데 새벽부터 더러 언짢은 소리를 들어야 했고, 가끔씩 지국 사정으로 늦은 배달에 대한 질책도 배달원이 감당해야 하니 더러 불쾌한 상황이 발생하기도 했다.

한때는 수금도 한 적이 있는데 그 또한 만만찮을 때가 잦았다. 사람을 만날 수 없는 경우와 다음에 오라는 상습 체불자가 있기 때문이다. 말 그대로 눈이 오나, 비가 오나, 바람이 부나 많이도 뛰어다닌 날들이었다. 간혹 늦은 술자리나 불가피한 일이 발생하여 애로가 있을 때도 있었지만 용케도 신문배달을 하는 동안 감기나 몸살 한 번 앓지 않았다. 해마다 연중행사 치르듯 하던 병치레를 하지 않은 것은 아마 아프면 안 된다는 정신 무장 덕분이 아닌가 한다.

그때의 숱한 날들 속에는 배달하고 남은 신문을 모아서 폐지 수집상에 넘긴다든지, 불이 날 뻔한 집을 경비실에 알린다든지, 하늘에서 돈이 떨어지는 것을 줍는다든지 하는 기이한 경험도 있지만 언제나 새벽을 함께 한 경비실 아저씨, 야쿠르트 아줌마, 이른 출근길의 회사원들을 보면서 나도 남들처럼 열심히 살고 있다는 자긍심을 갖는 내가 참 자랑스러웠다. 나이 40이 넘어서야 처음으로 갖는 자신감의 발로였던 것이다.

배달을 시작한 지 여섯 해째가 되던 1994년 5월 어느 날 나의 신문배달 이야기를 방송을 통해 할 수 있는 기회가 주어졌다. KBS 울산방송에 '이 사람 작은 얘기' 라는 대담 프로에 출연한 것이다. 일은 거기에 그치지 않았다. 서울 본사에서 연락이 온 것이다. 적극적 고사에도 불구하고 새벽부터 한나절 동안 배달 장면과 학교생활 촬영은 계속되었고, 며칠 뒤에는 KBS 2채널을 통해 인간가족 174번째 '휘파람을 부세요.' 주인공이 되어 전국방송을 탄 것이다.

그 해는 과거에 학부모였던 분에게 권하여 그 분 또한 여러

해 동안 신문배달 을 하고 있었다. 마침 서울에서 KBS 울산방송국으로 발령받은 제자의 외삼촌이 학부모였던 여동생으로부터 얻은 정보가 전국 방송을 탄 계기가 된 것이었다.방송 덕분으로 여기저기서 연락이 오고, 제자들의 안부가 이어지는 등 좋은 일은 많았다.

이듬해 큰 아들이 대학에 들어가고, '맹모삼천지교' 라는 말처럼 작은 아들의 공부를 위해 학교 근처로 이사를 하면서 신문배달은 7년여 만에 막을 내리게 되었다.

많은 시간이 흘렀음에도 그때의 방송 장면을 기억하는 분들이 종종 있었다. 어떤 자리에서 그때 방송에 인터뷰하던 아들들이 나오던데 지금 어떻게 되었느냐고 묻는 것이었다. 다행히 그 물음에 대한 대답이 그리 곤궁하지는 않았다.

"어릴 때부터 줄곧 공부를 잘하고 착하더니 지역 명문 고등학교를 나왔고, 그런대로 괜찮은 대학을 나와 전문 직업인이 되었습니다."

새벽

"야아카아오우!"

나는 섬뜩 놀라 걸음을 멈추었다. 무서울 때는 머리카락이 선다는 말이 실감났다. 아직 몇몇 집밖에 불이 켜지지 않은 이른 새벽에 컴컴한 통로에서 괴상한 울음소리를 듣는 기분 아무도 상상하지 못할 것이다. 너무 소름이 끼쳐 계단을 되올라가 난간에 기대어 고개를 내밀었다. 그때 갑자기 소리 없이 뛰어나가는 것은 눈에 불을 켠 고양이였다.

나는 큰 한숨을 내쉬고, 다시 뛰어 내려갔다. 신문을 다 돌렸을 때는 7시 정도가 되었다.

그 때가 되면 올 때와는 달리 가벼운 몸이 되었다. 우리 동네까지 재빨리 뛰어가 가족과 합류했다.

신문 배달을 시작한 것은 국민학교 6학년 여름방학 때이다. 성당에서 간 산간학교(청소년 수련캠프)에 갔다 오니 아버지께서 신문배달을 해보기를 권하셨다. 처음에는 조금 망설였다. 늦잠만 자던 방학을 좀 더 알차게 보낼 수 있고 몸도 튼튼해질 수 있지만, 신문배달에 대한 사회 인식이 안 좋은 편이었고 고생도 많이 해야 한다.

또 아버지께서 고등학교 때 해보셨던 경험을 들었을 때는 정말 자신이 안 생겼다. 그러나 판촉 나오신 신문사 아저씨의 권유도 있었고, 내 정신력을 테스트할 기회라고 생각하여 시작하기로 결심했다. 처음에는 한 달도 못 하고 그만두면 어떻게 하나 하고 어른들께서 걱정을 많이 하셨다. 그래서

도와주는 의미에서 전 가족이 함께 시작하였다.

처음 일주일은 새벽에 일어나기가 정말, 정말 싫었다. 그러나 고비인 한 달이 지나가면서 점점 나아졌다. 그러다가 도와주던 가족 모두가 다 참여하게 되고 부수도 엄청 늘었다. 그 길로 계속 하다 보니 1년을 넘게 하게 되었다. 엄청난 목표 초과였다. 동생과 나는 중학교에 입학하면서 힘든 것 같아 배달부수를 줄여버렸다. 그리고 지금은 이사 간 아파트에서 새벽마다 24층을 오르내리고 있다.

물론 배달을 하면서 아무 어려움이 없었던 것은 아니다. 시작하고 얼마 안 지나서였다. 5층에서 신문 끊겠다고 신문을 던지는 아줌마도 있었고, 아버지께서는 신문배달 한다고 깔보는 사람과 싸움도 하셨다. 처음 기분 나쁜 일을 여러 번 당했을 때는 이 세상에 착한 사람이 실종된 것처럼 느껴졌었다. 그러나 오랫동안 하면서 이 세상에는 나쁜 사람보다 착한 사람이 훨씬 많다는 것을 알게 되었다.

컴컴한 새벽에 뛰어가는 고양이에 놀라기도 하고, 계단이 잘 안 보여서 미끄러져 다리를 다치기도 했다. 추운 겨울에 신문을 집기 위해 장갑도 안 낀 채 땀이 흐르도록 뛴 적도 있었다. 그리고 일요일이 없다는 것도 괴로웠다.

그렇다고 안 좋은 일만 있었던 것도 아니다. 아침에 온 가족이 손잡고 웃으며 들어오는 것을 우리 이웃이 부러워하기도 했다. 또, 크리스마스 때 어떤 아줌마의 정성어린 선물과 열심히 하라면서 격려금을 주는 아저씨도 있었다.

무엇보다 잊지 못할 것은 우리 가족이 신문에 난 것이다. 좀 더 밝은 기사를 새해에 내고 싶어 하던 국제신문에서 어느 선생님의 소개로 우리 가족을 취재하러 왔었다. 매스컴을 크게 타지는 못했지만 1991년 1월 1일자 신문 사회면 톱기사로 보도되었다.

요즘 우리 주변에는 우리 가족을 따라 전 가족이 신문 배달하는 가족이 생겼다. 기쁜 일이다. 요즘같이 어렵고 힘든 일을 하기 싫어하는 시대에 신문배달을 하는 가족이 생기는 것은 좋은 의미로 생각된다. 아마 이런 가족이 많아지면 우리 사회는 좀 더 부지런해질 것이다.

어릴 때의 이런 경험들이 나에게는 추억이 되었고 좀 더 성숙해지는 기회가 되었다. 우리 학교 후배에게도 한 번 권해 볼 만한 경험이다.

*큰아들의 중학교 3학년 때 한글날 기념 백일장 입상작입니다.

아들에게

♣1. 사랑하는 아들에게

사랑하는 아들 원희야!

한 해도 어느 새 다 지나가고 열흘 남짓 남겨놓은 채 지나온 날들을 돌아보면서 이 글을 쓴단다.

자식이 아무리 나이가 들어도 부모의 눈에는 어리게만 보인다고들 하지. 아직도 너는 내게 귀여운 막내로만 보이는데 벌써 4학년이 끝나가는구나. 유치원 다닐 때까지는 밖을 모르던 네가 금년에는 유난히 밖에 나가 노는 걸 좋아하는 것을 보니 이제는 제법 친구의 소중함을 깨우쳐 가는 것 같구나. 방과 후에 친구들과 야구 방망이에 글러브를 끼워들고 나갈 땐 빙그레 웃음 짓곤 했단다.

4학년이 시작되던 첫날 네가 시무룩해서 집에 왔을 때는 사실 엄마도 많이 섭섭했단다. 모두가 새로 정해진 선생님을 따라 새 교실을 찾아갔는데 마지막으로 남겨진 아이들만 모아 선생님도 안 오신 맨 끝 반이라며 투덜댔지. 그러나 곧 부임해 오신 강사 선생님과 가까워지고 책읽기에 관심을 가질 때는 마음이 놓였단다.

4월과 함께 너는 다시 새 선생님을 만났지. 선생님으로부터 주어진 책임에 대한 엄격함을 배우고, 사랑을 나누어 가지는 여러 가지 학급활동에 난 언제나 마음의 박수를 보냈단다. 너로부터 전해들은 선생님의 생각 깊은 이야기도, 지정된

도시락 반찬 행사도 너의 생각 주머니를 많이 키웠을 거야.

넉넉잖은 형편 때문에 그렇게 좋아하던 피아노 치기를 그만두게 했을 때에는 마음이 무척 아팠어. 다행히 컴퓨터에 관심이 많으니 이번 방학 중에는 컴퓨터를 꼭 마련해 주어야겠구나. 용기 있게 시작했던 신문배달도 50여 일이 지나면 우리가 목표했던 6개월을 채울 수 있게 된다. 빼빼장군 말라깽이 우리 원희의 다리가 오늘따라 튼튼해 보인다.

언제나 건강한 모습의 아들이 되기를 빌면서 이만 쓴다.

(1989. 12. 20)

♣2. 사랑하는 나의 아들 원빈아

지금부터 14년 전 너는 정확히 지금 이 시간보다 15분 후에 태어났다. 종조모와 내가 지켜보는 가운데 성남동 어느 친절한 조산모의 손길에 의해 큰 울음을 터뜨렸지. 네가 태어나고 다시 2년 후 네 동생이 태어나면서부터 방황하던 아빠의 마음도 어느 정도 진정되고 엄마와 함께 우리 가족의 행복은 시작되었지.

사실 난 너와 네 동생의 아빠가 되기 전에는 주어진 운명이 자주 슬프고 우울하게 느껴졌어. 때로 말할 수 없는 좌절과 자신에 대한 불만으로 인해 세상이 원망스럽기도 하고 암울한 시간들도 많았단다. 나를 뒤덮던 가난한 환경이나 부모 형제에 대한 불만도 있었지만 하는 일마다 꼬이고 제대로 안 풀리니까 나 자신에 대한 반성이나 새로운 각오를 다지기보다는 모든 게 싫어지더구나.

나를 이겨내지 못하고 허우적거리기만 하는 나 자신이 얼마나 싫었는지 모른다. 칭찬과 격려라고는 아예 찾아볼 수 없는 집안 분위기도 좀 그랬지. 차마 아들인 네게 털어놓을 수는 없지만 조잡하고 못난 내 마음 때문에 무척 힘들어하던 날들이 있었다. 그나마 나이를 먹고 철이 들 무렵에는 열등의식에 사로잡혀 지내던 그 어렵고 힘든 날들에서 조금씩 벗어날 수 있었어. 그러나 이미 나를 발전시킬 수 있는 폭은 좁아져 버렸고, 별달리 방법도 없고 해서 무형의 보람만 귀하게 여기는교사의 길을 갈 수밖에 없었단다.

그러나 너를 얻고부터는 즐겁고 기쁜 날들이 참 많았단다. 특히 네가 초등학교에 입학한 이후 곧이어 동생이 글을 깨우칠 때쯤 해서는 기분이 아주 우쭐했지. 조그마한 체격이나 악착스런 성격이 어쩌면 그렇게도 나를 빼다 박았나 싶어 '역시 너는 내 아들이다.' 라는 생각이 들곤 했어. 받아오는 성적도 좋았고 각종 그림대회에 나가서 큰상도 여러 차례 받아서 기분이 참 좋았지. 곧이어 동생 원희가 재주를 보일 땐 날아갈듯 한 기분이 들었지. 더구나 그 시기는 아빠도 남들이 받기 어려운 각종 상을 받았으니 말이다.

너희들이 좋으니 너희를 낳아준 네 엄마도 그렇게 좋아지더구나. 네 엄마도 점차 건강이 좋아지는 듯했어. 물론 네 엄마는 너희 형제를 낳고 길러주어서가 아니라 마음씀씀이가 우리 가족에게는 더 이상 바랄 수 없는 좋은 분이라는 걸 나는 잘 안다. 그래서 어느 누구보다 나는 너희 엄마를 사랑하고 있단다.

그런데 너와 네 동생을 자랑스럽게 여기고 있는 이 아빠는 참으로 미안하게 여기는 부분이 있어. 네가 잘 아는 경제적인 부분이란다. 이유야 어떠하든 지금 사정이 어려운 것은 사실이고 앞으로도 당분간은 헤어나기 어려울 것이다. 먼저 네 엄마한테 제대로 된 옷 한 벌 못 사준 것도, 여유 없는 가계 사정도 그렇고, 컴퓨터를 사주지 못한 것이나 네 동생이 그렇게 바라던 피아노를 마련해주지 못한 아빠는 적어도 경제적으로는 무능한 사람일 수밖에 없다.

더욱 답답한 것은 우리들이 살 보금자리인 집 한 채 마련하기도 이렇게 힘들다는 것이다. 렌지나 VTR, 무선전화기, 자동차 같은 문명의 이기를 나도 갖고 싶어. 나도 자가용 몰고 싶고, 너른 집에 살고 싶고, 문명의 혜택을 누리며 살고 싶어. 나나 네 엄마는 클 때도 어려웠는데 어른이 되어서도 이 모양이니 어찌하면 좋으냐 말이다. 그래도 뭐 세상에는 우리보다 더 어렵고 힘든 이웃도 있다고 생각하며 마음 편히 먹어야지 어쩌겠냐.

그렇다고 해서 밥 먹는 걸 걱정할 정도는 아니고, 앞으로는 지금보다 더 나아질 거라는 희망이 있다고 생각한다. 그 희망적 요소는 바로 너와 네 동생이 거의 전부다. 병약하게 늙어 가시는 할아버지나 힘든 병마와 싸우시는 외삼촌, 큰 아빠와 아름이, 집안사람들과의 불화가 요즘은 이 아빠를 서글프게 하고 있다. 또 하나씩 늘어가는 흰 머리카락들도 그런 기분을 부채질하지.

하지만 나에게 보다 소중하고 절실한 것은 너희 형제와 네 엄마란다. 특히 너희 형제는 나에게 무지하게 큰 꿈이고 희망이란다.

우선은 내가 어릴 적보다 너희는 훨씬 착하다는 점이다. 형제간에 우애가 깊은 점이나 부모님께 정직한 점, 남으로부터 칭찬 받으며 자라고 있는 점이 그것이다. 둘째로는 인물도 반듯하고 이목구비가 뚜렷하니 그만하면 됐다고 생각한다. 큰 키는 아니나 나보다는 제법 많이 클 거라는 것과 큰 병 앓지 않고 건강하다는 점도 그렇다. 다음으로는 솔직히 너희 둘은 부모의 학교시절보다 공부를 훨씬 잘한다는 점이다. 내가 보기에는 너희 둘은 머리가 썩 좋은 편이다. 물론 천재는 아니다. 그러나 뛰어난 성적을 내고 있는 아이들만큼 노력한다면 얼마든지 해볼 만한 머리를 지녔다는 것이 얼마나 희망적이냐는 말이다.

그런데 지금의 네 성적으로는 남다른 희망을 갖기는 어렵다는 것이 내 마음을 조급하게 한다. 따지고 보면 너에게보다 나에게 책임이 더 큰 것 같다. 기대만 크고 세심한 배려에는 인색한 아빠이니 말이다. 어쩌면 나는 여태껏 네 스스로 잘할 수 있을 거라는 은근한 기대감 때문이었는지 모른다. 성적 결과와 그 결과를 있게 한 네 노력이 어느 정도 맞아떨어지고 있는지는 잘 모르겠다. 하지만 내 생각에는 네게는 차오를 수 있는 여력과 공간이 아직도 많다는 생각이 들어서 나를 욕심나게 하는 것이다.

사랑하는 원빈아
지금의 너는 그만하면 참 좋은 아이고 능력도 상당히 훌륭하다. 그러나 다시 힘을 내어 힘찬 도약을 해보려무나. 높이 나는 새가 멀리 본다는 말처럼 앞서가는 사람이 되어야만 앞뒤좌우를 살피면서 스스로 운명을 스스로 선택할 수 있는 기회를 많이 가질 수 있단다. 꼭이 부모님의 욕심을 만족시키기 위해서가 아니라 주어진 네 인생을 불꽃처럼 스스로 빛을 발하면서 앞으로 나아가야 하지 않겠나. 공부가 쉬울 바에야 내가 왜 이런 간곡한 부탁을 하랴.

더러는 오차도 생길 것이고 실패도 따를 것이다. 생각보다 실천이 못 미치기도 할 것이다. 그래도 너 자신에게 채찍을 가하면서 나아가거라. 네 맘대로 안 될지라도 결코 실망하지 말거라. 아빠가 마음에 들지 않는 부분도 있을 것이다. 아니 많을 것이다. 그래도 용서하여라.

자랑스러운 내 아들 원빈아!

너는 나의 큰 희망이고 보람이란다. 부디 자신을 이겨내고 우뚝 서거라. 힘들고 어려운 길인 줄은 잘 안다만 사나이로 태어나서 힘찬 날개 짓 한 번 해야지 않겠나. 아빠처럼 운명의 소용돌이에서 헤어나지 못하고 허우적거리기보다 해치고 나가 크게 한번 꿈을 펼쳐봐라, 내 아들아! (1991. 10. 15)

♣3. 아들에게

외할머니 장례식에 다녀간 지 닷새밖에 안 되었지만 식구들과 떨어져 지내는 네가 어떻게 지내는지 늘 걱정도 되고 보고 싶구나. 우선 학우들의 높은 참여와 지지 속에 학생회장에 당선된 것을 진심으로 축하한다.

네가 회장 후보로 나가겠다는 의사 표시를 했을 때 나는 분명 반대했다. 하지만 네 소신에 따라 결정했으니 아비로서는 그 결과를 존중하지 않을 수 없다.

아비 된 자의 눈에는 그 자식이 아무리 나이가 들어도 어려

보이고 못미더워하는 경향이 있다더니 나 역시 그렇다. 무엇이든 잃는 것이 있으면 얻는 것도 있는 법, 이를 계기로 지금까지의 네 생활에서 하나의 전환점이 되었으면 하는 마음이다. 따라서 네가 맡은 소임을 이행함에 있어서 의례히 알아서 처신하리라 생각하지만 다음 말들을 새겨듣기를 권하는 바이다.

먼저, 자신을 낮추어라.
교수님이나 선배들을 대함에 있어서 자신의 생각을 분명하게 표현하되, 예를 갖추어 대하며 언성을 높이는 일이 없도록 해라. 소리가 높다는 것은 자칫 냉정함을 잃기 쉬운 법이다.
둘째, 거동을 가볍게 하지 말라.
여러 사람 앞에 선다는 것은 많은 이들이 스스로 따를 수 있을 때 그 의미가 있다고 본다. 그러려면 거동이 가벼워서는 안 된다. 가벼운 언행은 실수가 따르며 자신의 허점을 스스로 드러내기 쉬운 법이다.
셋째, 남에게 관대하고 자신에게 엄격하라.
남의 생각이 나와 같지 않음을 항상 염두에 두고, 상대방의 허물이나 맹점을 파고들기보다 먼저 자신의 모습을 들여다볼 줄 알아야 한다. 이런 자세를 견지할 때 주변에서 일어나고 있는 상황을 냉철하게 분석하고 대응할 수 있는 지혜를 발휘할 수 있을 것이다.
넷째, 마음이 열려 있어야 한다.
남의 이야기를 들을 때는 주장의 근거와 배경을 짚어보아야 하고, 수용적 자세를 견지하는 것이 아집에서 벗어나는 길일 것이다. 편향되고 경직된 사고의 틀을 깨야만 진정으로 집단의 리더가 될 수 있다.

마지막으로 정직성을 강조한다.

자신에게 정직하고 허위의식을 버렸을 때 다른 사람 앞에서 당당할 수가 있고, 설혹 실수가 있다손 치더라도 남의 이해를 구할 수가 있고, 그리 부끄러운 일도 아니지 않겠는가.

진실한 마음으로 행하는 곳에 올곧음[正]과 의로움[義]이 존재하고, 큰마음[德]이 생겨나는 법이다. 남이 시켜야만 하고 자신의 일에 충실하지 못한다거나, 눈에 보이는 작은 이익이나 편의만 쫓는다면 어른들의 세상에서 흔히들 지도자라고 하는 자들의 표리부동한 이중성과 다를 바가 없지 않겠느냐. 부디 일 년의 임기 동안 맡은 바 직무를 대과大過 없이 잘 마치기 바란다. 이것이 먼 후일에는 네 인생에서 진일보할 수 있는 밑거름이 되어 미소 지을 수 있기를 바란다.
(1997. 10. 10)

♣4. 아들아!

흘러가는 시간을 붙잡고 싶다는 네 말이
몇 며칠 내 머릿속을 떠나지 않는구나.
그런데 그날은 오고 말았다.
오늘 네 마지막 출근일 말이다.
첫 직장을 그렇게 끝내고 돌아서는 네 마음이 어떨지….
드는 정은 몰라도 나는 정은 안다는데,
아마도 많이 서운하고 또 서운할 것이다.

비단 직장을 그만두는 것만이 아니라
학교생활 6년 반, 직장생활 26개월을
그곳 수원에서 보낸 날들을 모두 정리하고
홀로 떠나는 그 아픔 감당하려면 얼마나 힘들까 생각하니
이 아비도 마음이 저민다.
아마 네 생각을 가장 많이 한 온종일이었지 싶다, 오늘이.
오직 홀로 감당해야 할 네 몫의 슬픔일지니
그저 마음만 같이할 뿐 아무런 도움이 못 되는구나.

그 동안 기쁜 날들이 얼마며, 또 힘든 날들은 얼마였겠나.
머리 싸맨 날들은 얼마며, 흘린 땀은 또 얼마였겠나.
혼자 해결하고 이겨내야 할 일들이 얼마였으며,
밀려오는 고독은 또 어찌 다 이겨냈겠나.
서울까지 오르내리며 밟은 땅이 얼마며,
숱하게 만난 그 많은 사람들은 또 얼마나 되겠나.
네가 돌아보는 세월 속에는
네 20대 청년기 모두가 묻혀 있을지니
환희와 고통이, 보람과 회한이 함께 되살아나며
네가 겪는 가장 큰 슬픔으로 새겨지고 있지 싶다.
낯익은 풍경과도, 정든 사람들과도,
익숙한 일상과도 헤어지는 네 착잡한 심정에
연민의 정을 보낸다.

저녁 무렵 자주 드나드는 앞산 길,
공원길을 연 나흘째 어둑한 길 내달리며,
불빛 내려앉은 호숫가 걸으면서 많은 생각 떠올렸다.

네 9년만의 귀향은 분명 네 뜻이나
자신의 많은 것을 버린 용단이며
또 다른 걸 얻기 위함이리라.
나고 자란 곳이며 부모 친척 살아가는 곳이니
바다로 나간 새끼 연어가 모천으로 돌아오듯
네 귀향은 어쩌면 당연하나
참으로 어려운 결단이라 여기기에
아비는 깊은 의미를 부여하며 고마운 마음 그지없다.
너와 함께 하는 울산은 분명 내게도 큰 의미가 있을지니,
어찌하면 네 뜻이 좀 더 빛날 수 있을지를
두고두고 고민할까 한다.
옮길 직장 새 출발도 두려움보다 희망이고,
우리 집 빈 둥지는 날개 달고 돌아오는
너를 맞을 들뜬 부모 마음만으로도 너는 행복하다.

우선은 네게 효도할 기회를 주는 것이 마땅할 것이니,
부모는 응당 건강하게 살아
너를 오래 지켜볼 수 있어야 하지 않겠나.
더러는 네 투정을 들어도 주며,
때로는 네 하는 일에 추임새도 넣어줘야지 않겠나.
또 어떤 때는 함께 진지하게 논의하면서
암중모색할 날도 있을 것이며,
경우에 따라서는 티격태격 싸우는 날도 있을 것이니,
부자간도 화해하는 지혜가 필요하지 싶다.
부모는 부모답고 자식은 자식다우며 궂은 날,
맑은 날 함께 하며 부자유친 하세나.

가끔은 한 잔 술 기울이며 박장대소할 날도 있을 것이며,
또 배필 얻으면 내 식구로 반길 준비도 하고,
두 벌 자식 손주 나면 재롱잔치 보고 싶고……
더러 부모 병날 때면 네가 있어 든든하고,
인생구비 넘어갈 때 끌어주고 밀어주며,
너랑 함께 살아갈 기쁨을 내 어찌 굳이 감추려하리.
네 엄마 오늘 더 사랑스럽게 쳐다보며
서로 건강 챙겨야겠다. (2004. 9. 10)

　*아들은 성균관대 약학대학원을 마치고 2002년에 국가전
문 연구요원으로 삼아약품에 입사했습니다. 그 후 2004년
에 양산공단의 일신케미컬로 이직할 때의 글입니다. 다시
2011년 4월에 LG생명과학으로 이직하여 현재 품질관리과
장으로 근무하고 있습니다.

아들 이야기

첫째 날(2004. 1. 21, 수)

섣달 그믐날 저녁에 제수 준비를 마친 아내와 목욕을 하러 갔다. 목욕을 마치고 울산역에 갔다. 두 아들의 마중을 나간 것이다. 9시 반에 도착 예정인 기차가 10분쯤 늦었다. 아주 반가운 두 아들이 어둠을 비집고 나타났다. 날씨가 너무 추워 차안에서 맞았다. 조금 미안했지만 제 엄마가 나간 것으로 때운 게으른 아버지다.

우리 가족은 추석 이후 이렇게 넉 달 만에 만났다. 수시로 전화를 주고받지만 직접 보니 역시 좋다. 아들들 또한 몹시 기분 좋아한다.

집안에 들어서면서 나는 작은아들과 악수를 나누고 포옹을 했다. 그는 닷새 전인 16일에 한의사 국가고시를 치렀다. 6년간의 공부 고생이 얼마나 많았으며, 국시를 위한 준비 또한 만만치 않았음을 나는 대강 안다.

이 넘을 보면 참 장하다는 생각이 든다. 공부에 관한 한 여태껏 한 번도 애를 먹인 적이 없기 때문이다.

문제는 건강이다.

지금까지의 병력이 다양하다. 어릴 적의 요로尿路 문제로 조기 포경수술, 치아의 반대교합으로 수년간의 교정치료, 탈장 수술, 중3 때의 안면 와사풍 등을 거쳤다. 체중만 해도 173cm 키에 53kg 내외의 체중이니 걱정이 아닐 수 없다.

둘째 날(2004. 1. 22, 목)

설날 아침은 70년만의 추위답게 대단했다. 간밤에 두 아들 넘들은 컴퓨터에 삼국지 Ⅶ를 깔더니 새벽까지 하고 놀았단다. 서둘러 차례 지낼 준비를 하니 동생 가족들이 도착했다. 아들들을 깨워 8시쯤에 차례를 마친 후 간단히 음복한 후 형님 댁으로 갔다.

백부 입양으로 선비先妣 차례는 내가 지내고, 큰집 차례는 형님 몫이다. 고조부부터 지내는 차례는 맨 끝의 백부님 차례만 올릴 수 있었다. 서른 명도 넘는 식구들이 한 집에 와글거린다. 세배를 드리고 받으며 한나절을 보낸 후 점심때쯤 다들 헤어졌다.

피곤해하는 아들들은 집으로 데려다놓고 부모님을 모시고 시골에 갔다. 몇 집을 들러서 저녁 무렵 돌아오니 둘 다 아직 잔다. 오늘은 큰 넘에게 장가 타령을 좀 했다.

"야, 이 넘아! 아부지는 니만 할 때 벌써 장가갔다. 금년 내 3대 목표 중 하나가 니 장가보내는 거다. 소원 좀 들어 주가."

그래도 이 넘은 듣는지 안 듣는지 반응이 영 신통치 않다. 아들만 내려오면 마누라는 서방님을 구박하고 아들 역성만 들더니 오늘은 같은 편이 돼 준다.

"아들아, 니 꼬치가 작나, 왜 장가 안 갈라 하노, 어디 한번 보자!"

엄마가 아들 거시기를 잡으려 하고, 아들은 안 잡히려 하면서 씨름이 한창이다. 그 꼴을 본 작은 넘이 형의 편을 든다.

"요새는 작아도 괜찮다. 수술하면 되니까. 그리고 형 거 안 작다."

110

이쯤 되면 완전히 엽기 가족인가? 참고로 두 넘은 77, 79년생이다.

셋째 날(2004. 1. 23, 금)

늦은 아침을 먹고 오랜만에 온 식구들이 빈둥거린다. 날씨도 춥고, 밖에 나가기도 싫고 해서 집안에서 간만에 느끼는 가족끼리의 행복감이다. 식구가 같이 있다는 것이 참 좋구만.

오후에 목욕한 지 보름도 넘었다는 작은 넘을 데리고 남산 사우나로 갔다. 사람들이 설 아래 목욕도 안 하는지, 아니면 피로를 목욕으로 푸는지 버글거린다. 아들 넘 때가 과연 많이 나왔다. 한때 아들 둘을 데리고 목욕 다닐 때가 참 좋았다는 생각이 든다.

친구를 만나러 나갔던 큰아들이 밤 12시 무렵 반 술이 돼서 들어왔다. 한 잔 하잔다. 몇 잔 남은 양주병을 가져왔더니 금방 바닥이다.

또 가져오란다. 재롱을 떨기 시작하던 아들의 혀가 약간 꼬부라지기 시작한다. 회사생활 이야기며, 자신의 미래 설계며, 가족들 이야기가 주류다. 아이구, 나도 취한다.

"여보, 쟈 빨리 재워라."

넷째 날(2004. 1. 24, 토)

아마도 오늘은 아들들에게 약속의 피크인 모양이다. 뭐 초등학교 동창, 알바 맡았던 아이, 고교 동창, 대학 선후배 등을 만난다는 이유로 둘 다 집을 나갔다. 간만에 컴퓨터는

내 차지가 되었다. 아들들이 들어오기 전에 나는 잤다. 다음 날 아침에 들은 말로는 차남은 3시쯤에, 장남은 5시쯤에 들어왔단다.

마지막 날(2004. 1. 25, 일)

한나절을 넘기고서야 아들들이 일어났다. 오후 3시 반 기차를 예매해놓은 모양이다. 벌써 닷새가 지나고 만 것이다. 달력을 보니 연휴가 2월 마지막 날과 4월 첫 주이다. 4월초에 한 번 만날 수 있을지 모르겠다. 작은아들 졸업이 2월말인데 그때도 못 온단다. 국립의료원 한방진료부 인턴으로 들어갈 것 같다. 많이 섭섭하다. 즈거 할아버지 모시고 졸업식 갈라 했는데……

회를 주문하여 아침을 겸한 늦은 점심을 먹고 울산역으로 차를 몰고 갔다. 닷새 전 살을 에는 칼바람 불던 울산역에서 오늘은 아들들과 헤어졌다. 많이 서운하지만 도리가 없다. 아내와 나는 백화점에 잠시 들렀다가 집으로 돌아왔다. 아들들이 떠난 지 7년이나 되는 빈 둥지로.

아내를 위한 노래

♣1. 순박한 아내를 갖기 위한 기도

나의 1989년 3월 24일 잡문록에는 오늘처럼 비가 왔다는 말과 함께 샘터 책에서 인용한 '프랑시스 잼'의 '순박한 아내를 갖기 위한 기도'가 적혀 있었다.

자신의 아내감이 될 여인은 겸손하며 온화하고,
정다운 친구로 잠 잘 때는 서로 손 맞잡고 잠들게 해주고,
메달이 달린 은 목걸이가 그녀의 가슴 사이에
보일 듯 말 듯 목에 걸고,
그녀의 살갗은 늦여름 조는 듯한 자두보다 한결 매끄럽고,
그녀의 마음속에는 부드러운 순결이 간직되어
서로 포옹하며 말없이 미소 짓게 하며,
그녀가 튼튼하여 꿀벌이 잠자는 꽃을 돌보듯 내 영혼을 돌보고,
내 죽는 날 그녀는 내 눈을 감기고,
나의 침대를 움켜잡고 흐느낌이 가슴 메이게 하며,
무릎 꿇는 그 밖의 어떤 기도도 내게 주지 않도록 해 주소서.

기도문을 대강 줄이면 위의 내용들이 된다. 위의 기도문처럼 나는 아마도 이런 아내를 원하는 이 기도 덕분인지 지금도 서로 손 맞잡고 잠이 든다. 아니면 아내가 푼수인지, 내가 푼수인지도 모를 일이다. 하지만 나는 이제 이런 기도를 하지 않는다. 아내의 삶을 지켜보면 와락 슬픔이 쏟아나기 때문이다.

아내의 몸은 온통 종합병동이다. 힘들어하던 갑상선도 혼자 이겨내야 했고, 절뚝거리는 횟수가 잦아진 관절염도 그렇다. 어디 성한 데라고는 없다. 평생을 50kg 못 넘긴 체중도 아내를 슬프게 하고, 또 나를 슬프게 한다.

쉰의 나이가 넘으면서 노화현상이 빠르게 진행되고 있다. 머리칼 사이로 돋아나는 백색의 공포를 감추기 위한 처절한 싸움은 이미 정복당한 포로가 되었다. 즐겨보던 책은 접은 지가 이미 오래고, 부엌에 들어가서조차 돋보기를 끼지 않으면 안 되는 시력이 그녀를 슬프게 한다. 두레박으로 더 이상 길어 올릴 샘물이 거의 바닥나 있다는 걸 나는 안다. 단비라도 내렸으면 좋으련만 아내의 샘물은 더 이상 솟아날 보충수가 없다.

마냥 품을 수 있을 것 같았던 아이들이 모두 둥지를 떠났다. 이미 둥지를 떠난 지 4년이나 되었지만 빈 둥지의 어미 새가 된 아내는 그래도 분리불안 증세를 덜 보이는 편이다. 그래도 아내는 늘 외롭다. 여성회관이며, 또 다른 곳으로 나다니며 이것저것 배워보지만 아내가 집구석에 있는 날이 잦으면 나는 슬프다.

제법 단아하다 싶던 젊은 날의 아내는 흔적 없고 많이 거칠어졌다. 약간은 장난 같지만 버럭버럭 내게 대드는 아내가 안쓰럽다. 오십이 넘게 살았으면서도 오늘이 사탕을 받는 날인지도 모르고, "야!", "자!" 하고 부를 남자 친구 하나 없는 상황이 좀 안 됐다.

사내꼭지랍시고 서방은 제 마음대로다. 끊으라는 담배는 아직도 연기 풀풀 날리고 냄새를 풍긴다. 뿐만 아니라 뱃살만 늘여가지고 이불속에서도 방방 가스를 날려대니 오죽 미우라! 요즘은 한 술 더 떠서 얼굴 없는 남의 여자들을 보고 이죽거리기나 하고 동기생입네 하며 여자들과 전화질이나 하고 참 가관이다.

요즘 아내는 혼자 잠든다. 말로만 왕비님이니, 무섭다느니 하며 마누라를 혼자 서늘한 이불 속에 잠들게 한다. 컴퓨터를 들여다보면서 딴 여자한테 애인 같은 여자 어쩌구, 왕비님 어쩌구 하며 사탕을 한 박스씩이나 보낸다느니 하며 장난하고 노는 햇영감탱이를 서방님이라 믿고 사는 아내는 슬프다. 아, 나도 슬프다. 내 귀에는 어느 새 가을의 빈 들녘에 불어 닥칠 스산한 바람소리가 들려온다. (2003. 1. 20)

♣2. 내게 존재하는 나의 아내

1) 세상에서 내가 가장 행복할 때는, 아내를 진정으로 사랑할 수 있는 마음이 있을 때이다.

2) 세상에서 내게 가장 소중한 것은, 아내의 사랑이다.

3) 세상에서 내가 가장 미워하고 싶을 때는, 아내가 변해갈 때이다.

4) 세상에서 내가 가장 화가 날 때는, 아내가 나에게서 멀어지려 할 때이다.

5) 세상에서 내가 가장 편안할 때는, 아내가 내 곁에 머물러 줄 때이다.

6) 세상에서 내가 가장 비참할 때는, 아내가 나의 존재를 잊으려 할 때이다.

7) 세상에서 내가 가장 걱정될 때는, 아내가 아파 누워서 울 때이다.

8) 세상에서 내가 가장 믿고 싶을 때는, 아내가 날 진실로 사랑한다는 것이다.

9) 세상에서 내가 가장 다정스러울 때는, 아내가 사랑스런 목소리로 나의 이름을 불러줄 때이다.

10) 세상에서 내가 가장 외로울 때는, 아내가 곁에 없어 텅 빈 집안에 혼자뿐이라고 느낄 때이다.

11) 세상에서 내가 가장 울고 싶을 때는, 사랑하는 아내가 나를 등지고 떠날 때이다.

12) 세상에서 내가 가장 기뻐할 때는, 아내가 어린아이처럼 즐거워할 때이다.

13) 세상에서 내가 가장 잊고 싶을 때는, 아내가 나와 이별하고 멀리 떠날 때이다.

14) 세상에서 내가 가장 간절할 때는, 아내가 다시 내 곁에 돌아오길 바랄 때이다.

15) 세상에서 내가 가장 친근하게 느낄 때는, 아내의 손을 잡고 마주 앉아 있을 때이다.

16) 세상에서 내가 가장 고통스러울 때는, 떠나는 아내를 위해 눈물을 흘릴 때이다.

17) 세상에서 내가 가장 고마울 때는, 아내가 나의 마음을 알아줄 때이다.

18) 세상에서 내가 가장 바라는 것은, 아내의 마음속에 나를 묻어 영원히 간직되는 것이다.

19) 세상에서 내가 가장 아름답게 느낄 때는, 아내가 나를 위해 눈물을 흘릴 때이다.

20) 세상에서 내가 가장 사랑하는 것은, 바로 나의 '아내'이다.

위의 글은 상당부분 제 마음과 일치하더라고요. 같이 산 지 27년이 넘었고, 아들들이 집 나가고 둘이 산 지 7년째입니다. 삐치면 말할 사람도 없고, 할 수 없이 안 싸우고 삽니다.

"큰 아 전화 왔드나?"

"작은 아 잘 있다 하드나?"

"짜식들 전화도 안 하고 이거 안 되겠네……."

맨날 이런 소리나 하다가 또 심심하면 닭살 짓이나 한 번씩 합니다. '헛소리도 하면 는다.'고 타박하는 마누라 놀리기나 하고 이리 삽니다. 그래도 정말 마누라가 소중한 거는 압니다. 우야든동 오래 같이 살아야 될 텐데 아프다 하면 겁이 덜컥 납니다.

그래도 둘이만 사니깐 심심해요. 2~3년 뒤에는 큰아들이 울산에 내려 와얄 텐데……. 작은 아들이 내려오려면 최소 7년 이상 걸린다 카네요. 며느리 보고 싶어 죽겠는데 아들이 말을 안 듣습니다. 제 놈은 아직 스물여덟이라고 느긋하니 지 아부지 속만 끓습니다.

지는 낮에는 일한다고 바쁘고, 밤에는 논다고 바쁘답니다. 이 더러븐 넘아, 장가가면 진짜 좋다 임마! 짜식이 아직 뭘 몰라! 짜식아 인생 그리 안 길다, 임마! 이 넘이 아직 여자를 모르는 모양이여. 진짜로! 축구, 탁구, 볼링, 당구 이런 거보다 여자하고 놀면 재밌다니깐! (2004. 5. 25)

♣3. 결혼 28주년을 자축하며

28년 전 나는 어떤 여자와 혼인 서약을 했습니다. 어머니도 안 계신 외로움과, 한창 나이에 4년제 대학 편입도 뜻대로 안 되니

죽겠습디다. 산업화와 경제발전의 혜택도 못 보고, 세상은 온통 잿빛으로 느껴지는 그런 날들의 연속을 어떻게든 깨트리고 싶었던 날들이었습니다. 그래서 택한 길이었습니다.

면소재지인 농소 호계에서 수예점을 하던 초등학교 여자동창의 소개로 만난 사람이었습니다. 느낌이 좀 괜찮았습니다. 사랑? 그런 거 잘 몰랐습니다. 하지만 결혼 상대자로는 많이 존중하고 아끼고픈 마음은 들었습니다.

결혼 나흘 전인 크리스마스 전날에 부산으로 놀러갔습니다. 고등학교 동창들을 만나 놀다가 저녁 무렵 아내를 혼자 울산으로 가라고 했습니다. 나는 밤새 남포동으로, 영도로, 부산 거리를 온통 헤맸습니다. 지금 가만히 생각해보면 매너가 완전 개뿔도 없는 남자였지요.

가끔씩 아내는 말합니다. 어찌 그럴 수가 있냐고. 울산 변두리에 있는 집으로 늦은 저녁 혼자 걸어갈 때 영 기분이 안 좋더라 카네요. 어이구, 내가 참 왜 그랬는지……. 결혼할 여자랑 울산 시내에서 멋진 크리스마스이브나 보내지, 뭣하러 부산에 갔는지 모르겠습니다.

그래도 살다보니 정들고, 아이들 낳고 그리 되더이다. 없는 살림 산다고 아내는 고생 좀 많이 했습니다. 신혼시절 시집살이 여섯 달 마치고, 약수 동네 단칸방에서 큰 아들 낳고, 학교 사택에서 살다가 시내 두 칸짜리 방 얻어 살았지요. 10여 년을 셋방과 셋집을 살다가 공무원 임대아파트에서 살았습니다.

그러다 삼산 선경아파트 분양받아 살았고, 지금의 신정동 올림푸스골든으로 옮겨와 9년째 살고 있지요. 어제는 한 잔 걸치고 집으로 걸어오다가 우연히 꽃집이 눈이 띄어서 들어

갔지요. 분홍색 장미로 장식
된 꽃바구니가 보였습니다.

"저걸로 주십시오."
"리본에 뭐라 써서 달까요?"
"음……."
"28년 동안 고마웠습니다.
앞으로도 쭈욱……."

　당신과 나 사이에 그냥 서로
위해주는 마음만 강물처럼 흐
르면 좋겠습니다. 이유는 많고 온기 없는 쓸쓸한 이 세상에
서 그저 가슴속에 별 하나 품은 듯 그대 생각만으로도 행복
하다 싶으면 좋겠습니다. 사랑의 주파수가 같아서 말하지
않아도 마음으로 하는 말이 잘 들리면 좋겠습니다.
　귀 기울이지 않아도 민들레 홀씨처럼 그대 마음 내 곁에
살포시 닿고 싶습니다. 작은 앉은뱅이 꽃으로 피어 미소 지
을 때, 나는 살랑이며 스쳐 지나도 취하게 되는 향기로운 바
람이고 싶습니다. 크게 팔 벌려 손잡지 않아도 그리움이 하
늘 향해 휘돌아 올라 잔잔한 기도가 되고, 늘 지금처럼 정겹
고 감사한 사이가 되고 싶습니다. 뭐 그냥 베껴다 놓은 글이
지만 그냥 빈말은 아닙니다. (2004. 12. 28)

　*세 편의 글 모두 교육대학동기회 카페에 올린 글입니다.

첫손자의 탄생

14시 반 신생아 면담시간에 맞추어 삼산으로 향했다.
오늘 아침 9시경에 첫 손자가 태어난 것이다.
우선 백만 원만 준비했다.
내일은 또 소문중 격려금과 파문중 축하금도 건넬 것이다.
요즘처럼 결혼 잘 안 하고 출산을 기피하는 시대에
이 얼마나 기쁜 일인가!
아들과 같이 점심 먹고
시간에 맞추어 병원에 가서 우선 며느리를 만났다.
병원 복을 입은 푸석한 얼굴이었다.
여유롭게 웃고 있지만 많이 아팠을 거다.
병원에 들어간 지 한 시간여 만에 아기가 나왔으니
며느리 고생 덜 하고 아기도 좀 덜 힘들었으니
얼마나 다행인가.

다른 층의 신생아실 밖에서는
이미 많은 사람들로 붐비고 있었다.
아기의 수보다 서너 배는 더 될 듯싶었다.
나도 목을 쭈욱 빼서 아기들을 보았다.
이제 갓 태어난 아기들이 일단 반가웠다.
내 아이, 남의 아이 할 것 없이
이 얼마나 반가운 생명들인가 말이다.

왼쪽에서 세 번째 바구니 안의 아기······.

자는 모습이 편안해 보였다.
아 이놈이 그리 불편한 구석은 없는 모양이구나 싶었다.
자리가 비좁아서 물러나 소파에 앉았다.
눈물이 핑그르르 돌았다.
내 아이만 반가워서는 아니다.
갓 태어난 아기들,
그 아기들과 대면하려 드는 많은 어른들의 모습이
정말 감격스럽게 느껴와서이다.

내겐 남달리 참 반가운 손자다.
조금 앉았다가 또 들여다보았다.
또 눈물이 찔끔 돌았다.
볼수록 기분이 자꾸만 좋아졌다.
형님 댁의 장질이 딸만 둘을 이미 낳았지,
아들도 큰 아이가 딸이지,
큰아들은 서른다섯 나이에 아직 총각이지,
이 어찌 반갑지 아니하랴!

임신 초기부터 나는 그랬다.
딸 아들 감별하지 마라.
아들이면 좋겠지만 딸이면 어쩔 테냐.
하늘이 점지해주시는 대로 낳아라.
그 말 했다고 쟤네들은 이미 벌써 다 알고 있으면서
나는 한참 뒤에야 알았다.
사실은 몰라야 이야기가 되는데 참 싱겁다.
만약 오늘 모르고 손자가 태어났으면

지금쯤 기분이 하늘을 나르고 있지 않을까…….
어쨌거나 아 오늘 기분 참 좋다. (2011. 7. 17)

　*2년 전 첫 손녀를 볼 때는 멀리 목포에 있어서 일주일 뒤에나 첫 대면을 했기에 감동이 덜했다. 거기다가 위에 아이가 누나인 데다 장조카가 딸을 둘이나 낳은 뒤에 얻은 첫손자가 더욱 반가웠습니다.
　*이 생명이 언양에서 잉태되었고, 언彦(선비 언)의 뜻도 좋아서 돌림자 환(桓)과 합하여 언환으로 이름 짓고 싶었어요. 그러나 발음의 어려움을 이유로 가족들의 반대의 벽에 부딪혀서 윤환允桓으로 이름 지었습니다.

할머니의 부활

언제인가 큰집에 갔다가 눈에 띈 사진 한 장이 그렇게 반가웠다. 손바닥보다도 작고 반듯하지도 못한 이 흑백사진의 주인공은 바로 나의 할머니셨다. 조상들의 흔적에 관심을 가지면서부터 할머니에 대한 애잔한 마음이 느껴지고 있던 터라 더욱 반갑게 느껴진 것이다.

내게 그려진 할머니는 많이 안쓰러운 모습이었다. 성성한 백발에다 긴 담뱃대 드리우며, 등을 구부리고 몇 남지 않은 이빨로 인해 여물지 못한 말투로 손녀, 손자들에게 가끔씩 잔심부름시키던 모습이 거의 전부다. 돌아가시기 전 수년 동안의 인생 말년은 눈이 어두워 거동도 어려웠고, 바깥 출입은 거의 불가능했다.

할머니는 1886년에 나셔서 1902년 봄, 열일곱의 나이에 시집을 오셨다. 두 살 아래 할아버지와 혼인하여 6남매를 생산하셨으나 스무 살에 난 큰아들과 30대 중반에 난 막내아들은 조졸하였고, 아들 둘, 딸 둘을 양육하셨다. 고모 두 분과 백부님 다음으로 1918년생인 막내아들이 나의 아버지이시다. 내가 태어날 때 할머니는 이미 60대 중반이셨으니 젊은 시절이나 중년의 모습은 전혀 이미지가 그려지지 않는다.

할머니를 부르는 호칭마저도 각기 달랐다. 손자들은 '할매야', 당신의 자식들은 '어매', 며느리들은 '어엄요', 남들은 '겸덤댁'으로 불렀을 뿐 이름을 불린 일이 없다.

다만 호적상으로 '최가암'으로 기록되어 있어서 어릴 적 생각에 할머니 이름이 여자 이름 치고는 좀 이상하다는 생각을 하곤 했다.

　세월이 한참 흐른 후에서야 그것은 원래의 할머니 이름이
아니라는 것을 알았다. 친정 곳을 나타내는 택호의 한자 표
기임을 알고는 한참이나 혼자 웃은 적이 있다. 옛날에는 여자
들이 시집오면 자랄 때의 이름을 쓰지 않고 장적에 본관과
성만 표시하였다. 그러다가 일제 강점기 때 새로운 호적제
도가 시작되면서 여자들도 이름을 쓰게 되었는데, 이미 성
인인 여자들은 이름 대신 택호를 썼던 것이다. 못난 손자가
뒤늦게 할머니의 삶에 관심을 갖기 시작한 것은 돌아가시고
난 한참 후부터다. 사실 살아생전에는 사탕 한 봉지도 사다
드리지 못했으니 불효한 손자였던 것이다.

　90년대 중반 무렵부터 집안 내력을 알아보아야겠다는 생
각이 들었고 보학에 관심이 갔다. 지루한 장마가 계속되던
어느 여름날, 나는 수십 년 묵은 먼지를 떨어내고 곰팡이 냄
새를 맡아가며 잘 알지도 못하는 한자로 된 고문서들에게
빠져들고 있었다. 할머니가 생전에 거처하시던 큰집 장방에
있는 궤짝을 뒤지면 뭔가 나올지도 모른다는 생각은 적중했

던 것이다. 그 속에는 근본을 귀하게 여긴 흔적인 호구단자를 비롯하여 서찰, 혼서, 제문, 교지, 호패, 각종 계약서(전답, 가옥, 노비, 소작농) 등 집안의 부침을 가늠할 수 있는 다양한 자료들이 고스란히 들어있었다.

　그 중에서 할머니의 흔적을 적잖이 발견하면서부터 손자의 뒤늦은 할머니 공경이 시작된 것이었다. 할머니와 관련된 혼서, 혼수 물목, 사돈지 등을 짧은 한자 실력을 총동원하여 살펴보았다. 그러면서 내 마음속에는 이미 돌아가신 할머니가 서서히 살아나고 있었다. 이런 과정에서 할머니가 반가에서 참 귀하게 자랐을 거라는 점과 시가에서 홀대받지 않고 잘 살기를 바라는 친정 부모의 바람도 담겨 있을 것이라는 생각이 미쳤다.

　아버지께 들은 할머니의 친정 이야기는 안타깝기 그지 없었다. 진외가 할아버지(휘 世杰)는 임진, 병자 양란 공신인 잠와潛窩 최진립崔震立 장군의 후손이셨다. 할아버지는 경주 내남면 가암(이조)에서 부내 교촌으로 나와 사셨는데 대단한 풍모와 뛰어난 학식을 지닌 분으로서 한양까지도 드나들었던 선비였단다. 세 분의 친정 동생들 아래 조카들 중에는 대구사범을 나온 수재들도 계셨는데, 해방 이후 사상의 소용돌이 속에 멸문지화를 입었단다. 요행히 아버지의 외사촌 한 분이 살아남아 겨우 대를 이어오고 있단다.

　할머니가 시집올 무렵의 시가는 우리 집안이 가장 흥하던 시기였다. 살림도 천석지기에 가깝게 늘어났고, 외롭던 집안이 자손들도 번성하고 문필도 이어졌다. 소위 부도 형성하고 자손도 발복하는, 되는 집안인 셈이었다. 시조부모님인 지당 할배 내외분도 나란히 회갑을 넘기신 다복한 어른들이었고, 시부모 아래 7남매 대식구의 종부로서, 말 그대로 층층시하의 위치가 바로 할머니의 자리였던 것이다. 그런 위치의 할머니가 어디 숨인들 크게 한 번 쉬셨으며, 잠인들 편히 한 번 주무셨을까.

그 많은 일들 어찌 다 감당하셨을까. 출입하는 남자들을 뒷바라지하려면 바느질이며 빨래도 만만찮았을 것이고, 30여 명이 넘는 식솔들이 먹을 음식들은 어찌 다 준비하고 장만하셨을지. 거기다 이어진 대소사는 감당하기 어려울 만큼 힘들었을 것이다. 스물둘에 시작된 연이은 세 차례의 집안 초상과 대소상에다가 4대 봉제사, 여섯이나 되는 시동생과 시누이들의 혼사, 당신의 여섯 차례 출산과 육아 등이 할머니의 몫이었을 것이다.

환갑을 넘기고서도 한참이나 시집을 살아야 했던 시어머니의 위세는 또 어찌 감당했을까.

증조모인 산성 할매 이야기는 더러더러 들어왔던 터라 능히 짐작할 수 있는 부분이 있기 때문이다. 아마도 희생과 인내와 눈물로 점철된 할머니의 시집살이는 아주 고단했을 것이라는 걸 능히 헤아릴 수 있다.

하지만 내가 갖는 할머니에 대한 연민은 결코 이런 일들이 아니다. 문제는 30대 중반 무렵인 1920년경 기울던 가세가 완전히 바닥을 쳤고, 바늘도 하나 꼽을 땅이 없는 지경에 이르렀다는 점이다.

태산 같았던 조부모가 세상을 떠나고 연이어 시아버지마저 돌아가시고 스물셋의 신랑이 규모가 컸던 살림을 맡고부터 가세가 급격하게 기울었던 것이다. 그런 상황을 극복할 수 없었던 나의 할아버지는 아마 자학과 방황의 길을 걸으면

淸酒　壹樽
過夏酒　壹壹
燒酒　壹壹
油果　壹笥
粘糖　壹升
大口　壹升
生栗　壹升
實栢子　壹升
楸子　壹升
乾柿　壹帖
乾大口　壹尾
此魚　壹尾
魴魚　壹尾
鹽靑魚　壹級
加參　壹級
黃肉　壹胖
陳
壬寅四月十一日

서 집안 식구들을 많이 힘들게 했을것이다.

나중에는 할아버지가 집안 살림을 돌보지 않는 정도가 아니라 아예 딴 살림을 차려서 나가버렸다. 할머니는 그때 그 심중이 오죽했을까. 시어머니 모시고, 자식들 데리고 먹고는 살아야지, 도무지 어찌 사셨을까.

봉제사는 해야지, 제수 마련할 길이 없었을 때는 얼마나 난감하셨으며, 어찌 감당하셨을까. 그러나 용케도 할머니의 식구들은 입에 거미줄 치지는 않았고, 길고 긴 인고의 세월을 거쳐 종가는 이어져 내려왔다.

아마도 추정컨대 할머니는 환한 웃음 한 번 지으신 적이 없지 않을까 생각된다. 반면에 그렇게 궁핍한 삶을 사셨어도 크게 화를 내시거나 욕설을 내뱉는 법이 없으셨다. 자식들이나 며느리들에게 된소리를 내시거나 아랫사람에게 잔소리를 퍼 너는 경우도 거의 본 적이 없었단다. 할머니는 맺힌 한을 울음이나 사설로 토해낼 만도 하시건만 삶을 달관하신 때문인지 거의 표정의 변화가 없으셨고, 주어진 처지대로 받아들이시는 듯했다.

이렇듯 할머니는 1978년 여름, 93세를 일기로 돌아가시기까지 갖은 풍상을 겪으시며 참으로 지난한 세월을 오래도 사셨다. 아마도 내가 좀 일찍 철이 들었더라면 짬짬이 시간을 내어 혼자 집을 지키는 일이 많았던 할머니에게 손발도 되어 드리고, 말동무도 되어드렸을 텐데 말이다. 또 이것저것 살아오신 이야기도 듣고 여쭈면서 조상들이 살다 가신 삶의 궤적을 따라가 볼 수 있었을 것을 말이다.

이제는 당신의 자식들도 모두 세상을 떠났고, 거처하시던 집도 남의 손에 넘어갔다. 할머니의 유택마저도 천지개벽이 되면서 헐려서 봉안당에 모셨다.

이렇게 사람은 나이가 들어가고, 세대가 바뀌어 가는가 보다. 본디 천품이 어질었던 할머니는 이제 손자의 마음에 주름진 세월을 이고 사신 모습만이 아니라 녹의홍상 새색시로도 부활되어 언제나 함께 하실 것이다.

곡망백형문哭亡伯兄文

유세차 정해년 11월 무인삭 초이틀 기묘에 돌아가신 형님 칠재七齋를 맞아 어리석고 아둔한 아우 정호는 형님 영전에 한 잔 술 올리며 엎드려 영원한 이별을 고告하옵니다.

이미 형님의 육신은 멀리 떠나갔어도 재를 모시는 동안은 가까이 계시거늘 여겼지만 이제는 영영 뵙지 못할 머나먼 길을 보내야만 한다고 생각하니 다시 슬픔이 뼈 속 깊이 밀려옵니다.

두고두고 생각하고 돌이켜봐도 의문의 꼬리는 끝이 없고 애달프기는 한이 없지만 그래도 하는 수 없이 주어진 삶을 꾸려야만 하는 현실 속의 저는 말할 수 없는 아픔을 안고 살아가고 있습니다.

같은 어버이를 모신 형제 사이로 이 세상을 살면서 차마 동기간에 겪지 않았어야 할 참혹한 일이 어찌 우리에게 일어났으며, 그렇게까지 일이 일어나도록 아무 것도 몰랐던 이 아우는 이루 말할 수 없이 참담할 따름입니다.

우리 형제는 비록 가난한 가정에서 태어났지만 그 가난 딛고 일어설 만큼의 지혜를 물려주신 부모님의 고마움을 새기며 살았습니다. 낳고 길러주신 어머니를 일찍 여의었어도 그 어머니를 늘 자랑스럽게 여기며 살았습니다. 아버지가 천수를 누리고 이 세상을 하직하셨을 때 형님과 함께 의좋게 의논하며 보내드릴 수 있어서 행복했습니다.

제가 철없던 시절 무던히도 부모님 속 썩이다가 형님께 맞고 대들고 해도 그건 다 제 탓일 뿐이었습니다. 더러 생각이 달라 이런저런 말들을 주고받았어도 동기간의 정을 갈라놓을 만큼 원망스러운 마음은 제게 추호도 없습니다.

맏이의 품성은 타고나는지 클 때부터 형님은 꾸중을 몰랐고, 한 번도 흐트러진 모습을 보여주지 않았습니다. 끈기나 성실성이라고는 없고, 마음대로 되지 않으면 성질이나 부리던 저와는 판이하게 달랐습니다.

그렇게 모범적이고 반듯하게 자라더니 사회에 나아가서는 칭송이 끊이질 않는 형님이었습니다.

아버지, 어머니가 자랑스럽듯 형님은 제게 늘 자랑이었습니다. 직장에서도, 동기생이나 동문들 사이에서도, 집안에서도 남다른 희생과 봉사로 일관하시어 타인의 귀감이 되었기에 형님의 동생이라는 사실이 많이도 자랑스러웠지요.

제가 철이 들면서 조금씩 제자리를 찾아갈 때야 저는 형님의 삶이 그리 순탄치만은 않다는 것을 느끼기 시작했습니다. 특히 가정사의 애로나 와사풍 등이 많이 걱정되곤 했습니다. 자신의 의지로 이룰 수 있는 일은 모두 잘 이루어냈건만 거역할 수 없는 액운이 형님 앞에 나타났을 때 이 동생은 안타깝기 그지없었습니다.

다행히도 그런 대로 수습이 되고 안정을 찾아가기에 얼마나 다행으로 여겼는지 모릅니다. 그런데 이 무슨 신의 조화인지 큰집 일이 좀 그렇다 싶더니 급기야 조합 일로 힘들어하는 모습에다 건강마저도 자신 없어 하기에 걱정이 많이 되기는 했습니다.

그래도 저는 형님을 믿었습니다. 평소 삶의 의지가 강하고 워낙 신중하고 원만하게 일을 처리하는 분인지라 그렇게 모진 마음을 먹으리라고는 생각조차 할 수 없었습니다. 사랑하는 처자식과 형제들을 두고 홀연히 세상을 떠난다는 것을 어찌 상상조차 할 수 있었으리요.

　그럼에도 불구하고 형님은 홀로 외로이 떠나셨습니다. 이 아우는 할 말을 잃었습니다. 너무도 어처구니없는 이 현실 앞에 망연자실할 뿐이었습니다. 그리고 이 못난 아우는 목을 놓아 서럽게 울었습니다. 형님이 한없이 불쌍하고 또한 이루 말할 수 없이 미안한 마음이 들었습니다.

　형님에게 터럭만한 힘도 못 되는 저 같은 아우를 열을 두면 무슨 소용이 있으리오.

　삶과 죽음이란 하늘과 땅 차이거늘 형님이 생죽음을 택하도록 내버려둔 자가 어찌 동생이라 할 것이며, 왜 일찍이 형님이 진 짐을 좀 덜어드리지 못했단 말인가 말입니다.

　참으로 불민한 이 아우는 형님 영정도 차마 바로 못 보겠고, 형님의 지인들에게도 부끄럽기 그지없습니다.

　형님과 함께 한 세월이 얼마이며 형님과 제가 어떤 사이인데 이렇게 형님을 보내야 하다니요. 형님께 참으로 미안하고 남 보기에 부끄러워 고개를 못 들겠습니다. 형님이 그렇게도 모질게 마음의 병이 깊이 든 줄도 모르다니 참으로 멍청하고 못난 자일뿐입니다. 이 못난 동생은 제 딴에는 똑똑하다고 더러 형님 앞에 고집 피우던 일들이 바보 같은 짓이었음을 이제사 통곡하며 뉘우칩니다.

형님은 생전에 면전에서는 타박하면서도 남들에게는 자주 동생을 자랑하곤 했다지요. 이 못난 동생을 가리켜 성질머리 더럽다 하면서도 타고난 재주 아깝다며 아쉬워하기도 했지요. 그러다가 마침내 제가 세상에 조금씩 드러나자 남다른 근성으로 형통한다며 응원도 해주셨지요.

　그런 우리 형님이 수 삼일을 통곡하여 살아 돌아온다면 저는 한없이, 한없이 울겠습니다.

　부모님을 여의는 일과는 비교도 할 수 없는 이 슬픔 다 어찌하라고 이렇게 서둘러 가시나요. 비탄과 통한의 눈물을 어이 다 감당하라고 형님은 이리도 바삐 떠나시나요.

　천하에 이런 몹쓸 일이 또 어디 있으며, 하늘은 어이하여 이리도 가혹한 시련을 제게 주시나요. 제 평생 인생의 동반자로 여기며 같은 세상 살아가리라 믿었던 형님과의 이 암담한 이별을 어찌 꿈엔들 잊힐까요.

　그러나 이미 일은 글렀습니다. 이 험하고 외로운 세상에 저만 남겨두고 떠났습니다. 세상 살아갈수록 그래도 형제밖에 없다는 것을, 제가 말하지 않아도, 형님이 말하지 않아도 우린 서로 다 알지요. 근래에는 집안 대소사에 손발이 척척 맞았었는데 이제는 다 소용없는 일이 되었습니다.

　형님, 이제 이 아우는 눈물을 거두려 합니다. 차라리 나쁜 꿈이라면 깨어날 수도 있으련만 영원히 깨어날 수 없는 이 악몽 같은 현실을 딛고 용기를 내어 살아가렵니다.

　하지만 더러 회한이 밀려올 때면 또 울겠습니다. 눈물을 뿌린들 어찌 시린 가슴이 채워질 것이며 슬픔이 다할 리가 있겠습니까?

2004. 9월 분영시집가던 날의 삼형제

　아마도 이리 바삐 가심은 평소 그리워하던 어머니, 아버지 곁으로 먼저 가시어 생전에 못다 하신 효도를 하려 하심은 아니온지요.

　부디 모자 상봉, 부자 상봉 이루시며 가끔씩 부모님 산소 찾을 때 함께 강림하시어 형제 자손 반가이 맞아주십시오.

　형님의 죽음은 이렇게도 형제 사이를 모질게 갈라놓았지만 동기간의 우애는 결코 끝나지 않았습니다. 생전에 못다 나눈 정까지 합하여 이승과 저승 사이를 오가며 나누도록 노력하겠습니다.

　형님이 떠나시며 돌아보일 만한 일들은 부족하지만 이 못난 아우가 다 거두겠습니다. 이승에 남은 제가 할 일은 형님 몫까지 오래 살아남아 집안 대소사 두루 아우르며 아이들이 스스로 서는 모습 지켜보며 건재하는 일일 것입니다.

형님이시어, 부디 사바세계 세상 일 다 잊으시고 서방정토 찾아가십시오. 휘적휘적 피안의 세계로 걸어가십시오.

그 동안 이승에서 형님의 짐은 너무 무거우셨습니다. 아니 스스로 짐을 너무 무겁게 지려 하셨습니다.

이제는 다 내려놓으셨으니 부디 평안하십시오. 이왕 내친 걸음이니 돌아보지 마시고 어서 가시어 이승의 번뇌를 해탈하고 열반에 드십시오.

아 오늘은 그 동안 참고 있던 눈물을 다 쏟아내어도 슬프고 또 슬픕니다. 영원한 이별을 고하는 이 아우를 어여삐 보시며 한 잔 술 흠향하시고 구구만리 머나먼 길 편히 가시옵소서. 그리고 극락왕생하시어 이 땅에서 형님과 이룬 인연들 두루 굽어 살피시옵소서.

외가外家

　지난 설날 오후에 외가에 갔다. 아내는 시외가에, 아들들을 진외가에 간 것이다. 어쩌다 혼자, 또는 아들 한둘을 데리고 찾은 적은 있지만 온 식구가 같이 찾은 것은 처음이었다. 외가라 하면 으레 외할아버지나 외할머니를 연상하게 된다. 하지만 내게 있어 외가는 외조부모님이 일찍 돌아가셨기에 모두 한 동네에 사시는 외숙부님 댁 세 곳을 외가로 알고 자랐다. 물론 외가에 가면 나의 어머니가 처녀 적 시절을 보낸 큰 외가에는 나와 비슷한 또래의 외종형제들이 있기에 거기서 먹고 자는 것을 당연시했다.

　세 분의 외숙부님 댁을 어릴 때는 큰 외가, 중간 외가, 작은 외가로 구분하여 불렀다. 좀 커서는 택호宅號를 따서 홈실 아재, 금천 아재, 곡연 아재로 불렀지만 오래 전부터 그럴 필요도 없게 되었다. 생존해 계시는 분이 곡연 아재 내외분밖에 안 계시고, 다른 두 집의 외사촌들은 고향집을 떠났기 때문이다. 아재의 택호는 보통 '공연'으로 발음했지만 외숙모님이 곡연마을 경주 김씨니까 사실은 '곡연'이다.

　곡연 외숙은 내게는 참 귀하신 분이다. 어머니 형제 육남매 중 유일하게 내외분이 살아 계시기 때문이다. 1917년생으로 수에 관한 한 복 받으신 분이지만 오래 전에 형제를 다 떠나보냈으니 많이 외로우실 것이다. 찾아뵈올 때마다 외숙부님 내외분은 장성한 생질을 그렇게 반기시며 어머니에 대한 기억을 떠올리고는 눈시울을 붉히곤 하신다.

나의 외가는 다운동이다. 정확하게는 다전茶田 남쪽 마을이다. 그런 연유로 어머니는 결혼 이후 다전댁으로 사셨다. 우정동을 지나 태화동이 끝나면 북쪽 척과 방향으로 다운동이 나오는데 그 입구가 운곡(구리미)이고, 척과천을 건너면 산자락 끝부분에 북쪽 마을과 남쪽 마을로 구분되는 40여 호의 마을이 바로 옛날의 다전 마을이다. 다전과 운곡을 합하여 다운동이라는 행정동이 된 것은 그리 오래지 않다.

다전이라는 마을 이름은 차나무가 자생하여 작설차를 궁중에 진상하였다는 기록에 연유되었다고 한다. 지형적으로는 범서 선바위를 굽이쳐 흐르는 태화강이 동쪽으로 마치 벼락을 맞은 듯하다고 하여 배리끝이라 불리는 곳에서 동쪽 방향으로 향하면 바로 다전이다. 낙안산과 나가소의 전설이 전해지고 있는 곳이 이웃하기도 하는 곳이지만 지금은 그 옛날의 지형지물이 아니다. 산자락이며 논밭 모두 구획정리가 되고 너무도 변해버린 모습의 다전이다.

촌락에서 도시형으로 바뀐 것도 15년 전후일 것이다. 공단에 인접했던 매암동이나 용연동, 부곡동 등의 주민들이 무거, 다운 지역으로 주거지를 옮기면서 본격적 개발이 시작되었던 것이다. 이때부터 나의 외가에 대한 유년의 기억들이 서서히 훼손되기 시작하더니 마침내는 그 모습을 감추게 되었다. 마을 주변 전체가 이미 개발된 지 오래고, 북쪽 다전 마을은 선사시대 유물 발굴로 한때 떠들썩하던 골프 연습장에다 아파트촌이 형성되었어도 남쪽마을은 유일하게 남아 있었다. 그러나 이제는 이 마을 사람들도 동네를 비워야 한다. 동네가 학교 부지로 수용되면서 머잖아 사람들은 떠나게 될 것이고, 곧이어 지금의 마을 모습은 완전히 사라지게 될 것이기 때문이다.

　내가 사진기까지 들고 온 식구들과 외가를 찾은 것도 이런 이유가 강하게 작용했다. 외숙부님과의 대화도 자연히 여기에 초점이 맞춰졌다. 사실이지 벌써 모든 보상 절차는 끝났고, 일부 사람들은 이미 퇴거를 했으며, 외숙부도 오는 봄이면 성쇠고락을 함께 했던 정들었던 집을 비워야만 하는 모양이다. 이미 그 이전에 마을 원래의 모습은 많이 훼손되었고, 사는 사람들 또한 옛 사람들이 아니라 많은 외지인들이 들어와 살고 있었다. 어릴 적 외가에 가면 아무 집에나 들어가도 반겨 맞아주던 그 시절의 모습은 그냥 마음속에 그려져 있을 뿐이었다. 세월 오래 산 사람들은 대부분 이 세상 사람이 아니고, 나와 비슷한 시기에 자라던 사람들은 이 동네를 떠나간 지 오래이기 때문일 것이다.

　이런 외가 마을에 대해 나는 깊은 연민의 정을 느껴왔다. 동네 전체가 달성서씨 집성촌이었고, 타성바지는 흥려박씨 한 집뿐이었다.

　특히 나지막한 언덕배기 대나무 숲 사이사이에다 자리 잡은 20여 호의 남쪽 마을은 온통 가까운 외가 혈족들이니 가끔씩 가도 낯설지가 않았던 유년의 기억들 때문이다.

　*외가가 양반이고 행세깨나 하는 집안이라고 듣곤 했지만 그 이유에 대해서는 아는 바가 없었다. 근래 수년 전부터 뿌리에 대해 관심을 가지면서 알게 된 것은 임란 때 선무원종공신 1등훈에 올랐던 망조당望潮堂 서인충徐仁忠 공의 후예라는 것, 후손들이

다산사茶山祠라는 사당을 짓고 훌륭한 조상을 기리면서 대단한 자긍심을 갖고 있었다는 것, 그래서 울산지역 달성서씨의 주류 역할을 해와서 속칭 다전 서씨로 불리었다는 것, 한때 울산 향교에 영향을 미칠 정도로 글이 좋았다는 것 정도이다.

*생전의 어머니나 외숙부님들의 평상시 말씀을 들어보면 성姓에 대한 자긍심이 상당히 높았다. 그러나 나는 좀은 양반인가 보다 생각하다가도 그게 참 고리타분하게 느껴지기도 했다. 외가에서 고서 한 권 본 일도 없고, 외숙부 세 분도 분명 선비가 아닌데 왜 양반일까 하는 생각은 그리 머잖은 과거까지만 해도 든 게 사실이다. 최근 동네를 비우게 되면서 서씨 일가는 자탄의 소리가 높다. 400년 동안 조상만 팔아먹고 살았지, 인물도 끊기고 재력도 약하다는 것이다.

*다만 외조부 5형제분 중에 어머니의 친가 백부(휘 장철章喆)이신 종조부가 향안록에 남아 있으니 지방 선비 정도는 되었던 것으로 보인다. 향토사 효행 편에 당신의 맏아들이(휘 대규大圭) 올라 있고, 또 그의 딸은 시집을 가서 남편 이동구李東球가 죽자 병을 핑계로 여섯 달을 빈소에서 두문불출하다가 죽으니 열부로 기록되어 있다. 앞의 세 분 이야기가 어머니에게는 각각 친가 백부와 사촌 오빠, 종질녀에 해당되고, 나의 조부에게는 각각 고모부와 고종사촌(내종)과 내종 질녀에 해당되니 혼맥이 좀 얽혀 있다. 학성 이씨와의 혼맥은 후대에도 이어지고 있다.

외가 동네에서 나의 형제들은 몇 사람을 빼고는 잘 구분하지 못하는 아지매들이나 할매들이 모이는 자리에서 약수이 서방네 아이들로 통했다. 외가에서는 웬만한 짓을 해도 크게 흉허물이 안 되니 마음 편히 잘 놀다 가라는 말을 들을 때면 한결 기분이 좋았다.

사실이지 모처럼 외가에 가면 다들 친절하게 잘 대해주었다. 맨날 듣던 부모님 꾸중도 없는 데다 누구나 반겨주는 외가 동네에서 외사촌들과 이 집 저 집 다니면서 노는 재미가 그렇게 좋았던 것이다. 며칠을 잘 놀다가 집으로 돌아올 때는 차례대로 세분의 외숙부님께 하직 인사를 드렸다. 차비 해가라고 한 푼씩 쥐어주시던 그 돈 받는 때문에 갈 때마다 꼬박꼬박 인사를 드렸던 것이다.

나는 부모님 손잡고 외가를 찾은 기억은 거의 없고, 형과 같이 가거나 아니면 혼자 가곤 했었다. 그것도 겨울방학 때 부모님을 대신하여 외조부 제사에 참배할 목적으로 간 것이 거의 모두다. 아마도 외조부모님이 당시에 살아 계셨더라면 어머니 따라 더러 다니러 갈 수도 있었을 것이고, 외손자 거두시는 그 사랑 못 잊어 자주 갔을지도 모른다.

아무튼 외가로 출발하기 전에 어머니는 늘 어른들께 절하는 법을 비롯하여 기본적인 예절교육을 시키셨다.

그러나 어린 나는 그런 것에 대한 관심보다는 기차도 타고 버스도 탄다는 것, 외가 식구들이 나를 무척 반겨주실 것이라는 믿음 때문에 먼 여행길 가는 것보다 훨씬 어린 가슴이 설레어 했다.

초등학교 5학년 때쯤인가 한 번은 어머니의 전권대사가 되어 외조부 제사에 참배하게 되었다. 오후에 혼자 호계역에서 기차를 타고 울산역(학성동)에 내리니 해가 뉘엿뉘엿 지고 있었다. 그 길로 장터가 있던 성남동을 지나고 태화 고개를 넘어 명정을 통과하여 다전까지 거의 뛰다시피 걸어갔다. 매섭던 겨울 날씨에다 해질녘에 울산역을 출발한 20리가 넘는 먼 길에 서서히 어둠이 깔리고 가도 가도 멀기만 하던 그 날의 외가 길은 지금도 기억이 생생하다. 어둠이 가져다 주는 으스스함과 낯선 길에 대한 두려움이 얼마나 나를 엄습하던지. 마침내 큰 외가 당도했을 때의 안도감과 외가 식구들의 놀라움, 대견스러운 듯 반기던 일로 인해 나는 그 날 한참이나 의기양양해 하던 기억이 새롭다.

40년도 넘게 흐른 추억의 조각들은 여럿 있다. 삼호 다리 입구에서 북으로 이어지던 곧게 난 길에서 만나던 모진 칼바람, 언덕배기 사잇길을 중심으로 이어지던 동네의 모습이며, 아무 집이나 들어가 봐도 반겨주던 인정들이 그립다. 대숲 휘어지며 일던 바람과 억새로 엮은 지붕의 아래 위채, 오르내리던 높은 죽담, 동생의 젖떼기와 소태나무에 얽힌 기억들, 길바닥에 나가 날리던 연놀이도 그립다.

그러나 가끔씩 다녀오시던 어머니의 친정 길은 그다지 가볍지만은 않았다. 어느 집안이나 좋은 일, 궂은일들이 번갈아 일어나겠지만 가끔씩 있었던 혼사를 제외하고는 대체로 궂은일들이 연속되었던 것이다.

외사촌 형제들이 횡사한 일들이 내겐 무척 아쉽고 안타깝게 나의 마음을 메우고 있다.

지금은 문수산 암벽 아래 자그맣게 비석으로만 남아 있는 세 살 아래의 외사촌 동생은 유년의 많은 기억들 속에 함께 있다. 산이 좋아 산을 찾다가 산에서 산화한 그는 1979년

여름, 그 젊은 나이에 이승을 떠났다.

이렇듯 나의 외가는 아지랑이처럼 피어오르는 추억 어린 곳만이 아니라 쓰라린 아픔이 더 진하게 남아 있는 곳이기도 하다. 자주 찾아가 비비적거린 것도 아니고, 외조부모님의 한없는 사랑이 넘쳐 늘 쉬고 싶은 곳은 더욱 더 아니다. 그러나 외가는 내게 마음속에 크게 자리 잡고 있다. 왜일까? 그것은 어머니에 대한 그리움 때문이다. 그 그리움이 유형의 실체로 남아 있는 유일한 곳이기에 그러하다.

홀쩍 나이가 들어버린 사람들에게 외가란 아련한 그리움 그 자체라고 나는 규정하고 싶다. 더욱이 이미 어머니를 여읜 나 같은 사람들에게는 어머니가 보고 싶은 만큼이나 외가가 그립다.

우리 시대의 어머니들 대부분이 지난한 세월을 사셨기에 고향집 어머니의 모습은 안쓰럽게 그려지는 반면 외가에 남아 있을 것 같은 어머니의 댕기 땋은 처녀 적 모습을 생각하면 두근거리는 가슴으로 아름답게 그려진다.

시집살이가 무척 힘들었던 삶의 무게가 여리디여린 어머니를 짓눌렀을 때 어머니는 아마도 친정을 그리며 눈물지은 날들이 많았을 것이다.

'여자 팔자 뒤웅박 팔자' 라는 말처럼 어머니가 아버지를 만나게 된 것은 그 단초부터가 고난을 예고했을 것이다. 비교적 유복한 친정에서 찢어질 듯 가난한 시집으로의 이동이 바로 그것이다.

그러나 그로 인해 나의 존재가 시작되었음이니 그게 바로 어머니의 운명이었을 것이다.

　세월 따라 나의 외가는 사람도 대부분 옛사람이 되었을 뿐
더러, 주변 환경도 상전벽해가 되었다. 다행히 옛날 동네만
일그러진 형태를 간직한 채 명맥을 유지해왔으나 이제는 영
원히 사라지게 되었다.

　참으로 아쉽고 안타까우나 도리가 없는 일이다. 이제 나의
외가 모습은 내 유년의 외가에 대한 추억들과 함께 영원히
기억으로만 존재하게 될 것이다.

　아, 그래도 그립다. 등잔불빛 조금씩 뜨락으로 새어나오
고, 도란도란 글 읽으시며 써 내려가시던 어머니의 모습은
이제 빛바랜 두 권의 유필로 남아, 나는 그리움 삭이며 50
대 세월을 살고 있다. (2003. 4. 23)

나의 살던 고향은

나는 초등학교 3학년 때까지 태어난 약수에서 자랐다. 그런데 60년대 이후는 거기서 약 2㎞ 남쪽으로 내려와 제내(못안)에서 보냈으니 누가 고향을 물으면 동네 이름을 대지 않고 그냥 '농소'라고 좀 어정쩡하게 대답하곤 한다.

농소 지역이 지금은 북구의 일부가 되었지만 그때는 농소면이었다. '농소'라는 명칭이 붙여진 것은 고려 개국공신 박윤웅 장군의 식읍지로서 농사짓는 곳이라니 그만큼 비옥한 땅이 많다는 의미도 담겨 있다. 그래도 오래된 장이 깊은 맛이 나는 것처럼 내 유년 회상의 주 무대이기도 하고, 가까운 친척들이 대를 이어 살아오던 곳이 약수인 만큼 그곳이 고향이렷다. 여기서 떠올리는 고향 이야기는 자연히 내가 나고 자랐던 1950년대의 이야기로 제한될 수밖에 없다.

약수는 전형적인 시골마을이었다. 북쪽으로는 '중봇등'과 '대밭등'이라고 불리는 산줄기가 동네를 감싸고 있고, 동쪽으로는 태백 준령이 만들어낸 골짜기들과 논밭들이 자리 잡고 있었다. 대밭등이 끝나면서 그 위로는 '회향골'이 나오고 거기 있었던 외딴집의 적막함도 기억 속의 한 장면이다. 다시 아래로 조금 내려오면 돌이 많았던 '돌티미'와 그 옆의 약수터에 걸쳐졌던 금줄의 잔영이 떠오른다.

'약수'라는 동네 이름이 피부병에 효험이 있는 약수탕에서 유래되었음은 두말할 나위 없다. 조금 더 오른쪽으로 발길을 옮기면 집안 산소가 있는 '새양만리'가 나오고, 그 옆에 약수 사람들의 동산으로 이어지는 '전골' 이 나온다. 그 길은 골짜기를 따라 여름이면 소 먹이던 길이었고, 겨울이면 많은 나뭇짐들이 오르내리던 길이 나 있다. 다시 남쪽으로 내려오면 뒷들 논밭 도가리들이 펼쳐지고, '시북등' 지나 동대산 쪽 '기백이재' 를 만나게 된다. .

남쪽과 서쪽으로도 들녘은 펼쳐진다. 남쪽으로는 '산막등' 이라는 자연부락과 주로 언덕배기 야산과 논밭들이 널따랗게 차지하고 있고, 서쪽으로는 '냉거랑' 이라 부르던 동천강이 흐르면서 주변의 비옥한 논들이 위치에 따라 '오리미들', '중봇들', '상봇들' 로 불리며 약수 사람들의 주된 농장들이 자리 잡고 있었다.

그러나 서쪽의 그 너른 들녘도 동네와는 분리된 느낌이 나고 밖에서는 동네가 잘 안 보인다. 동해남부선 철로와 나란히 이어지고 있는 신작로가 남북으로 가로지르고 있어서 그렇다. 그 철길로 조개탄 때던 증기 기차가 약수를 지날 무렵이면 약간의 오르막이었음에도 가쁜 숨을 몰아쉬며 식식거렸고, 경주 쪽에서 내려오는 하행선 기차는 중봇등 산모롱이 돌 때면 긴 기적소리를 내며 내려왔다.

동네 사람들은 보통 위로 철길이 나 있는 콘크리트 굴을 통하여 들로 나가기도 하고 철둑길 따라 바깥출입을 하곤 했다. 그런 사정은 상전벽해가 된 지금도 마찬가진데 보통 거기를 '공굴' 이라고 불렀는데 동네 안팎으로 구분하는 분기점으로 보았다. 그 공굴로 들어오면 동네는 작은 분지 같은 느낌이 든다. 동네 가운데를 가로지르는 개울물을 경계로 위 깍단, 아래 깍단으로 구분되는 백여 호에 가까운 초가집들이 서로 밀치듯이 담장을 경계로 하면서 고즈넉이 자리 잡고는 많은 골목길을 만들어내고 있다.

　그런 약수는 비교적 살림살이가 다른 동네보다는 나았던지 여유 있는 양반 동네로 알려지기는 했지만, 이웃들의 삶은 다들 곤궁했다. 동산洞山의 송이버섯 이야기나 배밭 조성 등 새마을운동을 선구적으로 이끌어 대통령상을 타던 일화들은 60년대 후반부터의 이야기이고, 그때는 별다른 특징이 없었다.

　약수는 6·25 전란에 힘들기야 했겠지만 다행히 결정적 피해는 없었단다. 특히 소위 '보도연맹' 건으로 인한 희생자가 전혀 없었던 것은 당시 동네 어른들의 현명한 대처와 기지 덕분이었단다.

　어른들이 생존에 급급하던 그때도 나는 온통 놀았던 생각밖에 없다. 동네의 사건 현장에는 누가 오라고도 안 했는데 빠지지 않고 등장하여 온 천지를 헤집고 다닌 아이가 바로 내가 아닌가 한다. 나는 어지간히도 철없이 굴었던 개구쟁이였던지 아이, 어른 할 것 없이 모두 나를 '깔따구'라고 불렀다. 그 별명을 누가 지었는지, 무슨 뜻인지도 모르고 이름보다 훨씬 많이 들었던 걸 보면 아마도 그게 내가 하는 짓거리들과 맞아떨어진 탓이 아닐까 한다.

　아버지는 이런 나를 가리켜 '너는 거저 컸다.'라고 하셨다. 아버지의 그런 표현 속에는 '병치레 안 하고, 어른들한테 안 보채고, 혼자서 잘도 노는 아이'로 해석된다. 낮에는 워낙 빨빨거리고 다니다보니 저녁에 밥숟가락 떨어지기 바쁘게 골아 떨어져 자고, 새벽같이 눈뜨면 또 마실을 나가는 어린 날들이었던 것이다. 눈에는 자주 눈 다래끼를 달고, 무르팍에는 상처 딱지 떨어질 날 없었던 돌콩 만한 아이 때의 기억이 무에 그리 정돈될 수 있으리요마는 그래도 알 건 다 알았는지 끄집어낼 기억이 참 많다.

'아무개 어른'이니 '아무개 댁'으로 부르던 그 많던 동네 어른들은 이제 거의 다 산에 누워 계신다. 상쇠 잘 치던 연오 어른이며, 장구 잘 치시던 여천 어른도, 고함소리 크시던 연지 어른도 다 옛사람이 되었다. 무섭게 호통 치시던 계남 어른과 큰선비로 존경받으시던 천곡 어른, 활동력 왕성하시던 오장골 어른, 대를 이어 면장을 지내시던 집안의 우산 할배가 아마 대표적으로 위엄 있는 동네 어른이었지 싶다. 그 외에도 나의 별명이나 아버지의 이름을 따서 '작은 채택'이라 부르며 놀리곤 하시던 동네 어른들과 형들은 이제 다들 돌아가시거나 뿔뿔이 흩어져 살아가고 있다.

동네 아이들은 모두 농소초등학교가 있던 호계까지 십리 가까운 길을 걸어 다녔다. 등하굣길은 동네에서부터 냉천마을 입구의 장승배기라 불리던 신작로와 철길 교차로까지는 주로 철둑길을 이용했다.

버드나무 양쪽으로 늘어서고 자갈을 깔았던 그 길에서 가끔씩 차가 지나갈라치면 맑은 날은 뽀얀 먼지를 뒤집어 써야 했고, 비오는 날이면 흙탕물 튀기가 일쑤였다.

춥디추운 겨울에 호주머니에 손 넣고 뛰어가다가 넘어졌을 때의 그 쓰리던 아픔은 이루 말할 수 없었다.

발가락은 보온이라고는 전혀 안 되는 검정고무신 안에 발등만 덮은 양말을 신었으니 얼마나 시리던지. 학교를 마치고 살을 에는 바람을 안고 집으로 돌아올 때는 귀가 내 살갗이 아닌 것 같았지.

이제 그 신작로든, 철둑길이든 걸어 다니는 사람이라고는

146

거의 없다. 그 신작로는 이제 4차선 도로로 변하여 수많은 차들이 질주하고 있다. 아직도 여전히 나 있는 철로에는 기적소리 울리던 기차 대신에 증기기관차가 가끔씩 오갈 뿐이다. 내 고향 약수는 이제 인걸만 간 데 없는 게 아니라 산천도, 구조물들도 다 변해버려서 옛 풍경과 너무도 다르다.

　많은 토박이말들도 함께 사라져 버렸다. 며느리가 시부모를 '아붐', '어엄'이라 불렀고, 아이들은 '할배', '할매', '아재', '아지매', '아지아' 등으로 불렀다. 어른들을 만날라치면 '아침 잡샀능교?, 장에 갔다 오시능교?'가 대개 그때 나눈 인사말이었다. 산등성이나 골짜기, 들판들을 그때는 된소리를 내어서 '띠'니 '꼴'이니, '뜰'로 소리 내었다. 그 외에도 '바람개비'를 '팔랑개비'로, '딱지'를 '때기'로, '달리기'를 '다말래기'로, '공깃돌받기'를 '살구받기'로 말했다. 왜말 부스러기도 그때는 많이 사용되었는데, 특히 '즈봉, 와기, 난닝구, 빤스, 다비' 등 의복이 가장 심했던 것 같다.
　구슬치기조차 이암泥巖을 시멘트 바닥에 동글동글하게 갈아서 가지고 놀던 그때는 거의 모든 장난감을 아이들 스스로 만들었다. 여자 아이들은 유난히 고무줄뛰기를 많이 하던 시절의 놀이는 이제는 거의 사라졌다.
　개울가 모래무지에서 고무신 서로 끼워 자동차놀이 하던 때는 더 어린 날들의 이야기고, 나무 그늘 아래서 자주 땅따먹기 하던 종남이는 저도 나처럼 어딘가에서 나이 들어갈 것이다. 감꽃이나 풋감 줍던 조막손이 가을이면 새벽같이 달골댁 밤나무 밑에 달려갔으니 흰옷은 물 안 들여도 저절로 얼룩 옷이 되고 말았던 어린 날들이었다.

여름날 찬물 듬벙에서 멱 감던 아이들은 추억의 강 건너 편에 서 있고, 지독하게 달려들던 거머리 듬벙의 그 거머리 들은 아마도 거의 사라졌을 것이다. 연을 날리다가 연줄이 떨어지면 갓안까지 따라가던 그곳은 아파트가 들어선 신천 지가 되었다. 깡통 차기 하던 날의 으스름달밤과 앉은뱅이 스케이트 타던 꽁꽁 언 논바닥은 이제 아스라이 피어오르는 안개 속 추억들로 마음속에 존재할 뿐이다.

　　여름밤의 모깃불과 길쌈은 관계가 깊고, 겨울밤 아지매들 과 야학에서 배우던 얇은 교본 글 읽기는 취학 전 아이들의 유일한 선수 학습이었다.

　　50년대 마지막 해 추석날 아침의 사라 호 태풍은 정말 가 혹했다. 우리 동네에 남긴 상처도 굉장했는데 집이 몇 채 무 너지고 논둑뿐만 아니라 봇둑도 거의 다 터져서 온통 벼가 흙에 묻히는 등 난리가 났었다. 비단 그해가 아니어도 '꽁 보리밥', '무밥', '시락밥', '꿀밤밥'과 '짠지 반찬'이 일상 에서 대하는 식단이었지만 요행히 가을에 생일이 들었던 나 는 생일 밥상만큼은 남들 부럽지 않았다.

　　고향집에 대한 애착은 별로 없다. 아버지가 종조부에게 입 양되면서 살림집을 처분하시는 바람에 파양 후 여러 차례나 남의 집 서포(곁방)로 옮겨 살았기 때문이다. 내가 76년에 고향의 약수초등학교에 근무할 때 결혼을 하여 남의 집 아 랫방에 신접살림을 차려 나갈 때 아버지는 오시지 않았다. 당신의 젊은 날의 상처가 떠올라 아들의 셋방살이 모습을 보기 싫었던 것이다.

　　그 대신 동네 위쪽에 있던 집안의 우산 할배 댁은 지금도 그림을 그리라면 구석구석 잘도 그릴 수 있다. 코를 닦아 빤

질빤질하던 소매와 단추는 겨우 두세 개만 달려 있던 윗도리에다 나무를 자주 탔던지 가랑이 터진 바지를 자주 입던 나는 무시로 드나들었다. 그 집으로 들어서는 좌우로 돌담과 황매화나무, 긴 높이의 울타리를 지나 사립문을 들어서면 아래채 옆에 석류나무 붉게 익고, 빈소를 차린 방에는 13남매 상주들의 상복들이 한 방 가득했다.

안채의 왼쪽부터 부엌과 안방, 대청 지나 건넌방 옆으로는 연당이 있었고, 그 옆에 디딜방앗간과 곳간 채가 자리 잡고 있었다. 뒤양간 새미 옆에는 장독대와 앵두나무가 자리 잡고 있었으며, 집안 여기저기 감나무가 참 많았는데 다른 집보다는 많이 편했던지 자주 들락거리곤 했었다.

계절과 세시풍속에 따라 갖가지 연출되던 풍경들이 자주 되살아나고 있는 모습들도 참 많다. 참새 쫓던 새막과 허수아비에다 깡통 단 새끼줄, 논두렁에 줄을 선 낟가리(발가리)는 대표적 가을 풍경이다. 타작을 마친 부잣집의 큼지막한 나락두지와 볏가리(집비까리), 머슴이 패놓은 장작더미는 어린 나의 눈에도 부러움의 대상이었다. 초가지붕 이느라 이엉과 용마름 엮는 일이 거의 끝나고, 땔나무가 담벼락에 가득하면 겨우살이 준비가 거의 끝나는 것이었다.

음력 시월이면 묘사 철이 되는데 우리 동네에서 형편이 가장 좋았던 최씨 집안 묘제일이 최고 인기가 좋았다. 떡 한 조각 얻어먹으려고 온 동네 아이들이 다 모여 추위에 달달 떨면서 묘제 끝나기를 얼마나 기다렸던지. 묘제뿐만 아니라 제사 음식, 잔치 상 음식 등 별미는 반드시 이웃과 나누는 나눔 문화가 그때는 일상화되어 있었다. 아, 그때 비 오던 날 깡통 들고 밥 얻으러 오던 거지들은 어떻게 삶을 연명해

갔으며, 신기하게도 동네 큰일 칠 때마다 나타나던 그들은 날짜를 어찌 다 기억할 수 있었을지.

모습만이 아니라 소리로 기억되는 고향도 귀에 쟁쟁하다. 왈강달강 타작하는 소리와 도리깨 돌아가는 소리, 대나무 이파리 서걱거리는 소리와 올빼미 우는 소리, 정지 문 삐거덕거리는 소리와 문풍지 우는 소리, 빨래 방망이 두드리는 소리와 다듬이 소리, 디딜방아 찧는 소리와 절구통 내리찍는 소리, 솔가지 타는 소리와 누룽지 긁는 소리, 초상집 상주 곡소리와 만장에 매달려가던 상여 선소리, 술 취한 아제 고함소리와 아이 부르는 엄마 소리, 할매 담뱃대 두드리는 소리와 우리 어매 옛날 이야기책 읽던 소리, 호롱불 아래 이 잡는 소리와 서캐 타죽는 소리, 개짓는 소리, 새벽닭 우는 소리……

아직도 여전히 고향 동네와 옛사람이 그립고 나누던 입말들과 사라져간 놀이들이 '고향'이라는 이름으로 뇌리 속에 저장되어 있다. 하지만 고향 산천은 난립한 아파트와 조성 중인 공단을 연결하는 우회도로가 지맥을 모두 끊어져 버렸다. 조상의 유택마저 거의 온전하지 못하니 그 옛날의 고향 모습은 꿈속에나 그려질 뿐, 실향민 아닌 실향민이 된 약수 사람들이다. 그나마 다행인 것은 한 때 동산의 대학부지 기증으로 소문만 무성하던 향우회 같은 '동산회'가 있어 가끔씩 고향 사람들과 만나면서 향수를 달랜다.

아 지금은 사라진 흰둑골의 참꽃은 아직 내 마음에 피고 지는데, 마음의 고향집 댓돌 위에는 부모님의 흰 고무신이 나란히 놓여 있는데, 이 내 몸은 어이타 종택마저 사라진 고향이라 돌아앉아 있는가. (2008. 11. 경상일보)

3부
길 위의 시간들

3부 길 위의 시간들

시골사람 상경기 1986. 12. 25~12. 29

옛말에 '십년이면 강산이 변한다.'고 했습니다. 긴 세월을 놓고 하는 얘기입니다.

야간대학 편입학 문제도 시원찮고, 어머니가 안 계신 집안은 외롭기만 하여 모든 것이 남을 뒤따라간다고만 느끼던 그때 1976년에 난 '조선 여자 별 여자 없다.'는 생각으로 새로운 돌파구를 찾고자 결혼이란 걸 했습니다.

돌이켜보면 참 어설프기도 하고 촌스럽기만 한 기억들이지만 당시에 제가 생각했던 바와 마찬가지로 사람은 만나기 나름인가 봅니다. 자주 아픈 게 탈이지만 아내는 괜찮은 사람이라 여기고 살았습니다. 사랑하는 두 아들 원빈이와 원희를 낳아 이토록 잘 길렀으니 어찌 고맙지 아니하리오.

벼르기를 벌써 여러 달이었다. 출발 전날인 24일에 출발할 채비를 갖추고 난 뒤 월평성당에서 성탄 자정 미사에 참례하고 돌아와서 자리에 누웠다.

그러나 들뜬 여행 기분으로 자는 둥 마는 둥 잠자리를 뒤척이다가 일어났다. 먼저 일어난 아이들과 조반을 약식으로 먹고 우리 식구는 드디어 결혼 10주년 기념으로 1986년 12월 25일 여행길을 출발했다.

152

아침 8시 20분발 중앙선 완행 열차편을 계획했으나 간밤에 택시들이 풀로 가동을 했는지 좀처럼 택시를 잡지 못하여 애를 태웠다. 겨우 합승을 하여 울산역으로 향했지만 기차를 탈 가능성은 극히 희박했다. 하지만 다행히 연착으로 기차에 몸을 실을 수 있었다.

지금까지도, 앞으로도 거의 없을 듯한 10시간 30분의 길고 긴 기차여행이었다. 왁자한 기차 칸은 영동지방 출신의 귀향객이 대부분인 듯했다. 우리처럼 아이들을 데리고 이런 무모한 기차여행을 가는 이는 거의 없는 듯했다. 아침나절 동안 경주, 영천, 안동을 지났고 의성, 영주를 지날 때는 정오가 넘고 있었다. 으스름해질 녘의 제천, 원주 지방 바깥 풍경은 내가 바라던 설경은 아니었지만 고즈넉이 엎드린 산간 마을들이 신비로웠다. 온종일 먹어대면서 명랑하기만 하던 아이들도 어둠이 깔리고 주위 사람들의 말씨가 낯설어지자 먼 여행에 대한 두려움 같은 걸 느끼는지 조용해졌다.

저녁 7시경에야 청량리역에 닿았다. 여태껏 느끼지 못한 강한 추위가 엄습했다. 행여 놓칠세라 아이들의 손을 꼭 잡고 택시 승강장으로 가서는 종로로 향했다. 교원공제회의 30% 할인을 받고도 33,000원이라는 서울관광호텔엔 감히 들어가지 못했다. 식사를 해결하고는 여관을 찾았지만 갑자기 닥친 혹한 때문에 엉겁결에 들어간 곳이 국제여관의 문간방이었다. 방은 작고 밤새껏 사람 소리로 인해 잠 못 이룬 서울의 첫날밤은 식구들에게 참 미안했다.

이른 아침에 일어나 저녁에 들렀던 식당에서 아침밥을 먹고 국립중앙박물관에 갔다. 여기가 일제강점기가 끝나고 광복

40년이 넘었건만 그 긴 세월을 말없이 지키고 서 있는 역사의 현장이 아닌가! 민족의 영혼이 꿈틀거리고 조상이 숨결이 살아 숨 쉬는 고귀한 문화유산들이 일제가 통치하기 위해 지은 그들의 총독부 관청에 전시되어 있다니 이 무슨 역사의 아이러니인가.

역사는 슬픔도, 기쁨도 모두 잊은 듯 작은 모습, 큰 모습, 웅장한 모습, 아름답고 신비로운 모습으로 후손들을 맞고 있었다. 고구려의 웅장하고 용맹스러운 기상이 넘치는 모습을 많이 살필 수 없음이 무척 안타까웠다.

점심도 잊은 채 경복궁으로 갔다. 주인 잃은 궁궐 그 자체만으로도 매우 쓸쓸한 데다 겨울의 고궁은 인적도 드물었다. 정궁인 근정전과 경천사 10층 석탑, 그 밖의 십여 채의 건물과 조경들을 본 뒤 민속박물관으로 갔다. 주거, 농경, 문방, 주방, 복식, 예술, 종교, 전통 공예 등으로 분류되어 있었다. 백문이 불여일견이라던가, 아이들과 함께 옛것을 둘러볼 수 있음에 얼마나 기뻤는지 모른다. 나도 모르게 오랜 옛날로 돌아가고 있었다.

늦은 점심을 먹고 나니 4시 30분이었다. 택시를 잡아타고 북가좌동으로 갔다. 5년 전 잠깐 들른 적이 있는 재종형님 댁을 생각보다 쉽게 찾았다. 아이들에게는 벌써 3종형제가 되어버린 민아, 하늬, 다슬이 등과 잠깐 지낸 뒤, 성산동의 한얼이네 집으로 갔다.

새벽 3시까지 경호와의 술과 대화는 생활의 각박함, 부정적 생활관, 세상이 거꾸로 보이고 어두움만이 그득한 서울로 느껴졌다. 거대한 문명 집단을 형성하고 있는 서울은 인간의 위대함보다는 차라리 두려운 마음이 들었다.

154

　우리나라 전체 인구의 40% 가까이가 사는 수도권은 어찌
하여 이리도 비대해져서 사람의 형체만이 움직이고 인간
의 참 모습은 어디에 숨어 있을까!

　서울의 사흘째를 맞았다. 30여 분을 전화통과 시름한 끝
에 친구 방영수의 소재를 확인한 뒤 얼이네와 KBS 견학 홀
에 갔다. 방송국의 이모저모를 견학한 뒤 거기에 근무하는
문호를 만나 식사를 구내식당에서 해결했다. 코미디언 배삼
룡 씨의 모습이 많이 우스꽝스러웠다. 다시 서울의 대역사
63빌딩으로 갔다. 인간의 능력이 놀랍기 그지없다. 우리는
촌놈들의 호주머니를 터는 최순영의 바벨탑인 그곳에서 전
망대까지 올라가서 시가지를 내려다봤다. 참으로 거대한 도
시였다. '아이맥스 영화관'과 'Sea World'도 둘러보았는데
모두가 신비로울 뿐이었다.
　우리는 대한민국 1번가 명동으로 갔다. 숲을 이룬 빌딩 사

이로 우리는 촌놈처럼 두리번거리며 명동 거리를 거닐다가 명동성당으로 갔다. 명례방 교회 터에 우뚝 선 고색창연한 명동성당! 여기가 한국 천주교의 사령탑 김수환 추기경님이 사시는 곳인지라 경외하는 마음으로 둘러보았다. 식사를 마친 우리 두 식구는 롯데 1번가의 지하상가를 거닐었다. 와, 이런 곳도 있다니, 그곳은 차라리 지하궁전이었다. 지하철로 성산동으로 돌아와 서울의 먼지를 조금 털어냈다.

방영수, 이 친구가 성산동으로 찾아왔다. 내 어릴 적 친구, 이 친구를 우리는 10년 만에 아주 반갑게 만났다. 3시간이라는 시간도 모자라고 술도 모자라서 우리는 친구의 브리샤 K303로 광명시 철산주공아파트로 갔다. 아내와 예쁜 딸 성은, 성희 자매랑 착하게 살아가고 있는 친구에게 축복 있으라! 언제 올지도, 볼지도 모르는 그곳에서 우리는 독한 양주에 의해 뻗어버렸다.

10년 전의 오늘은 바로 모질게도 춥던 결혼기념일이었다. 그러나 나흘째를 맞은 서울은 며칠간의 피로와 수면 부족으로 인해 극도로 무기력했다. 우리 가족은 얼이네 집을 나와 절두산 순교 성당의 박물관으로 갔다.

오, 하느님, 오, 하느님! 이런 슬픔이 있었군요. 선조들의 선혈로 이루어진 신앙의 신비가 있었기에 이렇듯 우리는 주님을 기꺼이 받들 수 있었음입니다. 고속터미널에서 식사를 한 후 대전으로 향했다. 유성온천에서 우리는 서울의 때를 완전히 벗겨내고 숙면을 취했다.

집 떠난 지 닷새째를 맞았다. 12시 30분 대전 발 고속버스를 타고 집으로 향했다. 평사 휴게소에서 잠깐 쉰 후 15시 40분 쯤 드디어 긴 여행에서 돌아왔다.

'하느님 감사합니다. 먼 길에도 항상 보살펴 주신 덕분에 이렇게 무사히 돌아왔습니다. 이제 다시 새로운 마음으로 출발하려 합니다.'

서울 여행으로 1986년은 거의 끝을 맞았다. 챌린저 호 참사, 아니 이제 두 시간 후면 3학년 5반 담임으로서의 나와 37살의 나는 다시 돌아오지 않는다. 기쁜 마음으로 살아가는 새로운 한 해가 되었으면 하는 바람으로 1986. 12. 31 오후 9시 45분에 글을 끝맺다.

가깝고도 먼 여행, 감포

행장을 가볍게 하여 16시에 감포로 출발했다. 40여 년을 울산에 살면서도 종종 감포 행 버스를 보았을 뿐, 나도 아내도 여태껏 가본 적이 없는 곳이다. 방학을 한 지 열흘이나 지났고, 그동안 통신대 공부니, 졸업시험 준비니 하면서 조여 왔던 마음을 풀고 싶어서이다. 마침 두 아들이 성당 산간학교에 2박 3일 일정으로 아침에 떠났으니 모처럼 맞는 두 사람만의 시간이기도 하였다.

차비도 천원이나 하니 제법 걸리리라. 직행이라고는 하지만 마을이 있는 곳이면 대개 서야 하니 좀 더디 가겠지. 시내를 20여 분 달리다가 한참을 구불거리며 무룡 고개를 오르내리다보니 차멀미가 좀 언짢았지만 여행 맛은 제법 났다. 태풍 '주디 호'의 영향으로 비온 뒤인지라 한결 산뜻한 자연의 모습이 아름다웠다. 태백산맥 꼬리를 가로질러 오르면서 뒤덮은 칡넝쿨도, 골짜기를 매운 아카시아나무도 모두 짙푸른 풍경에 눈길이 자꾸만 갔다.

멀리 바라보이는 외딴집이 한 번씩 찾아가는 안식처였으면 하는 생각도 들었다. 더러 정자까지 횟집을 오가면서 바라보이던 이런 집 한 채쯤 있으면 좋겠다는 바람은 오늘도 마찬가지였다.

일렁이는 여름 들판과 휘돌아가는 개울물들이 정답게 느껴졌다. 단조로운 동해안선이라고는 하지만 바람 따라 물결치는 바다와 부서지는 흰 파도도 반가웠다. 마치 가쁜 숨 몰아쉬며 고개 넘어 돌아오는 버스를 맞는 듯했다. 군데군데 크고 작은 마을을 지나기도 하고, 바닷가에 자리 잡은 어촌 마을을 내려다보였다.

마침내 경남북 도계를 지날 때쯤 아름다운 동해안이 나타났다. 하지만 통한의 분단 조국 현실이 비극이라는 생각에 서글픔을 넘어 가슴이 아팠다. 경계의 눈초리를 번뜩이며 바다를 응시하는 초병들이 서 있는 모습도, 전 해안에 둘러쳐진 철조망 너머로 건너다본다는 것도 이 얼마나 가슴 아픈 일인가 말이다.

기분은 거기에서만 상하는 것이 아니었다. 바로 양남 원자력발전소 때문이었다. 엄청난 에너지를 발생시킬 수 있는 핵융합 반응은 엄청난 재앙을 불러일으킬지도 모르는 시설물이니까 그랬다. 경제성을 따지다 보니 불가피한 일이긴 하겠지만 늘 걱정을 하지 않을 수 없는 것이다. 만약 지구가 멸망한다면 이런 원자력발전소가 그 원흉이 될 가능성이 매우 큰 것이다. 이놈의 발전소 때문에 해안선을 따라 올라가던 도로는 가파르고 꼬불꼬불한 산길로 돌아가야 했다.

출발한 지 한 시간여를 달려 봉길해수욕장을 지나게 되었다. 민물과 바닷물이 만나는 그곳에는 수많은 사람들이 여름을 즐기고 있었다. 조금 더 지나니 일단의 단체 피서객으로 온통 꽉 메운 해수욕장을 만나게 되었다. 불과 3년 전만 해도 먼지 폴폴 날리는 꼬부랑 시골길이어서 이곳은 한산했을 텐데 지금은 이렇듯 손님들로 넘쳐나고 있는 것이었다.

감포에 닿은 시간은 18시경이었다. 갈매기 떼 나르고 고깃배 쉬는 곳 감포는 진입로부터가 좁다 싶더니 아직 60년대의 모습이었다. 해안 쪽 건물들 일부를 제외하고는 모두 오래된 모습이었다. 좀처럼 보기 어려운 판잣집이나 슬레이트, 함석지붕이 대부분이었다. 지형도 평지보다는 언덕배기가 많을 뿐더러 가파른 데가 많았다. 아마 별달리 지역이 확장되거나 발달 요소가 없었던 모양이었다.

아내와 나는 주차장 인근의 시장을 둘러보았다. 아주 좁은 골목길을 사이에 두고 서로 마주보게 지은 상가들은 건물이라기보다는 임시로 조립시킨 가건물 같았다. 또 건물 사이의 길은 천이나 비닐로 지붕을 연결하여 터널처럼 연결시켜 놓았다. 외양뿐만 아니라 무언가 허술해 보이는 시장이었다. 저자 거리의 할머니나 아주머니들의 모습도 지극히 순박해 보였다.

그러나 있을 건 다 있고, 갖출 건 모두 갖춘 시장이었다. 혹시 불이라도 난다면 어쩌나 싶은 걱정도 들었다. 시장 한 가운데의 '서울의원' 간판이 퍽 인상적이었으며, 자연스럽게 자란 아름드리나무를 베지 않고 건물을 비켜지은 것도 재미난 모습이었다.

'일미' 한 봉지를 사들고 씹으면서 또 풋사과 몇 개를 샀다. 그리고는 좁은 골목길로 이어지는 언덕으로 올라섰다. 양쪽으로 늘어선 집들은 마치 부산 고지대의 그것들과 유사했다. 아마 좁디좁은 주거공간이 그들의 생활을 불편하게 할 것이다. 하지만 바다가 내려다보이는 작은 포구에 자기만의 한 공간이 있다는 것은 얼마나 다행한 일이며, 외관 자체는 또 퍽이나 낭만적이라는 생각도 들었다.

봉곳이 솟은 언덕바지에서 또 하나의 옛 풍물을 만났다. 바로 '감포제일교회'와 '당산'이다. 두 건물이 주는 이미지 자체가 아주 대조적임에도 나란히 자리 잡고 있었다. 최근에 개축한 교회 건물이나 부속실, 종각들은 1917년에 시작

된 이곳의 기독교 신앙의 내력을 말해주고 있었다. 가는 대나무 숲에 묻혀 조용히 이곳을 지켜주고 있는 당산을 둘러보고는 입구의 계단에 앉아 잠깐의 휴식을 취하면서 '아 이것 참 재미나구나!' 하는 생각도 들었다.

다시 선창을 둘러보다가 방파제로 나갔다. 길이 150여 m나 되는 그곳에는 낚시꾼들이 많았다. 낚시하는 모습을 한참이나 구경하다가 격랑의 동해를 뒤로 하고 19시 20분발 경주행 버스에 몸을 담았다. 이미 해는 지고 멀리 노을이 질 무렵 긴 골짜기를 지나고 있었다. 구절양장 고갯길을 한 시간이나 지나와서 우리가 내린 곳은 경주역 앞이었다.

기차 시간을 확인한 후 시장에 들어가서 추어탕으로 저녁을 때웠다. 그러고도 시간이 남아 다방에 들어가 뉴스를 보다가 21시 45분발 전동기차에 몸을 실었다. 일요신문 기사를 읽다가, 앞에 앉은 고등학생이나 주변의 젊은이들을 훔쳐보기도 하다가, 멀리 가 있는 아이들의 무사함을 빌기도 하는 사이에 한 시간이 지나면서 울산에 닿았다.

택시로 집에 도착하니 11시가 좀 넘고 있었다. 여관에서 하루를 보낼까도 생각했지만 역시 마음 편한 곳은 우리 집이다. 아이들이 없는 집은 부부 둘만이 나누는 공간이 되었다. 그래도 언제나 아끼고 자랑스럽게 여기는 아들들을 사진으로 보다가 잠자리에 들었다. 참 단비 같은 여행길이었다. (1989. 08. 01)

*교원노조, 임수경, 문규현, 서경원 문제가 요란스러웠고, 집중호우와 태풍으로 수재민이 많이 생기고, DC 10기나 헬기 추락사고로 세상이 시끄러운 속에 조촐한 여행마저도 송구스럽다.

눈꽃여행, 하회를 가다

　지난 달 22일께는 가히 정치 혁명이라 일컬을 수 있는 민정, 민주, 공화 3당의 합당이 있었다. 그 충격파는 실로 너무도 커서 어안이 벙벙했다. 설날인 27일을 전후로 일주일이나 계속되던 추위도 엄청 혹독했다. 방학 동안 치과에 다닌 일, 통대 마지막 시험 준비, 이든이네 집 방문, 태백산맥 탐독, 설날 등이 있었지만 겨울방학을 나흘 남겨두고는 아무래도 뭔가 켕기고 허전한 마음이 들었다.
　더군다나 전국이 눈 속에 휩싸였다는 폭설 소식이 있음에도 유독 울산과 부산 지역만 청승맞은 겨울비가 내렸다. 그 서운함에다가 학교 친목회의 여행 연기 결정은 나를 더욱 눈꽃여행길로 나서게 했다.

　지난 달 29일부터 연 사흘을 눈이 내리퍼붓고 있다는 소식이 전파를 타고 있었다. 그 피해액만도 80억을 넘었다는 뉴스가 나오던 31일 저녁, 내일 아침이면 무작정 북쪽으로 떠나야겠다는 결심했다. 하지만 하루 지연된 2일 아침에야 아내와 나는 10시 42분 발 강릉행 무궁화호 입석표를 가지고 울산을 탈출하였다.
　쉬어가는 곳을 치자면 경주와 영천, 의성밖에 안 되지만 2시간 반이나 걸리는 시간을 기우뚱거리며 서서 가기란 여간 불편한 것이 아니었다. 하지만 차창 밖으로 멀리 보이는 산봉우리의 설경들이 모화를 지나고 입실을 지나면서 점차 가까이 다가오자 나는 아내와 떠나오길 참 잘했다는 마음을 눈길로 주고받았다. 같이 데려오지 못한 두 아들에게 좀 미안했다. 특히 큰아들의 그 세세한 표현력들을 발휘할 기회가 주어지지 못함은 아쉬운 일이다.

고도 경주의 모습들이 새하얗게 파노라마처럼 펼쳐지는 장면에서 맑았던 하늘이 운해인지 눈가루인지 뽀얗게 산마루를 덮어가고 있는 모습으로 바뀌었다. 오늘도 북쪽엔 눈이 오려나, 기대하며 소백산에 간다는 대학생들과 얘기를 나누기도 했다. 기껏 한다는 게 화투나 카드놀이에 열중이던 그들이 멀리 바라보이는 설경에 눈길을 주지 않음이 좀 야속하기도 했다.

하지만 아마 저들의 마음속에도 겨울이 내린 축복의 꽃을 가슴마다 품고 있으리라 생각하며 나는 한 모금의 연기가 생각나서 열차 난간 쪽으로 나갔다.

실내보다는 훨씬 차갑게 다가오는 공기를 마시며 천천히 빨아들인 담배연기를 창밖으로 날려 보내노라니 썩 기분이 좋았다.

기차는 승강기 아래로 눈가루를 뿌리면서 좌우로 너른 벌판을, 그것도 아무도 밟아가지 않은 설원을 남쪽으로 밀어내며 평행선 위를 북쪽으로, 북쪽으로 달리고 있었다.

난간에 기대어 선 쉰 나이 정도의 사내도 혼자 눈길을 거닐고픈지 하염없이 창밖을 내다보고 있고, 신문지를 깔고 앉아 열심히 무언가 읽고 있는 스무 살 내외의 청년 모습도 기차여행에서만 볼 수 있는 풍경이다.

만물을 덮어버리는 이런 자연의 조화는 눈이 생겨나지 않았더라면 도무지 없겠지만 저들도 태양 앞에는 너무도 쉽게 벗겨질 것이다. 눈꽃을 단 소나무는 눈의 무게로 인해 힘겨워 하고, 낙엽수는 마른 가지에 하얀 움을 틔우는 듯 줄기가 모두 하얗다. 전신주가 유난히 가녀린 전선으로 서로 의지하며 늘어서 있고, 이따금 소복이 쌓인 시골길에 눈을 치우고 큰길로 나들이한 흔적이 보이지만 사람들이 거의 눈에 띄지 않는 것이 신비로움을 더한다는 생각도 들었다.

의성을 지날 무렵 다시 차내로 들어와 군상들의 모습을 살피건대 자리를 양보해 준 학생에 대한 보답으로 두 갑의 담배를 건네는 모습도 정겹고, 살아가는 이야기꽃을 피우는 중년 남자의 목소리도 구수하다.

아직도 놀이에 열중인 학생들을 구경하는 모든 이들도 어디엔가는 목적지가 있을 것이다.

마침내 안동역에 닿았을 때는 오후 1시 반경이 되었다. 안내 지도를 살펴보고, 하행선 열차표를 구입하고, 직행버스 편을 알아보고 어쩌고 하는 사이에 30분이 후다닥 지나갔다. 식당에 들어가 곰탕으로 늦은 점심을 먹고, 8천 원에 대절한 택시를 타고 목적지 하회마을로 향해 달렸다. 어제까

지만 해도 통행이 불가했다는 길가에는 차바퀴가 지나간 자리만 빠끔히 트였을 뿐, 아직도 수북이 쌓인 눈길이었다.

차창 밖으로 바라보이는 언덕 위의 교회당도, 보건전문대도, 교도소도 모두 눈을 덮어쓰고 한결 깨끗한 차림이었다. 작은 읍 지역을 지나 굽어난 지방도로를 한참 지났을 때 엄청 너른 들판이 나타났다. 풍산들이라고 하는데 인근에 농가가 그리 많지 않은 것으로 보아 작은 고개만 넘으면 나온다는 하회마을 사람들의 농토도 상당하지 않을까 생각된다.

이윽고 고갯길을 지나 아득히 바라보이는 마을이 하회河回! 안동군 풍산면 하회리는 정부가 지정한 민속촌이란다. 역 앞 식당 주인의 류성룡 대감 출생에 대한 태몽 이야기며, 택시기사가 들려준 마을 입구 언덕 사이로 난 길가 흙의 색깔 이야기 등을 이제 눈으로 확인할 차례가 된 것이다. 15시가 조금 못 미칠 무렵 마을에 도착하여 차편을 알아보니 17시에 나가는 버스가 있단다. 예약한 기차시간을 감안하여 서둘러 둘러보고 택시를 타야겠다고 생각했다.

남촌댁 대문으로 들어가 빠끔히 들여다보노라니 조선시대의 냄새가 물씬 살아나고 있었다. 처마 밑으로 질퍽한 땅을 피해가며 골목길로 돌아드니 고풍 짙은 와가가 사람이 살지 않는 모습을 하고 있었다.

나무판을 양쪽에 대고 진흙과 지푸라기만으로 담을 쌓은 반듯한 골목을 지나 서애 선생의 형님인 겸암 선생의 고택인 양진당을 둘러보았다. 솟을대문 오른쪽에 있는 마구간의 구유 모습이 독특했다. 안채로 들어가니 아직도 종가의 위엄이 갖추어진 모습을 하고 있었다.

166

맞은편에 자리 잡은 충효당, 이곳은 서애 류성룡 대감의 고택으로 양진당과는 약간 다른 모습이었고, 나름대로 특징을 갖추고 있었다. 특히 이곳은 서애 선생의 유덕을 기려 박 대통령 시절에 세워진 영모각이 있는데 대감의 유품들이나 교지, 고서 등 수많은 자료들을 전시하고 있었지만 문이 잠겨 있어서 직접 살펴볼 수는 없었다. 뜰에 서 있는 수십 갈래로 줄기가 난 소나무가 퍽 인상적이었다.

다시 하얀 눈을 밟으며 강가로 나갔다. 모래사장 위로 하얗게 내려앉은 눈밭이 어찌나 곱던지. 유유히 돌아 흐르는 낙동강 상류인 이 강가에서 여름날 천막을 치고 별밤을 하얗게 지새우고 싶은 충동이 일기도 했다. 더 머무르고 싶지만 차 시간 때문에 서둘러 마을 모습을 눈에 담고 돌아 나와야 했다. 안동역으로 돌아오는 길이 막막하였으나 다행히 서울에서 내려와 렌터카로 이곳을 방문한 세 분의 신세를 지면서 쉽게 돌아올 수 있었다.

차 안에서 나눈 몇 가지 이야기를 통해 그들은 정치나 문학 방면에 관심이 있는 분으로 보였다. 차 한 잔이라도 대접하고 싶었지만 차 시간에 쫓겨 황급히 역에 닿으니 기차는 30분이나 연착이었다.

흔히 볼 수 있는 기차 안의 모습을 물끄러미 바라보기도 하면서 울산역에 닿으니 함께 내린 승객 무리는 수백 명을 이루고 있었다. 택시를 타고 집으로 돌아오는 차 안에는 어느 새 환히 웃으며 나를 맞아줄 아들놈들 얼굴이 어른거리고 있었다. (1990. 2. 2)

다시 10년만의 가족 나들이

♣첫날(1996. 8. 17, 토) : 울산→수원→서울→수원

　처음으로 차를 몰고 가족여행을 하게 되었다. 10년 전 기차를 타고 결혼 10주년 기념으로 서울 여행을 한 지 다시 10년만의 가족여행이었다. 장거리 운행을 한다는 것이 무척 부담이 되었는지 잠이 잘 오지 않았다. 이런저런 생각 끝에 겨우 2~3시간을 자고 일어나 출발 준비를 서둘렀으나 6시 30분이 되어서야 출발이 가능했다. 겉으로는 태연한 척했으나 내심 비장한 다짐을 하곤 했다.

　여행 출발의 목표는 여러 가지였다. 큰 아들이 다니는 학교가 어떤지, 머무르는 하숙집은 어떤지를 둘러보고 하숙방 짐을 기숙사로 옮겨주기 위함이 가까운 목표였다. 또 한 가지 이유는 작은 아들 원희가 진학하게 될 가능성이 있는 대학들을 둘러보고 학습 의지를 높여 주어야겠다는 점이다. 그리고 충청, 경북권의 문화 유적지를 돌아보아야겠다는 목적으로 여행길에 오른 것이다.

　뿌옇게 내려앉은 고속도로의 안개는 시야를 흐리게도 했지만 평균 시속 100Km를 넘게 달려 7시 50분경에 칠곡 휴게소에서 아침식사를 했다. 다시 8시 30분에 휴게소를 나서서 중간에 잠깐 쉰 곳을 제외하고는 줄곧 달렸다. 신갈 IC를 빠져 나와 성균관대학교를 가는 길을 찾았지만 초행길이라 그리 쉽지 않았다. 제대로 정비되지 않은 외곽도로를 가다 보니 학교를 찾을 수 있었고, 원빈이의 하숙집을 찾아갈

수 있었다.

학교 근처는 거의 하숙치는 집인 듯했다. 집을 떠나 하숙이나 자취하는 대학생들을 보니 마음이 아릿했다. 길모퉁이에 위치한 하숙집은 주변 환경도 그러하거니와 집이나 방의 구조가 퍽이나 좋지 않았다. 공부를 좀 하는 것 이외에는 도무지 믿음직스럽지 못한 큰 아들이 이곳에서 4~5개월을 보냈고, 방학 중인데도 기타(Rock Group) 연습을 한답시고 혼자서 남아 있는 꼴이라니 한심스럽기만 한데……

그 옛날 고교 3년, 교대 2년을 반은 하숙이요, 반은 자취 생활이었던 옛 시절이 떠올랐다. 어지간히도 고통스러운 모습들이었다. 부산 보수동의 추위와 배고픔, 초량의 비탈진 판잣집과 끔찍스러웠던 주변의 모습들, 가포만의 바닷가 자취방, 신마산의 왜식 건물과 부창식당……

생각하기에 따라 자유롭기도 하고 추억거리일 수도 있지만 내게는 곤궁함과 외로움이 더 크게 남아 있어서 떠올리고 싶지 않은 기억들이다. 홀로 숙식과 빨래를 해결해야 했고, 늘 부족하고 힘들었던 그런 날들도 이제는 20수 년 전의 일로 까마득히 밀려나 있다.

요즘 아이들은 옛날보다 훨씬 나아진 환경 속에서 자랐다. 따라서 우리가 클 때보다 여건이 많이 좋아졌다고는 하나 그래도 어찌 부모님이 함께 하는 자기 집만큼이야 하랴. 하지만 이들이 이곳에서 학문과 지식을 익혀 사회에 나가 제 역할을 해내고 가장이 되었을 때는 나처럼 어려웠던 젊은 날을 떠올리며 옛 이야기를 하리라. 나의 아들도 이곳 생활을 모두 겪어내고 학업을 잘 마치기를 바랄 뿐이다. 아들과 기숙사에 등록을 하고 학교를 둘러보니 여러 가지로 많이 열악했다. 삼성이 재단에서 손을 뗀 후 학교는 투자를 하지 않아 시설이 엉망이었다.

다시 하숙방으로 돌아와서 라면으로 한 끼를 때우고 서울로 향했다. 안양, 의왕 등 외곽 도시를 거쳐 신림동 골목길을 돌고 돌아 드디어 서울대학교 정문에 닿았다. 교문부터가 거대한 쇠붙이로 만든 독특한 형상을 하고 있었다. 관악산 기슭에 100만 평도 더 됨직한 캠퍼스는 한국 최고의 지성을 배출하는 요람답게 수십 개의 강의동이나 연구동이 널찍널찍하게 자리 잡고 있었다.

방학 중임에도 대학의 주인들이 많이 눈에 띄었다. 기숙사 앞 농구장에서 수십 명의 학생들이 땀에 흠뻑 젖은 채 운동에 열심이었다. 바로 저들이 공부에 몰두할 때도 저러하리라 생각하니 든든해 보였다.

큰 아이는 이미 이 학교의 주인에서 멀어졌고, 작은 아이가 이곳의 주인공이 될 수도 있으련만 별반 마음에 없는지 기념사진 찍기도 거부하니 이를 어쩌랴.

경희대학교로 향했다. 지하철과 승용차 편을 두고 장단점을 비교하다가 큰 용기를 내어 핸들을 잡았다. 길의 초입부터가 체증이 심하여 20여 분을 헛되이 보내다가 방향을 바꾸어 상도터널을 빠져 나와 계속 달렸다.

다행히 길은 막히지 않았다. 도심지 지도를 펴놓고 아들들이 가자는 대로 가다보니 광화문이 나오고, 신촌이 나오고, 청량리가 나왔다. 지도와 표지판 안내대로 길을 가면 못 찾을 곳이 없겠다는 자신감이 생겼다. 경희대학교는 출발한 지 한 시간 만에 찾았다.

숲속에 쌓인 이 학교는 전체적으로 매우 아름다웠다. 고대

건축 양식대로 지어서인지 고풍스런 건물들이 멋지고, 배치 또한 아기자기한 맛이 서울대와는 아주 대조적인 모습이었다. 작은 아들 원희가 만족스러워하는 눈치다. 그래, 어느 학교이든, 어느 학과이든 원하는 곳에 진학하고, 하고 싶은 일을 하고 살 수 있으면 좋지 않겠나. 학교를 빠져나오면서 차량 진입과 주차 통제가 철저하고, 돈을 받는 것이 어쩐지 몰인정하다는 생각이 들었다.

이상하게도 서울거리가 조용했다. 만성 체증으로 몸살을 앓는다는 서울거리가 마치 촌놈 차가 나온 줄 아는 듯 거리가 한산한 것은 주말이기 때문이었다. 그리 어렵지 않게 목동 신시가지의 재종 집을 방문하였다. 마침 기자인 문호 동생도 와 있었다. 한참을 머물며 온갖 얘기를 나누다가 수원으로 향했다. 헤매다가 우여곡절 끝에 진입로를 찾아 아들의 하숙방에서 첫날을 묵었다.

♣둘째 날(8. 18, 일) : 수원→제천→충주댐(청풍문화재단지)
　　　　　　　　　→수산면→단양→죽령→희방사

10시가 넘어서야 느지막이 아침 식사를 하고, 기숙사로 짐을 옮겼다. 수원 시내의 팔달문 근처에 있는 병원을 찾아가 하숙집 아주머니 문병을 하였다. 병원을 나와 시장에 들어가서 여행에 필요한 샌들과 버너를 사고는 용인민속촌을 찾아 나섰다. 이제 일행은 큰 아들이 합류하여(첫날 오후부터) 넷이 되었다. 낯선 거리를 한참을 달리면서 경희대, 강남대, 용인대, 명지대 등 상당수의 대학들이 분교 형태나 전체 이전 형태로 옮겨 와 있는 것을 볼 수 있었다.

그런데 민속촌으로 접어드는 길을 그만 놓치고, 영동고속도로로 접어들었다. 여주 들판을 배경으로 한참을 달리다가 휴게소에서 때늦은 점심을 먹었다. 동해안 방향으로 떠나는 피서 일행들이 많았고, 달리는 차의 흐름은 매우 빨랐다. 남원주 IC를 빠져 나와 중앙고속도로를 달린 지 10분 남짓, 도로는 차가 거의 달릴 수가 없었다. 영문도 모르는 채 기다리다 보니 돌아가는 차가 많았고, 20여 분 후에 사고 차량을 실은 차가 반대편 차선으로 올라왔다. 파손된 3대의 차량을 보니 끔찍한 사고임에 틀림없어 보였다.

이처럼 사람의 운명은 정말 한 치 앞도 예측할 수 없는 돌발 상황이 일어날 수 있는 것이다. 사고지점을 통과하고 달리다 보니 연속하여 다섯 개의 터널이 나왔다. 태백 준령의 작은 줄기인 치악산 자락을 뚫고 직선로를 완성해 가는 토목인들에게 고마움을 느끼며 제천 시내로 들어갔다. 제천-안동 구간은 4년 후인 2000년에 완공된다니 다시 한 번 거기를 달려보리라 생각했다.

제천! 나에게는 오래 전 기차에서 만났던 어느 여고생에 대한 막연한 그리움이 있었다. 그래서 대학을 졸업하던 그해 5월 15일에 이런저런 이유로 가출을 감행하면서 제천을 선택했었다. 오후 내내 기차를 타고 올라와서 역 앞 여관에서 갖은 상념에 사로잡혀 잠 못 이루던 23년 전의 그날 밤을 떠올렸다. 시내를 빠져 나와 청풍면으로 향했다. 청풍은 그 해에 집을 나와 지도를 펴놓고 '청풍淸風'이라는 지명에 반해 찾아들었던 곳이다.

덜컹거리던 신작로는 아스팔트길로 바뀌었고, 강나루를 건너야 갈 수 있었던 그곳은 사라져버렸다. 충주댐으로 인해 이제 지도상에 없다는 걸 대강 알고 있었지만 혹시나 하는 기대는 역시 '혹시나' 일 뿐이었다.

호수의 둘레를 돌고 돌아 한참을 가다보니 청풍문화재단지가 나왔다. 민족의 대역사인 충주댐 건설로 수몰지역(주로 청풍면)에 있던 문화재 43점을 1983년부터 3년간에 걸쳐 이곳에 이전해 놓은 것이다. 내가 처음으로 청풍에 갔던 그해에는 전 해의 큰 홍수로 인해 인심이 넉넉잖을 거라는 말만 듣고 그냥 지나쳤었다. 그런 청풍면의 흔적을 이곳으로 옮겨놓은 것이다.

한벽루(보물528호), 금남루, 팔영루, 금병헌, 응정각 등의 관아 건물과 청풍석조여래입상(보물546호), 지석묘를 비롯한 석물 32점, 청풍 향교, 고가 4동 등이 호수의 언덕바지에 자리 잡고는 돌아갈 수 없는 물속 고향을 내려다보고 있었다. 옛 선인들이 사용했던 갖가지의 생활용구는 이제 한갓 전시품에 불과하여 빛바랜 모습으로 관람객에게 아련한 향수만 전해줄 뿐이었다.

한 시간 남짓 머물던 청풍을 출발하여 댐 둘레를 따라 수산면으로 이어지는 도로를 달렸다. 그 옛날, 내가 걸어갔던 청풍면에서 수산면으로 난 산 너머 3~40리길은 이제 끊겨 없어지고, 이렇게 돌아갈 수밖에 없는 것이다.

수산면 소재지에서 도전리로 가는 길을 물어 고개를 넘어 돌아드니 약간은 눈에 익은 마을이 나왔다. 하지만 잡목과 풀로 덮여 있던 야산은 큰 나무숲으로 우거졌고, 150여 호가 되었던 집들은 40여 호로 줄어들어 23년 전의 모습은 거의 찾아보기 어려울 정도였다. 정처 없이 숙식만 해결할 곳을 찾아 이곳에 보름을 머물던, 그래서 그 고마움을 잊지 않고 찾아온 것이다. 내가 찾은 박 씨네는 옛집에서 이사하여 고추 농사일을 하느라 매우 바쁜 일손을 놀리고 있었다.

나는 1973년 5월, 이 동네를 처음으로 찾던 그날을 떠올렸다. 정처 없이 길을 걷다가 마침 산 아래에 큰 동네가 나타났고, 산골 학교가 보였다. 교대 졸업장을 신분으로 학교로 찾아들었고, 총각 선생님을 만나 사연을 이야기하니 나를 자신의 하숙집으로 데리고 갔다. 그 집에서 '박병렬'이라는 동네 청년을 만났다. 내 이야기를 대충 듣던 그는 나를 자기 집으로 데리고 갔다. 나는 그에게 많은 신세를 졌고, 그래서 긴 세월 지나 이곳을 찾아온 것이다.

그런데 내가 찾는 그는 이 세상에 없었다. 한참의 설명으로 사연을 알아들은 그의 형 박주영 씨는 전혀 뜻밖에 그의 죽음을 말하는 것이 아닌가! 그는 나와 헤어진 그 이듬해에 급사를 했단다. 너무도 충격적이었고, 허탈했다. 그런 그를 나는 무려 23년이나 늘 마음 한 편에 두고는 언젠가 찾아가리라 여겼었다. 그때의 고마웠던 일을 떠올리며 반갑게 만나리라 생각했는데 이렇게 되고만 것이다.

산 너머 밭에 일 나가신 병렬 씨의 어머니를 만나기 위해 두 시간을 기다렸다. 그 사이 아내는 고추가 싸다고(4,000원×15근) 한 포대를 샀다. 잎이 무성한 콩잎도 제법 많이 땄다. 그의 어머니는 오래 전 죽은 아들을 찾아온 나를 반갑게 맞아 주셨다. 그 옛날 이 분의 손으로 지어주신 밥을 보름이나 먹었었다. 그때는 완전 꽁보리밥이었지만 감지덕지였고, 꿀맛이었다.

우리 식구는 저녁 한 끼를 그 집에서 대접받았고, 이야기를 나누다가 하직 인사를 했다. 그의 도움으로 보름을 신세

졌던 그 고마움은 도무지 갚을 길 없이 돌아서야 했다. 모친의 따스한 인정을 느끼면서, 그에 대한 연민만 가슴에 안고 늦은 시간인 9시 무렵에 동네를 벗어났다. 깜깜한 산골의 지방도로를 전조등을 비추며 돌아 나오기를 40여 분만에 단양에 닿았다. 가다가 적당한 곳에서 야영하리라던 생각은 낯선 곳의 두려움으로 거두어들여야 했다. 단양 8경을 구경할 수 있으면 좋으련만 대구에 있는 이모 집 방문이 소원인 두 아들 때문에 조금이라도 남쪽으로 내려와야만 했다.

죽령 고갯길을 한참 돌아 올라가니 어두움과 적막과 외로움이 와락 몰려들었다. 한밤중이어서인지 가끔 지나가는 차량을 제외하고는 우리 식구만 길을 가고 있는 듯했다. 하늘에는 마치 쏟아질 듯 별들이 총총하고, 별빛이 유난히 선명하여 우리 식구들은 아주 낯선 곳의 이방인이 된 느낌이었다.

다행히 고갯마루의 휴게소를 거쳐 조금 내려오니 소백산 희방사와 폭포 입구가 나오고 대형주차장이 나왔다. 차를 주차하고 조금 쉬다가 소백산 자락의 유일한 민박집을 찾아 들었다. 어제까지만 해도 북적였다는 피서 인파는 거의 없었고, 오직 우리 식구만이 너른 민박집을 전세 내었다.

짐을 풀고, 몸을 씻고는 사연 많은 주인과 얘기를 나누다가 하루를 묵었다.

♣셋째 날(8. 19, 월) : 영주 순흥면사무소→소수서원→부석사
→봉화→하회마을→대구

곤히 잠든 두 아들을 두고 아내와 나는 골짜기 방향으로 아침 산책길을 나섰다. 소백산의 맑은 공기와 물, 토양의 힘으로

싱그럽게 익어 가는 사과가 무척 탐스러웠다. 무속 신앙의 흔적들이 곳곳에 눈에 띄는가 하면 골짜기의 맑은 물은 정겹게 소리를 내며 흐르는 모습이라니, 우리 같은 도시인에게는 아주 소중한 자연의 은혜로움이었다. 아이들의 늦은 잠을 깨워서 아침을 먹고 짐을 챙겨 사흘째의 여행길을 나섰다. 잠깐 둘러 보리라던 희방사와 폭포는 거리와 비싼 입장료 때문에 입구에서 차를 돌려 풍기를 지나 영주로 향했다.

바라보이는 경작지에는 밭작물이 주류를 이루고 있었다. 북부 경상지방에는 남부와는 달리 인삼이라든가, 도라지, 마, 고추 같은 특용작물이 많았다. 한참을 가다가 경주나 공주 같은 고도에서나 쉽게 볼 수 있는 고분이 나왔다. 도로에서 떨어진 고분의 모형을 조성하여 이 지방의 문화유적지 단면을 소개하고 있었다. 신기한 것은 고려의 지방 호족 무덤인 듯한 이 고분에서도 벽화가 그려져 있다는 점이다. 안내판에 고분을 보실 분은 전화를 하면 5분 이내에 안내하겠다는 표지판이 있었는데 사실이 그러했다.

순흥 안씨의 시조 선영을 지나니 고건물이 나왔다. 그냥 지나치기가 아까워서 들렀더니 아주 소중한 장면이 눈앞에 나타났다. 영주군 순흥면 사무소! 우리나라 어느 곳에 이렇게 문화재를 소중히 보존하고 있는 작은 행정관서가 있으랴! 드넓은 이곳의 입구에는 은행나무의 그늘이 넉넉하고, 정면에는 옛 흥주도호부의 현판이 달린 누각이 고색창연한 모습으로 우뚝 서 있었다. 면사무소 뜰의 한 쪽에는 척화비의 원형, 당간 지주, 불상 등 각종 석물들이 개발로 인하여 제자리를 떠나야만 했을 때 이곳에 옮겨 놓은 것이었다.

또 누각 옆에는 유물관이 자리 잡고 있었다. 잠겨 있는 문을 부탁하여 열고 들어갔더니 정말 들르기를 잘했다는 생각이 더욱 들었다. 조금 앞서 보았던 내리 고분의 발굴 당시 사진과 출토된 유물 사진이 비록 실물은 아니지만 귀걸이, 목걸이 등의 장신구와 벽화, 토기 등이 한 눈에 알아보기 쉽게 전시되어 있었다. 그 밖의 각종 생활용구인 농기구, 짚으로 엮은 용기, 옹기, 주방기구와 문방사우, 고서 등이 분야별로 진열되어 있었다.

국립박물관이나 대학박물관 등 큰 규모의 전시관에서 느끼지 못한 옛것의 소중함이 가슴에 깊게 배어들었고, 우리 고장 울산의 현실이 더욱 한심스럽게 생각되었다. 우리나라 최초의 주자학자인 안향 선생의 연고지다운 모습을 간직한 이곳 사람들의 자부심은 면사무소 건물이 유물관이나 누각에게 중심자리를 내줄 만큼 대단하다고 느꼈다.

자동차로 5분도 안 걸리는 곳에 소수서원이 나타났다. 풍기군수였던 신재 주세붕 선생이 고려 말의 유현 안향 선생의 사묘祠廟를 세워(1542) 위패를 봉안하고 학사를 건립하여 백운동서원을 창건한 데서 비롯되었단다. 그 후 퇴계 이황 선생이 풍기군수로 재임하면서(1550) 소수서원이라는 이름으로 사액을 받게 되니 최초의 사액서원이자 공인된 사립 고등교육기관이 된 곳이다. 앞개울에 물이 맑게 흐르고 소나무, 은행나무 등 고목들이 늘어선 길을 따라 조금 들어가니 서원의 크고 작은 건물들이 드러났다.

유물관에서는 정말 귀한 자료들을 볼 수 있었다. 국사책에서 보았던 낯익은 회헌 안향(1243~1306)선생의 영정(국보 111호)을 비롯하여 보물이 3점, 도유형문화재 1점을 비롯한 각종 사료들을 직접 볼 수 있었다.

관람을 마치고 나오니 우리일행이 들어갈 때 안내판을 옮겨 적던 어느 고등학생이 영문 안내판마저도 적고 있었다. 옛날에 태어났더라면 저런 정성으로 능히 이 서원에서 수학할 수 있는 성실한 학생이었으리.

다시 차를 달려 20여 분을 가니 부석사가 나왔다. 우리나라 5대 명찰의 하나요, 유홍준 교수가 '나의문화유산답사기'에서 사무치는 그리움으로 해마다 찾아든다는 절이다. 높지도 낮지도 않은 능선이 겹겹으로 둘러싸인 이 고찰은 절의 앞마당 가까이까지 연결된 사과밭과 은행나무 숲길을 지나야만 닿을 수 있었다. 때 이른 사과가 벌써 탐방객의 입에 군침을 돌게 했다.

웅장하고 멋들어진 축대와 일주문과 사천왕문 등 여러 개의 문루를 지나 무량수전 앞에 다다랐다. 우리나라 최초의 목조건물(1376, 국보18호)로 자랑스러운 모습이었다.

부석사는 이름값만큼이나 과연 대단했다. 무량수전 앞 석등(국보17호), 석조여래좌상(보물220호), 삼층석탑(보물249호), 당간지주(보물256호), 조사당(국보19호), 소조여래좌상(국보45호), 조사당벽화(국보46호), 고려 각판(보물735호) 등 국보 5점과 보물 4점을 보유하고 있는 절이다. 그 외에도 원용국사비, 2기의 삼층석탑, 웅장한 석조 기단, 떠 있는 돌의 전설을 간직한 '부석浮石' 등은 가히 명찰로 손꼽히기에 손색이 없다.

더욱 돋보이는 것은 절이 앉은 방향과 위치이다. 어디에서 보아도 한 폭의 그림으로 담기에 전혀 어색함이 없는 절경이란다. 전혀 새로운 단청을 하지 않은 고풍스러운 멋 또한 일품이었다. 화장실에 들렀을 때도 청결함은 여느 공중화장실에서 느낄 수 없는 그것이었다. 신라 문무왕 16년(676) 의 상국사에 의해 해동 화엄종의 수사찰首寺刹로 세워진 이 절은 고려 초기에 중창되었으나 병화로 우왕 2년에 재건된 유래를 지닌 명찰이기도 하다.

한 떼의 초등학생 견학단이 들어오는 모습에서 정겨움을 느끼며 우리 가족은 안동 방면으로 향했다. 봉화 읍내를 지날 때 내려다보이는 맑은 강물이 참 부러웠다. 이미 점심때가 지났지만 삼겹살과 야채를 구입하여 풍광 좋은 곳을 물색하며 남쪽으로 더 달렸다. 가끔씩 바라다 보이는 전통 가옥과 마주치면 저기가 고향이었으면 하는 바람을 하기도 하면서 한참을 내려오다가 도로변에 접한 학교를 발견하고는 거기서 한 끼 밥을 해결하려고 찾아들었다.

그런데 학교는 학교인데 이미 폐교된 학교였다. 본관과 후관 등 2개동으로 이루어진, 한 때는 제법 컸음직한 학교였지만 이미 주인이 없는 쓸쓸한 교정이었다. 교실 유리창은 깨지고, 잡초는 우거져 있었다. 놀이기구는 아이들의 손때가 가신 지 오래고, 운동기구는 넘어져 나뒹굴고 있었다.

늦은 점심을 꿀떡같이 달게 먹고 학교를 돌아보았다. 실내에는 비품들이 많이 있었지만 부서지고, 깨어져서 못쓰게 된 것이 대부분이었다. '죽은 살림의 교육 재정을 정녕 살릴 길은 없을까.' 하는 생각을 하며 뒤로 돌아가 보았다. 2층 슬라브 조의 건물 일부를 식품회사에서 임대하여 사용하고 있었는데, 소위 '뻥튀기 과자' 만드는 기계소리가 철거덕 철거덕 돌아가고 있었다.

농촌사회는 이렇게 아이들은 없고 노인들만 지키는 곳이 되어 버렸다. 그래서 수많은 학교가 폐교되었거나 폐교될

입장에 놓이게 된 것이다. 교문 앞에 세워진 교적비에는 이
렇게 적혀 있었다.

'오온초등학교, 이 학교는 1937년에 개교한 이래 2,150명
의 졸업생을 배출하고 1996. 3. 1. 자로 폐교되었음, 영주시
교육청교육장'

같은 경상도 땅이지만 좀은 다르다 싶은 농촌 정경을 차
창 밖으로 밀어내며 40여 분을 달리니 안동 시가지가 나왔
다. 목적지인 도산서원으로 가는 길을 놓쳐버리고 또 다른
목적지인 하회마을 쪽으로 달렸다. 1990년 2월초에 전국이
폭설 속에 싸였다는 눈 소식을 듣고 문득 찾았던 하회마을
을 6년 만에 찾아가는 것이다. 눈이 귀한 울산에서 눈이 그
리워 아내와 무작정 기차를 타고 와서, 다시 택시로 달려 찾
은 그때의 하회마을은 가히 환상적이었다. 넓디넓은 겨울의
풍산 들녘을 지나 그림처럼 나타냈던 그곳!

눈 속에 싸인 꿈꾸는 정경만이 연상되는 내게 오늘의 하
회마을은 실망 그 자체였다. 어느 정도는 실망스러울 것이
라는 예상을 했지만 상황은 매우 심했다. 차량과 사람이 북적

이고, 민박집이며 음식점, 탈 파는 가게 등 마치 어울리지 않는 어색한 상가라고나 할까? 뭐 그런 느낌이 들었다.

그러나 대갓집의 규모는 역시 대단하였고, 이 마을이 배출한 서애 류성룡 선생의 유물들이 소중히 보관되어 있는 영모각에서 많은 사료들을 볼 수 있는 것은 퍽이나 다행스러웠다.

낙동강이 태극형으로 돌아 흐른다 하여 '하회' 라 하였고, 조선조 공조전서 류종혜 공이 입향 후 600여 년을 풍산 류씨가 세거해온 이 동족마을은 전체가 중요민속자료 제122호로 지정되어 보호되고 있다. 이 마을은 웅장한 기와집과 서민들의 초가로 형성되어 있으며, 전통문화와 수려한 자연경관이 특징을 이룬다.

국보 2점(징비록, 하회 병산탈), 보물 4점, 주요 민속자료가 10점(양진당, 충효당)이나 된다. 특히 국보 121호로 지정된 하회탈은 탈 중에서 유일하게 국보로 지정되었고, 가면예술 분야에서 세계적 걸작으로 평가받고 있다고 한다.

하회탈은 원래 12개였는데 3개(총각, 떡다리, 별채)는 분실되고 이름만 전해져 오며 양반, 선비, 백정, 초랭이, 중, 할미, 어매, 부네, 각시탈 등으로 구분되고 탈춤도 전수되어 오고 있다고 한다.

가옥이 밀집되어 있는 점은 같은 민속마을인 안강의 양동마을과는 그 모습을 달리하고 있고, 상혼에 물든 점도 다른바 양동 마을만은 이런 모습을 닮지 않았으면 싶다. 강변 쪽으로 나와 맨발로 백사장을 밟으며 빠른 속도로 흘러가는 낙동강에 발을 담갔다.

방문객이 버리고 간 쓰레기가 곳곳에 흩어져 있고, 이동

파출소가 알리는 확성기 소리도 귀에 거슬렸다. 땅거미가 깔릴 무렵 우리는 마음을 빠져 나와 중앙고속도로와 연결된 쪽으로 향했다. 풍산들은 역시 대단히 넓고 양반문화를 꽃 피운 안동의 곡창지대임을 느끼면서……

대구로 내려오는 길은 다들 어지간히 밟아대고 있었다. 중앙분리대가 없고, 편도 1차선뿐인 안동–대구간의 중앙고속도로는 위험했다. 자칫 대형 사고를 일으킬 소지가 높다는 점을 의식하며 조심스럽게 차를 몰았다. 한참을 달린 끝에 서대구 I.C를 빠져나왔다. 도로망이 울산이나 부산과는 달리 쭉 뻗은 대구 시가지를 달려 수성구 황금동의 아이들 이모 댁에 닿았다. 반가운 만남과 사흘간의 여독이 함께 녹으며 며칠 만에 깊은 잠을 청했다.

우리 가족은 사흘째 밤을 대구에서 묵었다. 나흘째 아침이 오고 여행을 마무리할 날이 되었다. 아침을 먹고, 큰 아이는 수원으로, 남은 식구는 울산으로 향했다. 다시 돌아온 울산의 모습은 내 눈에 무척 익숙했고, 나를 반가이 맞아주었다. 무사히 여행을 마칠 수 있었음은 오로지 하느님의 가호와 1,140km를 탈 없이 잘 굴러준 자동차였음에 진심으로 감사할 뿐이다. (1996. 8. 17~8. 20)

순천시를 찾아서 1997. 8. 16(토)~8. 17(일)

순천으로 이사 간 동생네 집 방문을 주목적으로 가족여행을 떠났다. 대학 2학년인 큰아들과 고3이 된 작은아들도 함께한 여행이기에 이들에게 머리를 식힐 기회도 가질 겸 떠난 여행이었다. 집으로부터 먼 곳으로 떠난다는 것은 역시 설레고 들뜨는 일이다. 이미 예견된 일이었지만 동생네 식구는 6개월여 이산가족 생활을 청산하고 직장이 있는 율촌 가까이의 순천 신시가지인 연향동으로 이사를 했다.

포항에 직장을 잡았던 동생이 현대강관으로 회사를 옮겨 이제 고향에서 살게 되나 싶었었다. 그런데 냉연공장 건설을 반대하는 꽃바위 주민들에 의해 신설공장이 율촌으로 옮겨가니 어쩔 수 없이 그곳으로 가야만 했던 것이다. 하나밖에 없는 동생이 2년도 채 못 채우고 다시 고향을 떠나는 모습이 퍽 아쉽고 안쓰러웠다. 막내를 멀리 떠나보내는 아버지는 기어이 눈물을 보였다니 직장 문제로 타향살이를 하고 있는 현대인의 아픔을 조금 더 깊이 알 것도 같다.

부모님과 형님 식구는 한 차로 따로 출발하고, 우리 가족은 아들 둘을 뒷자리에 태우고 10시쯤에 출발하였다. 막힘 없는 고속도로를 달려서 새로 난 양산–김해 간 신설도로를 빠져나와 1시간 30분여 만에 진영휴게소에서 첫 휴식을 취했다. 그리고 다시 남해고속도로를 달렸다. 중간 중간에 진입로가 있다 보니 통행료 또한 심심찮게 내야만 했다. 귀찮기는 해도 감각 없이 내달리는 차량의 속도를 줄일 수 있으니 긍정적 측면도 있으렷다!

창원-마산-진주-하동을 지나면서 낯익은 모습들이 꾸준히 눈에 들어왔다. 산자락마다 누군가의 조상님 산소가 정성스레 단장되어 있는 모습이다. 조상을 위하는 일이 지나치다 보니 이제 자리 좋은 자연은 죽은 자에게 다 내주고, 산 사람들은 찌든 도심에서 살아야 하는 상황이 심화될지도 모를 일이다. 전라도가 시작되는 섬진강휴게소에서 아내의 고향 친구가 운영한다는 광양의 어느 식당에 전화를 하니 불과 2~3km 가까이에 와 있단다. 한 바퀴 헛걸음질 끝에 마중 나온 친구의 안내를 받으며 식당에 갔다. 30여 년만의 반가운 만남을 보니 나 또한 보기 좋았다. 맛난 점심을 대접받고 30여km 남은 순천 길을 접어두고 하동 포구로 향했다.

섬진강의 서쪽으로 난 도로를 한참 동안 신나게 달렸다. 그런데 눈에 확 들어오는 문구가 보였다. '섬진강, 이대로 영원히 흐르고 싶습니다.' 아마도 맑은 강물이 계속 흐르기를 기원하는 사람들의 마음을 저 글귀 속에 담고 있으리라. 경상도와 전라도를 가로지르며 흐르는 섬진강을 오른쪽으로 내려다보며 30여 분 달리다가 강가의 모래밭에 내려섰다. 같은 강줄기일지라도 조개가 서식하는 곳이 따로 있는지 우리들이 밟은 모래사장에는 재첩이 보이지 않았다. 그래도 맨발로 모래밭을 걷는 즐거움만도 컸다.

다시 출발하여 쌍계사 계곡으로 들어갔다. 25년 전 학창시절에 10월 첫 주의 연휴를 틈타 20여 명의 동기생과 천황봉을 오를 때 지나갔던 길이다. 당시 허술한 등산장비를 가지고 2박 3일 일정의 지리산 등반 중 첫날 저녁의 숙식을 위해 기차에서 시외버스로 바꿔 타고, 다시 화계장터에서 내려 늦은 밤길을 한참이나 올라갔던 그 길이다. 여름철이라

10km 이상 뻗은 골짜기는 야영 인파로 북적였다.

쌍계사 구경을 놓치고 구례로 방향을 잡았다. 박경리 선생의 '토지' 배경인 평사리를 지날 때는 최서희의 잔영을 보는 듯하였다. 강 건너의 피서 인파를 부러운 눈으로 바라보면서 언젠가는 달려 보리라던 섬진강을 따라 나 있는 강변로를 신나게 내달아 해가 서산마루에 걸릴 무렵 구례를 통과하였다. 그런데 구례-순천 간 국도는 4차선 확장공사 중이어서 통과하는 데 힘이 좀 들었다.

18시 30분 무렵 순천 시내에 들어섰다. 동생네 집이 신시가지에 형성된 아파트 대단지라는 말에 쉽게 찾을 수 있을 것이라는 예상과는 달리 몇 차례를 물어서 목적지에 닿았다. 오랜만에 그 먼 곳에서 아버지를 모신 우리 삼형제는 흥망성쇠가 뒤엉켰던 할아버지 대의 가족사를 이야기하면서 밤늦게까지 놀다가 잠을 청했다.

이튿날 순천의 명소인 낙안읍성과 송광사를 찾아 나섰다. 지나는 길에 끔찍했을 것으로 보이는 교통사고 현장을 지나 낙안읍성에 도착했다. 책자에서 글과 사진으로만 소개된 것을 본 적이 있는 이곳은 하회, 양동, 성읍 등의 민속마을과는 전혀 다른 모습이었다. 왜구의 빈번한 노략질을 막기 위해 의병의 힘으로 1397년에 쌓은 토성을 근거로 1626~1628년에 임경업 장군이 군수로 재직할 때 석성으로 중수했다는 읍성이다. 1,410m 길이의 성곽 위에 올라 걸어 다니며 바라보이는 풍경은 참 아름다웠다.

들녘 한가운데 자리한 이곳 읍성은 낙안면의 중심지 역할을 하기에 충분했다. 67,490평의 면적에 108세대 279명의 사람이 거주하는 이곳은 모두 초가로 구성되어 있었다. 관아

9개동 등 중요 민속자료들이 한국 전래의 토속적인 민속 경관도 잘 보존되어 있었다. 사적 302호인 이곳은 세시풍속과 전통생활문화를 지켜 온 주민들이 직접 살고 있으니 참으로 귀하고 소중한 문화유산이라 할 수 있겠다. 자료관에 들르니 선사유적뿐만 아니라 고유한 향토 문화를 지닌 낙안의 역사, 생업, 의례, 풍속, 생활용구 등을 한 눈에 볼 수 있도록 자료를 전시하고 있었다. 날씨가 무척 더운지라 알뜰히 살펴보지 못하여 아쉬웠다.

열세 명의 우리 일행은 송광사로 향했다. 주안 호수를 30여 분 돌고 돌아 절의 입구에 닿았다. 두어 차례 와서 본 적이 있는 이곳 조계산 송광사는 혜린선사가 창건한 후 고려 중엽 보조국사가 크게 중창한 이래 16분의 국사와 많은 고승을 배출한 유서 깊은 승보 사찰이다.

오늘날에도 그 전통을 이어서 종합 수도원인 조계총림이 개설되어 많은 스님들이 수도, 정진하고 있다. 소장문화재로는 국보 3점, 보물 13점, 지방문화재가 11점, 천연기념물로 1점 등 한국의 3대 명찰다운 곳이다. 풍광 또한 산사 앞을 흐르는 계곡이 일품이라 구경보다는 맑고 시원한 물에 발을 담그고 '법구경'의 한 구절을 음미해 보았다.

생활의 즐거움만 쫓아다니고,
감관의 욕구를 다스리지 못하고,
먹고 마시는 일에 절제가 없으며,
마음이 게으르고 겁이 많으면
악마도 그를 쉽게 넘어뜨린다.
바람이 연약한 나무를 넘어뜨리듯이.

오후 4시가 가까울 무렵 우리는 헤어져야 했다. 귀여운 딸만 둘을 둔 동생 가족을 이곳 순천에 남겨두고, 형님 가족은 부모님을 싣고, 나는 우리 식구만 달랑 태워서 울산으로 향했다. 사람이 산다는 게 뭘까? 직장에 매여 이렇게 먼 곳에 와서 생활해야만 하는 동생이 안쓰럽다. 한 번씩 고향에 다녀오려면 또 얼마나 번거롭고 힘들까? 그러나 뭐 어쩌겠나. 부디 몸 건강하고, 어린 조카들 잘 자라고, 내외간에 화목하게 잘 살아가기를 빌 뿐이다.

진주를 조금 벗어나자 차는 속력을 낼 수 없었다. 너무도 많은 차량들이 도로를 메우고는 거대한 주차장 같은 모습을 서마산을 지날 때까지 연출했다. 600km에 가까운 거리를 옮겨 다닌 이틀간의 여행을 저녁 9시가 가까워서야 끝을 맺고 무거동 어느 식당에서 늦은 식사를 하고 집에 들어왔다. 무사히 돌아옴에 감사하다. 피곤한 몸은 샤워를 하고 잠자리에 들어서야 긴 휴식에 들어갈 수 있었다.

청송 답사기 2001. 8. 11(토)~8. 12(일)

빈 둥지만 지키고 있는 아내와 바람 쏘이러 나섰다. 가끔씩 울산 근교를 같이 나다니기는 했지만 둘만의 여행은 오랜만인 셈이다. 방학 들어서 연이은 기운 빠지는 일들 때문에 엉망이 된 기분을 추스르고 싶은 마음이 들어서이다. 그래서 누구랑 같이 가기보다 둘만 가게 된 것이다.

아내와의 단둘이 여행은 아주 오래 전인 1980년대 중반 2박3일 일정의 강릉행이 처음이었었다. 그때도 장기간 연구 논문 계획서 때문에 끙끙대던 일들을 털어내기 위해서였는데 이번에도 그 비슷한 상황이다.

둘이만 가는 여행은 따라나설 아이들이 없는 것도 큰 이유이다. 품고 있던 아이들이 자라 모두 객지로 떠난 지 벌써 몇 해째가 되었기 때문이다. 그래서 우리 부부 둘만 있을 때면 '큰 아이 전화 왔더냐?', '작은 아이 전화해 봤나?'라는 질문이 내가 아내에게 자주 하는 말이다.

사실 이런 말은 질문이라기보다 두 사람의 말을 이어가는 접속사인 것이다. 둘만의 시간에 익숙한 지가 이미 오래되었지만 오늘같이 길을 떠나보니 따라올 아이들이 없음이 새삼 쓸쓸한 느낌이 드는 것이다.

일상을 벗어나 여행을 간다는 것이 그리 쉬운 일은 아닌 듯하다. 방학이면 한 번쯤은 집을 떠나야지 하는 생각이야 늘 했지만 그게 마음대로 잘 되지 않았다. 멀리 한 번 떠나야지 하는 생각은 올해도 실행에 옮기지 못하고 2년 전에 직원들과 같이 다녀온 일이 있는 주왕산을 목표로 하여 북쪽으로 차를 몰았다. 낯익은 경주 지역을 벗어나 포항 방면을 달릴 즈음에서야 내가 여행을 가고 있다는 생각을 하게 되었다. 아무튼 나는 여행을 가고 있었다.

　포항의 외곽지역을 지나 청송 가는 길로 접어들 때에는 이미 점심나절이 되었다. 가끔씩 지나가는 사람 사는 동네마다 정자나무 그늘에서 잠시 쉬고 싶었지만 왠지 자꾸만 조금이라도 더 가고 싶었다. 그냥 가고 싶었다. 누가 부르지도 않았건만 목표로 정한 주왕산에 조금이라도 더 다가가고 싶기 때문이다. 골짜기를 돌고 돌아 큰 고갯마루에 이르렀다. 청송에 접어든다는 이정표가 나왔다. 포항 죽장면과 청송 현서면의 경계지점인 셈이다. 이렇듯 큰 재를 넘으면 행정구역이 바뀐다는 사실을 쉽게 알게 된다.

　경상북도의 가장 내륙에 위치한 청송은 첩첩산중의 전형적 산촌지역임을 산세가 말해주고 있었다. 주왕산이 있어서 그나마 알려져 있는 이곳은 도로변에 가꾸어진 꽃길이나 전통적 민속 양식을 모형으로 만들어 찾는 이를 맞고 있었다. 한적한 31번 국도를 여유 있게 달리다보니 잘 닦인 도로가 참 고마웠다. 골짜기를 따라 물줄기가 형성되고, 사람들이 이런 길을 따라 서로 오고 갔으리. 길 주변에 사람들이 몰려 살고 있는 것도 정한 이치가 아닌가 싶었다. 나무 그늘이 짙고 맑은 물이 흐른다 싶은 곳에는 어김없이 피서객이 몰려 있었다. 주왕산 초입도 마찬가지였다.

　다시 한참을 달리니 멀리 주왕산이 바라다 보였다. 차에서 내려 때늦은 산나물비빔밥으로 점심 식사를 하니 맛이 아주 좋았다. 길게 늘어선 상가를 지나 매표소에 닿았다. 천년 고찰 대전사의 왼쪽으로 난 길을 따라 조금 걸으니 학소대와 병풍바위가 나왔다. 엄청난 크기의 바위들이 방금 무너질 듯하면서도 많은 전설과 비경을 간직한 채 오늘도 찾는 이들을 반기고 있었다. 잘 간수된 듯싶은 주왕산은 거의 자연 그대로였다. 노니는 산천어를 신기한 듯 보기도 하며, 흐르는 물에 발이라도 담그고 싶은 마음을 눌러가며 완만한 산길을 여유자적하게 걸었다.

짊어진 배낭으로 등이 촉촉이 젖어갈 무렵 주왕산의 가장 큰 비경이라 할 수 있는 제1폭포가 나왔다. 정말이지 어마어마한 바위틈 사이로 흐르는 물줄기가 엄청난 장관을 연출하고 있었다. 저 굽이쳐 흐르는 물속에 세상의 모든 고뇌들을 씻겨가게 할 수 있다면 얼마나 좋을까! 예부터 주왕산이 조선8경 중 6경에 든다는 말이 이런 모습 때문이지 싶다.

시인 묵객들이 다녀간 흔적을 남겨놓은 문집에서 본 일이 있는데 여기를 찾아오느라 옛사람들은 얼마나 많은 시간들을 보냈을까? 차를 이용한 것도 아니고 요즘처럼 나다니기 쉽게 다리나 철 구조물을 만들어놓지도 않았을 텐데 소문을 타고 알려진 주왕산을 천하 주유의 필수 코스로 삼은 이유가 여기에 있을 것 같았다.

연발되는 감탄사를 아끼며 계속하여 걸었다. 안내된 수달래의 전설을 읽으면서 쉬엄쉬엄 걸으니 제3폭포를 만날 수 있었다. 제1폭포가 바위틈을 타고 흐르는 기이한 경치라면 여기는 떨어지는 물줄기의 낙차가 매우 크고 아래의 소는 얼마나 깊은지 푸르다 못해 검은 색을 띠었다. 전기 없는 마을 내원동으로 발길을 옮겼다. 가메봉이 정상이지만 처음부터 등산의 목적으로 온 것이 아닌 만큼 그냥 평지를 걷고 싶었기 때문이다. 20분 남짓 걸으니 동네가 나왔다. 이리 깊은 곳에 사람이 산다니 참 신기하기만 했다. 형성된 지가 400여 년이 되었고, 6·25 당시에 대부분 소개시켰던 모양이다. 하지만 사람들은 다시 모여들었고, 70년대까지만 해도 분교가 있어 70여 명의 졸업생을 배출했다니 골짜기 구석구석에 사람들이 살았다는 것이 사실이었던 것 같다.

이제 토박이 주민들은 거의 사라지고 외지에서 들어온 사람들이 내원동을 지키고 있었다. 산이 좋아 이곳에 살고 있는 사람들은 모두 여덟 가구인데 모두가 농사는 거의 포기하고 찾아오는 사람들을 대상으로 장사를 하며 산단다.

토박이 반장 댁에서 동동주 한 주발을 시켜놓고 이런저런 이야기를 주고받았다. 참 단순한 삶의 방식이 부럽기도 했지만 이곳 생활이 그리 쉽지는 않을 것 같았다. 분교 건물을 사들여 살고 있는 이준상 시인의 '내원동 가는 길'을 한 권 사서 하산을 시작했다.

내려오는 길에 제2폭포와 주왕암, 주왕굴에 들렀다. 고요만이 감도는 주왕암 뒤의 주왕굴은 엄청난 구조물을 만든 지금이야 쉽게 닿을 수 있는 곳이지만 옛날에는 감히 사람들의 접근을 허용하지 않았을 것 같았다. 왕복 8km가 조금 넘는 산길을 4시간이 넘게 머물렀던 오늘의 산행은 다시 한 번 찾아야겠다는 마음이 들 정도로 만족스러웠다. 어두워진 길을 다시 돌아 읍내로 들어갔다. 달기 약수터 입구에 있는 아주 한적한 농림 휴양지의 경마여관에서 하루를 묵었다.

짐을 챙기고 아침 식사를 할 곳을 겨우 찾아 콩나물국밥으로 한 끼를 때웠다. 다른 곳보다 오늘은 청송에서 문화유적지를 둘러보고 영천을 거쳐 경주로 하여 집으로 돌아갈 계획을 세웠다. 읍사무소 뒤의 운봉관과 찬경루를 둘러보았다. 찬경루는 세종대왕의 비 소현왕후 심씨를 기리기 위해 여덟 왕자가 세운 제각이라고 한다. 강줄기를 따라 파천면에 있다는 송소 고택과 평산 신씨 종택을 찾아 나섰다. 있을 법한 곳은 대개 둘러보았건만 도무지 찾을 수가 없었다. 안내 간판이나 이정표가 없었기 때문이었다. 가끔씩 고건물이 보이기는 했지만 지정문화재가 아닌 사양서원과 심씨 재실로 생각되는 곳만 둘러보았는데 그다지 감흥이 일지 않았다.

다시 길을 돌아와 어제 지나쳤던 민속박물관에 들렀다. 작은 규모의 전시관이었지만 기본적으로 갖추어야 할 것은 대개 있었는데 역시 이곳에서도 도무지 100만 인구가 사는 울산의 현실이 한심스러웠다.

근무하는 공무원의 말에 의하면 20여 년 전 청송 인구가 9만여 명이었는데 지금은 3만 명이 조금 넘는단다. 얼마나 이농현상이 심각한지 알 만하고, 농촌을 지키고 있는 사람들이 거의 노인들이라는 점이 더욱 심각한 것 같았다. 농촌은 희망이 없단다. 왜 이렇게 우리들의 농촌은 절망의 땅이 되었을까, 특단의 대책은 없을까…….

답답한 현실을 안타깝게 생각하면서 남쪽으로 향했다. 청송의 남서쪽 방면으로 달리게 되었는데 가끔씩 오래된 기와집이 멀리 바라다 보이곤 했다. 옛사람들이 살다간 흔적들이지만 대부분 생활 속에 함께 있는 것이 아니었다. 상징물로만 존재하고 있는 느낌을 몇 군데를 방문하면서 갖게 된 것이다. 특히 국가지정 주요민속자료로 지정되어 있는 현동면의 후송당은 더욱 그러했다. 50여 칸의 와가 건물이 멀리서 보기에는 그럴 듯 했지만 직접 찾아가 보니 이미 사람들이 살고 있는 공간이 아니었다. 이미 인위적으로 지탱하기 위한 노력만으로는 감당하기 어려울 정도로 쇠락현상이 빠르게 진행되고 있었다. 말 그대로 인걸은 간 데 없고 온기는 식어 허물어져가고 있음에 격세지감을 가질 수밖에 없었다.

작은 고개를 하나 넘으니 사과밭과 고추밭이 주종을 이루는 들녘이 펼쳐졌다. 다시 현서면과 안덕면을 지나다가 폐교인 듯싶은 학교에 잠시 들렀다. 월정초등학교! 들어서는 교문부터가 그렇다 싶더니 학교의 곳곳은 주인 잃은 물건처럼 버려지고 있다는 생각이 들었다. 아직은 복식수업이 이루어지는 30여 명 재적수에다, 병설유치원까지 존속하지만 가까운 날에 문을 닫게 될 것이라는 짐작은 누구라도 할 수 있을 것이다. 비록 내일 문을 닫을지라도 학교의 관리 상태는 이래서는 안 된다는 생각을 지울 수 없었다.

또 하나의 큰 고개를 넘으니 영천을 알리는 표지판이 나왔다. 다시 한참 동안 달리니 산세 높은 청송과는 달리 영천은 야트막한 산 아래 사람 사는 곳이 자주 눈에 띄었다.

영천역 앞에서 때늦은 점심을 먹고 마침 5일장이 열리는 시장 구경을 나섰다. 영천은 밭농사의 집하장이라는 말을 들어온지라 짐작은 했지만 약령시가 이렇게 크게 열리는 줄은 몰랐다. 골목골목 펼쳐지는 물건 파는 사람들과 시장 나온 시골 사람들이 펼치는 치열한 거래가 여기서도 어김없이 펼쳐지고 있었다. 아내는 마늘과 보리쌀을 조금 샀다. 필요해서 사기도 했지만 아마 시장 형성에 조금이라도 일조를 하고 싶은 마음도 있었겠지.

이왕 영천에 온 김에 한 가지는 봐야겠다는 생각에 임고 서원으로 향했다. 15분여를 북동쪽으로 달리니 대단한 규모의 건물들이 나타났다. 바로 여기가 임고 서원이다. 울산이 영천과 밀접한 관계를 맺었던 것은 이 서원과 결코 무관하지 않다. 나의 11대조 이휴정 공과 영천인 괴천 공의 깊은 인연이 나로 하여금 친근감을 갖게 한 이곳에서 나는 몇 가지 새로운 사실을 알게 되었다.

임고 서원은 우리나라에서 두 번째로 세워진 사액서원이었다. 포은 정몽주 선생과 여헌 장현광 선생을 모시고 있다는 점, 포은 선생이 이곳 임고에서 출생했단다. 1999년에 국비 22억 원을 들여 성역화사업을 마쳤다는 기록을 읽으면서 역사의 큰 획을 그었던 포은 선생에 대해 새삼 경외심을 갖게 되었다. 역사의 아이러니는 여기서도 발견되었다. 고려조의 충절을 지키려다 조선 개국을 주도한 이방원 일파에게 주살당한 포은 선생을 후일 이방원이 태종으로 등극하여 신원을 회복해주고 시호를 내렸다는 점이 그것이다.

이제 집으로 돌아가는 일만 남았다. 해질 무렵 건천을 지나다가 골동품 가게에서 이것저것 둘러보다가 다식판을 하나 사서 경주로 갔다.

약속된 대로 작은 아들을 태우고 울산에 도착했을 때는 9시가 되었다. 하룻밤을 비운 집이 아주 반가웠다. 370여 km를 달렸던 이번 여행은 태백산맥을 바위로 솟구치게 하여 비경을 만든 주왕산이 주인공이었다. 청송은 늘 내게 늘 푸른 소나무처럼 싱그럽게 남이 있을 것이다. 처음 발을 디딘 영천 땅도 내겐 의미를 부여할 수 있을 것이다.

긴 연수 짧은 여행 2002. 8. 24(토)~8. 27(화)

♣첫째 날(8. 24, 토)

긴 연수를 끝내고 여행길에 올랐다. 참 많이도 기다렸고, 많이도 힘들게 마친 연수였다. 7월 18일에 시작한 교감 자격 연수가 끝나던 날에 나는 아들들 짐을 한 차 가득 싣고서 아내와 먼 길을 나선 것이다.

며칠 전부터 시작한 아들들의 짐 챙기기를 마무리하느라 19시가 좀 넘어서야 출발이 가능했다. 차는 줄곧 두 시간 동안 어둠 속을 달려 칠곡 휴게소에 닿았다.

대구를 지날 무렵 조금 밀리는가 싶었지만 원활한 교통 흐름 덕에 잘 달려왔다. 화장실 다녀오는 일 말고는 할 일이 없었다. 이미 저녁밥도 먹었지, 끊은 지 40여일 지난 담배를 피울 수도 없으니 휴게소에 들르는 기분도 영 나지 않았다. 다시 차를 몰아 구미, 김천을 지나고 추풍령을 넘으니 충청도 땅이 나왔다. 11시가 조금 넘을 무렵 고속도로에서 옥천으로 빠져나와 하루를 묵을 숙소를 찾아들었다. 한적하다 싶은 국도변 어느 모텔에서 여행 첫날밤을 묵었다.

♣둘째 날(8. 25, 일)

낯익지 않은 환경 속에서 지낸 밤 시간은 영 편하지 못했다. 일찍 일어나 보니 깎아지른 절벽 아래로 굽어 돌아가는 강가에서 밤낚시를 하다 철수하는 낚시꾼이 보였다. 다시 차를 몰아 국도를 따라 대전으로 향했다. 낯선 길이지만 대개 이정표를 보면 내가 가야 할 길을 알 수 있음은 새삼스럽지 않다. 아침밥을 먹으려면 아무래도 역 앞으로 가는 것을 상식으로 알고 대전역으로 갔다.

역 앞에서 주차 공간이 마땅치 않아 멈칫거리다 그만 지나치고 말았다. 고속도로 톨게이트 방향으로 접어들게 되자 휴게소에서 식사를 할 생각이었는데 다행스럽게 큼직한 해장국집이 보여서 들어갔다. 방일해장국 대전점! 최근에 개업한 듯한 이 가게는 거금을 투자한 듯 하고, 주인이 발새가 꽤 넓은지 화환이나 화분이 넘쳐났다. 선지나 내장을 먼저 소스에 찍어먹은 후 우거지와 국물을 후룩후룩 들이켜니 마시지도 않은 술이 깨는 것 같았다.

두어 시간 달려 기흥 IC로 빠져나와 용인민속촌으로 향했다. 방향을 잘 못 잡고 헤매다 겨우 입구에 다다르니 마침 휴일이어서인지 사람들이 많이 몰려들었다. 촌스럽게도 우리 부부는 둘 다 초행이었다.

들어가면서부터 그다지 기분이 안 좋았다. 입장료가 너무 비쌌기 때문이다. 거금 만 8천 원을 주고 두 사람이 들어갔다. 사극 촬영의 명소이기도 하고, 국제행사 때나 국빈이 올 때면 으레 소개되기도 하는 곳이다.

이곳을 언젠가는 와보고 싶었다. 하지만 날씨는 덥고 기운은 없지, 큰아들에게 어서 가기는 해야 해서 별로였다. 솔직히 느긋하게 보지 못하여 돈이 좀 아까웠다. 뿐만 아니라 인위적으로 조성된 영업 목적의 이곳은 군데군데마다 손님들의 호주머니를 터는 곳으로 가득하여 좀은 실망스러웠다. 기념품 파는 곳은 물론 장마당이라 이름 지은 곳은 거대한 음식시장이었는데 떼돈을 버는 곳으로 보였다.

기념사진만 여러 컷 찍고 짠돌이와 짠순이처럼 안 쓰려 해도 기만 원은 썼다. 우리 것을 아끼고 보존하는 취지를 내세우지만 실제로는 돈벌이가 주목적이 아닌가 한다. '여인천하'나 '이제마' 등 TV 사극을 촬영한 곳이라는 안내가 여러 곳 보였다.

실제로 좀처럼 보기 어려운 풍물도 많이 볼 수 있었고, 대단위 민속촌의 전체 모습은 관광 명소임에는 틀림없다. 특히 민속관에서는 옛사람들이 살았던 모습들을 리얼하게 재현해놓고 있었다.

두어 시간 민속촌에서 머물다가 수원으로 갔다. 가는 길에서 보이는 경기도의 모습들은 전체가 거대도시 같았다. 정말 사람이 많이 살기는 하나 보다. 수도권 변두리가 빠르게 팽창하고 있음을 눈으로 확인할 수 있는 현장이었다. 6년 전의 모습보다도 훨씬 개발이 많이 진행되었고, 앞으로도 꾸준히 발전해 나갈 것이다.

그리 오래지 않아 수원에 도착했고, 이어서 아들이 있는 율전동으로 갔다. 큰아들이 무려 6년 반이나 머무르며 학업을 닦았던 성균관대 자연과학캠퍼스가 있는 곳이다.

학교를 한 바퀴 돌아 마중 나온 두 아들과 반갑게 조우했다. 네 식구가 세 곳으로 나누어 살아가는 가족들이 이렇게 여기서 만난 것이다.

큰아들이 얻어놓은 원룸에 갔다. 대충 살아왔던 학창시절을 접고 직장인이 된 아들에게 주거환경을 대폭 개선하기 위해 제법 많이 투자하여 방을 얻은 것이다. 건물의 위치나 방의 크기도 그만하면 되었지만 전혀 정리되지 않은 아들의 방은 엄마의 손길이 많이 필요했다. 중고 냉장고, 세탁기, 가스레인지를 구입하였고, 침대와 책상, 옷장도 대충 갖추었다. 이것도 장가를 들면 다 바꾸겠지. 물건들을 제자리에 넣고 모두 정리하는 데는 시간이 엄청 걸렸다.

아들의 손길을 거친 책들을 대강 보았다. 기본이 수백 페이지에, 대부분 원서이거나 복사본인 걸 보면 아들놈이 그냥 세월만 보낸 것은 아닐 거라는 생각이 들었다. 학교에 낸 학비가 삼천여 만원에, 그 밖의 돈도 학비 수준 이상은 될 것이다. 그 덕분에 약사 면허증을 땄고, 석사학위를 받아 군대를 면제받을 수 있는 직장을 갖게 되었지 않은가! 군대 가는 대신 대체복무인 국가전문 연구요원이란다. 아무튼 아들이 고맙기 그지없다. 고맙다, 내 아들 원빈아!

♣셋째 날(8. 26, 월)

큰아들 졸업식이 열리는 명륜동으로 향했다. 이번 여행의 주목적이 장남의 대학원 졸업식 참석인 것이다. 서울로 가는 고속도로를 따라 한참을 달리다가 양재동을 지나니 속도는 뚝 떨어지고, 시간은 또박또박 가고 있었다. 길눈 밝은 작은 아들은 어제 이미 서울 하숙방으로 갔고, 큰아들 제 놈이나 나나 비슷한 실력으로 어찌어찌하여 겨우 식장에 닿았을 때는 한창 졸업식이 진행되고 있었다.

후기 졸업생이 이렇게 많은 줄은 몰랐고, 온통 캠퍼스는 축제의 마당이었다. 식장에는 아예 들어갈 엄두도 못 내었고, 주차장도 만원이었다. 차량의 거의 모두가 경인지역 넘버이고 보면 나 같은 지방 학부형이 차를 몰고 참석하는 경우는

아주 예외인 것 같았다. 작은 아들이 수업을 빼먹고 왔다. 우리 식구는 친구 곽 교수가 사준 꽃다발을 들고 남들처럼 여러 모습으로 기념사진을 찍었다. 주로 명륜당이나 유림회관, 은행나무를 배경으로 많이 찍었다.

아들의 친구들이나 후배들은 아무도 없었다. 휴대폰을 물에 빠뜨려 연락이 두절된 때문이기도 하단다. 공부는 수원에서 하고 졸업식은 서울에서 하니 참석이 쉽지 않은 이유도 있을 것이다.

졸업생들이나 하객들이나 다들 잘 생기고 신수가 훤해보였다. 웬 박사는 그리 많은지…… 아들의 말을 빌리면 정말 박사라고 불릴 만한 박사보다 엉터리도 많다는데, 그게 맞는 말인지 나는 모른다.

예복을 반납하고, 학위증을 교부받고, 졸업증명서를 발급받고서야 우리는 학교를 빠져나왔다. 6년 반 동안 열심히 등록금을 내고 겨우 한 번 차를 몰고 온 학부형에게 엄청난 주차료를 받는 학교 당국이 미웠다.

꼭 바가지 쓴 기분이었다. 기본 30분에 1,500원이고, 10분

마다 500원이 추가되었다.

강북 일번가인 가회동을 지나 종로를 누비면서 명동에 들어갔다. 도무지 주차할 곳이 마땅찮기도 하고, 주유소도 못 찾겠고, 영 죽을 맛이었다. 식당 앞에 차를 버젓이 대는 울산과는 너무도 달랐다. 어디에 무엇이 좋은지도 모르겠고……. 하는 수 없이 배를 쫄쫄 곯고 작은 아들 하숙방으로 갔다. 비탈진 장충동 하숙촌은 외형은 4~5층에다가 그럴 듯하지만 다닥다닥 붙여지은 건물들마다 성냥 곽처럼 작은 방에 학생들이 제각기 생활하고 있는 모양이었다.

아들은 올 봄에 한의대 본과 3학년이 되어 경주에서 서울로 올라왔었다. 1학기에는 고시원에서, 이번 방학 중에 하숙촌으로 거처를 옮겼는데 숨 막히기는 마찬가지란다. 여기는 놀 곳도, 쉴 곳도 없는 냉랭한 하숙촌이란다.

하숙생이 일주일을 밥 먹지 않아도 찾지 않는 주인, 친구가 하루저녁 자도 5천 원을 받는 하숙집, 하숙생끼리 인사도 나누지 않는 하숙집, 코딱지만한 방에 제 몸 하나 겨우 누울 수 있는 공간이 하숙집이란다.

토요일도 없는 빡빡한 학사 일정에다 거처마저 이렇다 보니 생활이 힘들고 별 재미가 없단다. 그래서 서울 인심 야박타며 여유로운 경주를 그리워한단다.

작은 아들의 짐을 차에서 내려 방으로 옮기고 다시 수원으로 향했다. 모처럼 아들의 졸업식이기도 하고 가족이 모두 모였으니 폼 나는 점심을 먹고 싶었다.

하지만 못 찾아 못 먹었고, 지친 나머지 하는 수 없이 큰아들 방에서 가까운 곳에서 때늦은 칼국수와 만두나 실컷 먹었다. 오후 5시 무렵 우리 부부는 아들들과 아쉬운 이별을 했다. 서로 잘 지내기를 바라는 인사를 나누었지만 자꾸 돌아보였다.

북수원을 빠져나와 영동고속도로를 한 시간 넘게 달려 여주와 이천 사이에서 수안보로 가는 국도로 접어들었다.

아들들의 객지생활을 돕기 위한 준비, 졸업식 참석에 이어 세 번째 목표인 부부여행을 나선 것이다. 수안보에서 1박을 하고 문경새재를 거쳐 귀가할 계획이었다. 장호원을 지날 무렵에는 복숭아 산지답게 큰길가에서 파는 곳이 많았다. 충주에 가까웠을 무렵 골동품 가게에 잠깐 들러 떡살과 옥수수 잎으로 엮은 당시기 등 소품 세 점을 샀다.

다시 차를 달려 어두워진 사위 속에 도심을 밝힌 충주를 지나고, 고개 하나를 넘어 수안보에 닿았을 때는 10시에 가까운 시간이었다.

국경의 섬 대마도 탐방기 2007. 10. 18(목)~10. 19(금)

  가을이 단풍으로 물들어가는 시월 중순에 이틀간 대마도
를 다녀왔다. 그곳에는 2년 전에 학성이씨를 창성하신 충숙
공 이예李藝(1373~1445) 할아버지의 공적비가 세워졌었다.
그동안 많은 일족들이 다녀왔고, 월진문회에서도 탐방을 기
획하여 참배 차 다녀온 것이다.
  대마도는 한국의 정취와 역사가 살아 숨 쉬며 천혜의 자
연을 그대로 간직한 국경의 섬이었다. 손에 닿을 듯한 지척
의 섬으로서 한반도에서 49.5km 거리에 있으며, 거제도보
다는 크고 제주도보다 작은 709㎢ 넓이의 본섬 외에 109개
의 부속 섬으로 구성되어 있다. 40,000여 명이 살고 있는
이 섬은 해안선이 매우 복잡하고, 거의 대부분 산악지대로
형성되어 있으며, 섬 전체의 80%가 원시림으로 덮여 있다.
대마도는 한반도와 인적, 물적 교류의 창구 역할을 해왔기
때문에 많은 사적 등 문화유산이 비교적 잘 보존되어 있는
역사의 섬이기도 하다.
  대마도는 또한 일본으로 들어가는 관문이기도 하다. 그
러나 이 섬은 우리들에게는 왜구의 소굴로 각인되어 있다.
한 때는 정벌사업으로 우리 땅으로 귀속된 때도 있었지만
지금은 일본 나가사키 현 소속으로 큐슈에서 132km 떨어
진 일본 최북단의 섬이다.

  이른 아침 우리 일행은 태화 고수부지에서 버스를 타고
출발하였다. 부산 국제여객선 터미널에서 합류한 문중원

들을 합하니 모두 27명이었다. 쾌속정 씨플라워 호를 타고 출발한 지 90여 분 만에 대마도 북쪽 끝 히타카츠의 와니우라 항에 닿았다. 잔반을 남길래야 남길 수 없는 일본식 우동으로 점심 요기를 하였다.

일행은 첫 탐방지로 미우다 해수욕장을 거쳐 한국전망대가 있는 곳으로 갔다. 300여 년 전에 전원이 조난당한 조선 역관사譯官使 위령비(1703, 108명 1991년 세움)가 세워져 있었다. 이곳에서 찍은 부산 야경으로 미루어 말 그대로 지척의 섬임을 실감한다. 일본이 독도를 자기네 땅이라고 우기는 마당에 우리는 대마도를 우리 땅이라고 입도 뻥긋 못 하는 현실이 안타깝고, 요즘은 한국 관광객 덕분으로 먹고사는 대마도이니 이 어찌 아이러니가 아니리오.

구불구불 해안선을 따라가다가 하늘을 찌를 듯 빼곡히 들어선 숲을 통과하였다. 삼나무와 편백나무가 주종이란다. 우리 일행이 탄 버스는 이 숲을 좌우로 밀치기도 하면서 달리는 동안 작은 마을 여러 군데를 거치면서 길가에 세워진 박제상 순국비에 닿았다. 역사는 그를 만고의 충신으로 추앙하고 있지만 이국 땅 길 모롱이에 외로이 서 있는 모습은 쓸쓸하기 그지없었다.

다시 돌고 돌아 주목적인 시조 할아버지 공적비를 반갑고 경건하게 만났다.

할아버지가 2005년 2월 문화인물 선정을 계기로 그 업적을 재조명하기 위해 한시적으로 활동했던 선양회 사업의 일환으로 그해 11월에 이 비가 세워진 것이다. 당시 선양회 사업은 여기에 그치지 않고 학술대회, 동상 건립, 한시 백일장, 다큐 방송, 백서 발간 등으로 이어지기도 했다.

할아버지는 조선 초기 신분사회에서 스스로 몸을 일으켜 사대부의 반열에 오른 위대하신 분이다. 대일외교의 선각자로서 초인적인 능력으로 40여 회에 걸쳐 대마도는 물론 일본 본섬과 오끼나와(유구국)를 다녀오시며 멸사봉공하신 통신사였던 것이다.

왜구에게 포로로 잡혀간 조선인을 600여 명이나 쇄환해 오시기도 하였다. 대장경을 일본에 전달하고, 물레방아나 사탕수수, 무쇠, 화포를 들여오는 등 문물 교류에 기여한 바 있으며, 문인제도, 계해약조 등 대일외교의 근간을 마련하신 분이기도 하다.

그 옛날 만경창파 헤치며 현해탄 넘나들던 할아버지의 위국爲國에 불타는 충혼이 후세에도 전해져 후손들은 물론 많은 이들이 기리고 있는 것이다. 우리 일행은 준비해온 꽃을 헌화하며 엄숙하고 경건하게 아뢰었다.

'정해년 9월 초하루 울산 용연서원 상충묘에서 분향 시에 9월 초파일 이곳 공적비에 참배 드리기로 고한 바 있습니다. 무사히 이곳 쓰시마 미네마치 엔쓰지에 와서 할아버지의 공적비 앞에서 정성껏 만든 꽃을 월진문회 이사 상희 외 여러 후손들이 정성을 모아 한 아름 올립니다. 앞으로 후손들이 건강하고 행복하며 평화롭게 학성이씨의 정체성을 이어갈 수 있도록 인도해 주시옵소서.'

할아버지가 활약하시던 당시 대마도주였던 종정무가 세운 원통사라는 절이 지금도 있다. 이 절 앞마당에 공적비가 세워지도록 애쓰신 대마도 향토사학사 나가도메 선생을 비롯

204

하여 많은 분들의 노력에 대해 고마움을 새기며 아쉬운 발걸음을 돌렸다.

해안선 굽이돌아 그 옛날 할아버지가 억류 되었다던 화전포가 이 어디메쯤일 것이라는 얘기를 나누는 사이 에보시다케 전망대에 닿았다. 대마도 최대의 절경 아소만은 자연방파제로 둘러싸여 있어서 마치 호수처럼 조용했다.

전망대롤 돌아내려가서 와타즈미 신사에 닿았다. 황실의 조상이나 국가에 공이 큰 사람을 신으로 모신다는 일본 특유의 사당이 처처에 있단다. 이곳 신사는 금관가야의 시조 김수로왕의 후손 히코호호와 또 다른 한 사람을 모신단다. 바다로 향하고 있는 해궁으로 신사문은 만조 시 2m정도 바다 속으로 가라앉아 아소만과 어우러지면서 아름다운 경관을 자아내고 있었다.

좀 더 특징적인 것은 네 개의 삼나무 기둥이 바닥 면보다 지붕 쪽은 표가 나게 좁은 스모장이 거기 있었고, 구불구불 뿌리에다 곧은 줄기의 가지 끝부분을 용의 형상을 한 기묘한 해송이 신비로움을 더했다.

다시 조금 돌아 나와 러일전쟁(1904~1905) 승리의 현장 만제키바시[万關橋] 다리에 닿았다.

아소만이 가장 깊이 땅 쪽으로 들어온, 마치 개미허리보다도 더 잘록한 지형이었다. 그 옛날 러시아 발틱 함대의 이동경로를 감지하고는 일본은 이곳에다 운하를 파서 대한해협에서의 일전을 승리로 장식했다.

이는 조선과 만주를 둘러싼 제국주의 전쟁이었다. 이로써 일본은 식민지 분할을 위한 열강 간의 세력 각축의 우위에 서게 된 것이었다.

조선은 이 전쟁을 계기로 제국주의 열강의 묵인 하에 일본의 식민지로 전락하게 되었으니 그들에게는 통쾌한 승리였지만 우리들에게는 비감어린 곳이라고 할 수 있겠다.

원래 하나의 섬이었던 대마도는 이로 인하여 두 개의 섬이 되었다. 엄청난 높이의 이 다리로 서로 연결되고 있으니 우리 일행도 이 다리를 건너서 중심도시 이즈하라로 갔다. 거기에서 바다가 바라보이는 소박한 호텔에 하루를 묵었다. 이국땅 낯선 곳에서 밤이 깊어가는 만큼 백대지친百代之親끼리 화친돈목의 시간도 깊어갔다.

바다로 향한 '오션 뷰 호텔'의 전망을 인상 깊이 새기며 이튿날 여행길에 나섰다. 항구도시 이즈하라는 소도시 규모인지라 걸어서 두루 구경하기에 적당하였다. 바다로 연결된 소하천에 놀고 있는 물고기 떼가 신기하였고, 까마귀로부터 공격을 막기 위한 쓰레기봉지 보호 철망도 이채로웠다. 거의 대부분의 차는 장난감처럼 작았다.

첫 방문지는 수선사였다. 빼곡히 들어선 가족납골묘 석물들 속에 면암 최익현 선생 순국비가 자리 잡고 있었다. 곧은 선비의 기상을 대표하는 우국지사 이미지에 비해서는 초라하지만 뒤늦게라도 세워져 한국인들의 방문을 받으니 그나마 다행이다 싶었다.

그래도 어쩔 수 없는 안타까움을 지닌 채 임란 전 김성일과 황윤길이 묵었다는 서산선사에 들렀다. 대마시청(對馬市役所)을 지나오면서 안내자는 공무원들의 자세를 언급했다. 그 옛날 대마도 사람들이 조선과 일본 사이에서 어느 편에 서기도 어려웠던 데서 복지부동이 유래한다니 맞는 말인 것

같기도 하다.

다시 길 모롱이 돌아 통신사의 길 탐방에 나섰다. 임란 이후 약 200년간 에도시대(1607~1811)에 12회에 걸쳐 일본을 방문한 조선사절단이 이 길을 지나갔으리. 지금은 매년 8월에 통신사 행렬을 재현하는 아리랑 축제가 열린단다. 통신사 행렬을 맞이하기 위해 세워졌던 고려문이며, 조선국 통신사 지비, 비운의 조선 딸 덕혜옹주 결혼 봉축기념비를 만났다.

이 작은 섬에서 '세계일가 인류형제'라는 문구와 물이 주는 교훈, 수훈육水育訓을 만난 것도 의외라는 생각이 들었다. 민속자료관에서는 조선국왕이 대마도주에게 내린 교지를 비롯하여 많은 사료들을 만났다. 이들은 자연사박물관과 더불어 이런 역사관에 그들 선조의 문화를 후세에 전하는 데 아주 충실해보였다.

이즈하라를 출발한 쾌속선은 한국 사람들로 가득 찼고, 속도는 많이 더디었다. 너울이 심하였고 멀미에 고통스러워하는 사람들도 제법 많아 보였다. 4시간 정도 걸려서야 부산항에 닿을 수 있었다.

우리는 왜 묻혀 있는 역사를 꺼내려 하는가?

그것은 역사로부터 우리가 다 배우지 못한 가르침이 있기 때문이다. 역사를 자꾸만 망각하는 사람들에 의해 시행착오가 되풀이되고 있는 것이다. 할아버지가 대마도정벌 당시 중군부수中軍副帥가 되어 가장 큰 공을 세우는 활약을 했지만 그 후로도 수없는 왜구의 괴롭힘을 당했다. 또 한민족 최대의 고비였던 임진왜란을 겪었으며, 그러고도 마침내 일제강점기를 거치게 된 것이다.

　우리는 아직도 일본과의 외교가 여전히 순탄치가 못하다는 사실을 잘 안다. 이 끝없이 되풀이되는 역사에 종지부를 찍을 수는 없다 할지라도 적어도 비교 우위적 입장에 서기 위한 노력에 게으르지 말아야 할 것이다.

　'600여 년 전 충의의 표상이셨던 할아버지께서 이렇게 역사를 증언하고 계시니 운손잉손雲孫仍孫들은 천추千秋로 제사를 올릴 것이오며, 한 뿌리에 뻗어 나온 화수花樹가 더욱 아름답고 청청하게 뻗어갈진저.'

필리핀 여행기

■ 1일차 : 1/15(목) 울산 → 김해공항 →

  필리핀 여행을 나섰다. 외환 사정으로 경제가 위축되고 있지만 그리 길게 남지 않은 현직 기간 동안 방학 때마다 해외여행을 한 번씩 다녀와야겠다는 생각으로 필리핀을 선택했다. 저비용이지만 옵션이 만만치 않을 거라는 생각을 한 선택이었다. 늘 사택에 붙어살기만 하기보다 생활의 변화를 주고 싶은 것도 이유가 된다. 몇 차례 나가다 보니 긴장감이 떨어지고 준비도 좀은 소홀하게 되는 것 같다. 어지럼증을 호소하는 아내는 병원에서 주사를 맞고 출발했지만 걱정이 안 될 수가 없다. 18시에 울산에서 출발하는 공항버스로 김해 공항으로 이동, 여행사 관계자들을 만나 안내를 받았다.

  대기시간이 좀 길어서 서점과 면세점을 들렀다. 박경리님의 시집 '버리고 갈 것만 남아서 참 편안하다' 와 박경봉 님의 '한국사 상식 바로잡기' 두 권을 샀다. 늘 그렇듯이 자투리 시간에 읽는 책은 나름대로 의미가 있다.

  이번의 이 두 권은 여행 기간뿐만 아니라 집에 돌아와서도 새벽닭 울음소리처럼 침잠해 있는 나의 의식을 일깨우는 기회를 주었다. 21시 25분에 KE635 편으로 김해를 출발했는데 승무원의 미모와 친절도가 참 돋보였다.

  4시간여를 날아가서 아래로 내려다보니 마닐라 시가지는 마치 별자리처럼 반짝이고 있었다. 현지시간 12시 15분에 마닐라 아키노공항에 닿았다. 해외여행치고는 일행이 참 많기도 했다. 곧 이어 현지 가이드의 안내로 나흘 동안 머무를 호텔로 이동했다.

- 2일차 : 1/16(금) 아키노공항 → 리치몬드호텔 →
  따가이따이 → 호텔

　호텔 조식을 마친 일행은 9시 가까워서 관광길에 나섰다. 패키지여행 치고는 대단위인 37명으로 구성된 여행단이었다. 부부 팀 세 쌍과 아이들이 포함된 가족 팀이 5쌍, 그 외 친구 사이, 동호인, 부자 사이, 60대의 혼자 오신 두 분 등 연령층이나 구성원이 아주 다양했다. 일행은 현지 가이드 김정은 씨에게 사흘간의 일정을 맡겼다. 노처녀인 그녀는 많이 알기도 하지만 불필요한 말이 좀 많았다. 좀은 고객을 하찮게 여긴다는 생각도 들었다. 온종일 옵션으로 일정을 채우고서도 당연시하는 자세부터가 그러했지만 어찌 개선할 방법이 없었다. 하지만 그의 안내가 없으면 또 어찌 여행을 할 수 있으리.
　가이드는 필리핀 사람들의 특징을 설명해주었다. 그들은 대개 게으르고 낙천적이며 느리단다. 계산이 잘 안 되고 동시에 두 가지 일을 잘 못하는 특징도 있단다. 언어는 생략법을 잘 쓰며 작은 모션이 잘 통하기도 한단다.
　한국인에 대한 인식은 김치, 김정일, 한류 열풍, 김치를 먹는 마피아단 등이란다. 내가 필리핀인에 대한 연상되는 인물은 막사이사이, 마르코스, 이멜다, 아키노 정도이다.
　현지 기온은 28년만의 추위로 섭씨 20도 가량의 초가을 같았다. 여행기간 내내 비는 오지 않았고, 눈에 보이는 거리는 온통 우중충했다. 지저분한 차량, 도로 구조물, 전기선, 쓰레기, 녹이 쓴 함석지붕이 그 대표적인 모습들이다. 하지만 60년대는 풍부한 천연자원 덕분으로 우리보다 잘 살았단다. 심각한 사회적 현상은 빈부 격차가 심하며 극빈층이 매우 많단다. 또 하나의 특징은 식민지 역사의 잔재가 많이 남아 있다는 것이다. 400년이나 계속된 그들의 식민지 역사는 그들만의 전통이나 언어, 문자를 말살시키고 혼혈 혈통과 가톨릭, 영어문화권 형성으로 대표되는 듯하다.

버스로 이동한 지 한 시간 반쯤 지난 10시 30분에 따가이따이 근처에 도착했다. 그들 고유의 차량인 '지프니'로 약 20분간 호수 쪽으로 내려갔다. '지프니'는 70년대 경운기를 개조한 딸딸이가 연상된다. 일행들은 '벙커'라는 배를 타고 '따가이따이' 호수를 한참 지나가서 호수 한가운데에 있는 세계에서 가장 작은 화산섬인 '따알'에 닿아 말을 타고 분화구까지 올라가는 일정이다. 첫날부터 1인당 70달러나 하는 옵션이 붙어 있다. 거친 바람에 요동치는 배를 본 아내는 자신 없어 했다. 우리 부부만 호숫가에 남아서 일행이 돌아오는 세 시간여 동안 그냥 쉬었다.

광활한 호수는 강한 바람이 몰아쳤고, 물결은 요동쳤다. 그래도 기울어질듯 한 배들은 사고 없이 잘 나아갔다. 이 배는 여러 개의 대나무를 가로로 걸치게 해서 균형을 잡았기 때문에 쉽게 전복되지는 않는 모양이었다. 호숫가는 매우 지저분하여 뉴질랜드와는 너무도 비교가 되었다. 그래도 수질의 오염 정도는 양호하단다.

그 사이 아내는 휴식을 취하고, 나는 책에 빠졌다. 박경리 님의 가족사가 기록된 유고 시집은 우리들의 할머니와 어머니 세대에서 여인들이 보내야 했을 한의 세월 속으로 빠져들기에 충분했다. 어쩌면 그 한의 세월을 몸소 체험했기에 '토지'라는 대작을 쓸 수 있었을 것이다.

일행이 따알 화산섬에 갔다가 돌아왔다. 늦은 점심을 먹고는 다시 지프니를 타고 버스가 있는 곳으로 돌아왔다. 돌아오는 길의 길가 과일가게는 파인애플과 망고가 주류였다. 특히 파인애플은 세계 생산량의 약 60%라니 놀랍다.

필리핀 여행은 관광이라기보다 풍물 구경이라고 해야 맞을 것 같다. 일부 체험 코스 말고는 그리 볼 게 없다. 볼만한 곳은 민다나오 섬을 비롯하여 남부지방이라는데 안전성이 모자란단다.

이 나라는 7,107개의 섬에 약 9천만 명의 사람이 산다. 지진이 자주 발생하지만 수직 진동으로 위험성이 상존하지는 않는다고 한다. 빈부 격차가 극심하여 잘사는 사람들은 저네들끼리 모여 산단다. 그 외에도 특징지을 만한 부분이 많았다. 인건비가 낮고 공산품이 비싼 나라, 지프니 천국의 나라, 공권력이 강한 나라, 첫딸에 대한 기대 높고 여성 영향이 큰 나라, 가족 중심 사회에다 혈연관계가 밀접한 나라, 욕이 없고 크리스마스 휴가기간이 긴 나라, 수심이 매우 깊은 섬의 나라, 사립학교가 발달하고 영어가 상용어인 나라, 그들 고유의 '따갈로그어'가 아직 살아 있는 나라…….

필리핀은 최초로 점령했던 스페인의 영향이 많이 남아 있는 나라이다. 그래서 가톨릭국가이며, 사람들은 착하여 미워하기보다는 내세에는 자신도 잘 살기를 기도한단다. 대신 대개의 사람들이 음악성과 리듬감이 뛰어나단다. 뿐더러 동서양 문화가 공존하고 교육애가 높단다.

212

그러나 다른 측면도 있다. 실제로 중국인이 먼저 들어와서 차이나타운이 크게 형성되어 있고, 화교가 거의 상권도 잡고 있단다. 아시아 최초의 여대통령인 코라손 아키노의 아버지가 중국인이라고 한다.

시내로 들어서자 교통체증이 심했다. 서울의 세 배 면적에 인구 1,200만의 마닐라는 자동차 매연으로 심각하다. 자동차검사가 없으니 더욱 그럴 것이다. 일행은 해가 넘어갈 무렵의 '호세 리잘 공원' 산책을 하며 그 나라 사람들의 쉬는 모습을 볼 수 있었다. 그다지 밝아 보이지 않고 남루한 차림의 사람들이 많았지만 평화로워 보였다.

한식당에서 두부찌개를 안주로 밥 반주 삼아 소주 한 잔 기울이며 일정을 마무리했다. 한국 상품 수입가게에서 치약, 옥수수 차, 사탕을 샀다. 참 반가운 물건들이었다.

■ 3일차 : 1/17(토) 팍상한 폭포 → 마닐라 → 호텔

팍상한으로 출발했다. 출발시간은 날마다 안 지켜졌다. 남동쪽으로 104km 떨어진 고속도로를 달리는 동안 한때 우리나라처럼 대부분이 공사 중이었다. 차량은 거의 일본차(약 67%)였다. 도로 개설을 일본이 지원한 것이 이유란다. 이 나라는 박정희 대통령이 60년대 초반 아셈회의에서 마르코스 대통령에게 차관을 요구할 정도로 우리보다 잘사는 나라였다. 지프니에 이어 오토바이 인력거(트라이시클)도 눈에 많이 띄었다.

낡고 조악한 집과 까만 사람들도 많이 보였고, 더러 걸인들도 보였다. 시내를 벗어나자 평원지대로 접어들었다. 고도의

차이가 적고 평지에 가까웠으며 하늘은 맑았다. 많은 논들도 나타났다. 3모작이 가능한 이곳의 쌀은 근기가 없어 식사량이 많고 반찬은 적게 먹는다고 한다. 70년대 초반 한때 우리 벼 품종 개량 실험을 이 지역에서 했고, 그 결과로 통일벼가 개발되어 녹색 혁명을 이루어낸 유래가 필리핀에서 시작되었단다.

차가 많이 막혔다. 대개 토요일은 막히고 일요일은 한가하단다. '팍상한' 지역으로 들어서니 상가가 줄지어 섰고 사람들은 북적거렸다. 16세부터 결혼이 가능하니 다출산에다 낙태가 인정된단다. 닭고기가 주된 육식이며 거의 부화되기 직전의 '곤달걀'이 보양식으로 이용된단다. 국립미작연구소를 통과하고 논농사 지역을 한참 지나 팍상한에 닿았다.

나루에서 소지품을 맡기고 우리 부부는 두 명의 사공들이 노를 젓는 카누를 탔다. 열대 우림지역 가운데로 난 강을 거슬러 팍상한 폭포까지 올라가는 내내 긴장의 연속이었다. 아마도 사흘 동안의 모든 일정 중 하이라이트는 이곳이리라. 카누가 자연스레 갈 수 없는 곳에는 기다란 쇠파이프나 긴 막대기를 가로질러 걸쳐서 그 위로 카누를 밀어 올렸다. 정말이지 한 시간 가까이 굉장한 스릴을 느끼는 시간들이었다. 중간지점에서 수직에 가까운 폭포 아래에서 잠시 쉬다가 다시 올라가니 드디어 웅장한 폭포가 나타났다. 협곡에 있는 이 폭포는 엄청난 수량에다가 대단한 폭발음을 내고 있었다. 세계 7대 비경의 하나란다. 소沼가 형성된 이곳에서 뗏목을 타고 폭포지점까지 돌아오는 체험 또한 이색적이었다. 돌아내려오는 동안 강가의 정글을 여유롭게 구경하면서 내려와 늦은 점심을 먹었다.

214

시내로 돌아오는 사이에 휴게소에 들렀다. 그런데 진열된 물건들이 익숙하지 않는 물건들이어서인지 전혀 구매력이 생기지 않았다. 불고기 샤브샤브로 저녁 식사를 하고 일행 중 일부는 마사지를 받으러 갔지만 우리는 호텔로 돌아왔다. 마침 호텔에는 필리핀인들의 생일축하 행사가 열리고 있었다. 일종의 작은 축제였다.

도어 키를 충전할 줄 몰라 한참을 끙끙대다가 겨우 방에 들어가 샤워를 했다. 그런데 웬걸 방안에 물난리가 난 것이다. 어떻게 알았는지 종업원이 달려와 수습이 되었고, 건너편 방으로 바꾸어주었다.

이게 웬 떡이냐 싶었다. 옆방에서 들리던 소음도 들리지 않았고, 전망도 좋을뿐더러 여러 가지 달라진 게 많았다. 특히 TV 채널 중 KBS월드가 나왔는데 마침 천추태후 제작 설명 프로그램이 진행되고 있었다. 어찌 반갑지 아니하리.

■ 4일차 : 1/18(일) 산티아고 요새 → 면세점 →
푸닝 온천 → 호텔

일요일 아침 마닐라 거리는 조용했다. 산티아고 요새로 가면서 오래된 성곽과 골프장이 보였는데 필리핀 사람들은 포켓볼, 배드민턴, 볼링 같은 작은 공으로 하는 운동을 즐긴단다. 산티아고 요새는 필리핀 식민 역사를 증명하는 대표적인 곳이기에 그들의 역사를 더듬어볼 필요가 있다.

그들의 역사는 마젤란이 세부 섬을 발견하면서부터 기록되기 시작했다. 마젤란 이전의 필리핀은 BC 2, 3만년 경에 중앙아시아로부터 이주해온 것으로 보이는 네그리토족,

BC 8000~3000년경에 남방에서 이주하여 네그리토족을 산악으로 몰아낸 인도네시아족, 그리고 BC 2000년부터 AD 1500년에 걸쳐 인도네시아족을 산악으로 내쫓고 필리핀으로 이주하여온 말레이족 등이 있다. 16세기까지는 군도에 부족들이 할거하여 통일 국가가 형성되지 않았다.

지동설을 믿은 마젤란은 세계 일주를 하면서 필리핀에 도착하였다. 그리고 20여 년의 전쟁 끝에 마침내 필리핀은 약 330년간(1571~1898) 스페인의 식민지가 되었던 것이다. 그 결과 사람들의 이름이 스페인식이라든지, 건물, 생활습관 등에서 스페인의 영향을 많이 남아 있다. 그들은 저항을 무력화시키고 선무작업을 위해서 대량 인종개량도 진행했다. 19세기말까지 계속된 그들의 통치는 가톨릭교회의 보급이라는 종교정책을 필리핀에 심었다. 마침내 필리핀은 수도사의 천국이라고까지 불리기에 이르렀다.

그러나 수도사의 압제에 항거하여 필리핀의 독립을 쟁취하려는 움직임이19세기 말에 고양되어 각지에 민중항쟁이 일어났고, 그 중심인물에 '호세 리살'이 있다.

호세 리살Jose Rizal(1861~1896)은 스페인 치하에서 필리핀의 독립지사요, 영웅이었다. 의사가 되기 위해 스페인으로 유학을 갔던 그는 마드리드에서 소설 발표를 통하여 식민지 지배의 모순을 날카롭게 비판했다. 식민지 출신의 젊은 유학생이 발표한 한 권의 소설은 당시 자유주의적인 분위기가 팽배해 있던 마드리드의 지식층 사이에서 급속도로 읽혀지게 되었다.

스페인 정부의 추방령에 따라 필리핀으로 돌아온 리살은 조국 필리핀의 독립에 대한 열망을 실천에 옮겼다. 필리핀

민족동맹을 결성하여 반체제운동의 기수가 되었지만 그의 활동을 주목한 스페인 당국에 체포되어 민다나오 섬으로 유배당한다. 그리고 1896년 필리핀 혁명의 배후 조종자로 지목되어 현재의 리살 공원에서 서른여섯의 젊은 나이로 처형당했다. 그의 죽음은 필리핀인들의 가슴 깊숙이 감동을 주었으며, 현재까지도 리살은 필리핀 독립의 아버지로 추앙받고 있다. 특히 그가 동포들에게 남긴 '마지막 인사'는 읽는 이로 하여금 심금을 울린다.

"잘 있거라, 내 사랑하는 조국이여. 태양이 감싸주는 동방의 진주여, 잃어버린 에덴이여! 나의 슬프고 눈물진 이 생명을 너를 위해 바치리니, 이제 내 생명이 더 밝아지고 새로워지리니, 나의 생명 마지막 순간까지 너 위해 즐겁게 바치리.

형제들이여, 그대는 한 올의 괴로움도, 망설임도 없이 자유를 위한 투쟁에서 아낌없이 생명을 바쳤구나. 월계수 백화꽃 덮인 전나무 관이거나, 교수대거나 황량한 들판인들 조국과 고향을 위해 생명을 던졌다면 그게 무슨 상관이랴.

어두운 밤 지나고 동녘에서 붉은 해 떠오를 때 그 여명 속에 나는 이 생명 마치리라. 그 새벽 희미한 어둠 속 작은 불빛이라도 있어야 한다면 나의 피를 흩뿌려 어둔 새벽 더욱 밝히리라. 나의 어린 시절이나 젊은 혈기 넘치는 지금이나 나의 소망 오직 동방의 진주 너를 흠모하는 것, 검고 눈물 걷힌 너의 눈, 한 점 꾸밈도 부끄럼도 없는 티 없이 맑고 부드러운 눈, 동방의 진주 너를 바라보는 것이었노라.

이제 나는 너를 떠나야 하는구나. 모든 즐거움과 절실한

열망을 버리고 아 너를 위해 가슴 속에서 우러나 만세 만세
를 부르노라. 우리에게 돌아올 최후의 승리를 위해 나의 죽
음은 값지리니 네게 생명을 이어주기 위해 조국의 하늘 아
래 숨 거두어 신비로운 대지에 영원히 잠들리니 아 행복하
여라. 내 영원히 사랑하고 그리운 나라 필리핀이여, 나의 마
지막 작별의 말을 들어다오. 그대들 모두 두고 나 이제 형장
으로 가노라. 내 부모, 사랑하던 이들이여, 저기 노예도 수
탈도 억압도 사형과 처형도 없는 곳, 누구도 나의 믿음과 사
랑을 사멸할 수 없는 곳, 하늘나라로 나는 가노라.

　잘 있거라, 서러움 남아 있는 나의 조국이여, 사랑하는 여
인이여, 어릴 적 친구들이여, 이 괴로운 삶에서 벗어나는 안
식에 감사하노라. 잘 있거라, 내게 다정했던 나그네여, 즐거
움 함께했던 친구들이여, 잘 있거라 내 사랑하는 아들이여
아 죽음은 곧 안식이니……."

필리핀에도 400년 가까운 식민지 역사에서 많은 독립지사들이 있겠지만 유독 '호세 리살' 만이 우뚝하다. 우리의 경우 구한말부터 해방까지 약 50년에 걸쳐 수많은 애국지사들이 역사 속에 살아있다는 것이 얼마나 자랑스러운가!

그 무렵인 1898년에 미국과의 전쟁에서 패한 스페인은 파리강화조약에 따라 필리핀을 2,000만 달러에 미국에 양도했다. 그 후에도 필리핀인의 독립항쟁은 계속되었으나 미국은 그것을 인정하지 않았다. 미국은 언어정책을 구사했다. 지금 필리핀이 영어를 쓰는 이유는 미국의 영향 탓이기도 하지만 필리핀이 언어가 다른 여러 종족으로 구성된 다민족 국가이기 때문에 종족간의 의사소통을 위해서도 영어의 필요성이 있어서였다.

1935년에 필리핀 연방이 조직되고 케손이 초대 대통령에 취임했다. 필리핀은 2차 대전 중 일본군의 점령 하에 있었는데, 일본은 1943년에 필리핀의 독립을 승인했고, 대통령에는 라우렐이 선출되었다.

2차 대전이 끝나자 미국은 1946년에 필리핀의 완전 독립을 승인했고, 공화국으로 발족한 필리핀은 로하스를 대통령으로 선출했다. 그 후 21년 동안의 마르코스 독재시대, 그 후 라모스 8년, 아키노에 이어 지금의 아로요 정부는 4차 쿠데타를 진압하고 버텨내고 있다.

이런저런 생각을 미루고 사실상의 마지막 여행 코스로 향했다. 일행 중 상당수가 마닐라에 남고 절반가량의 사람들만 11시 반 무렵 뿌닝으로 향했다. 마닐라에서 약 1시간 30분가량 걸린다고 했다. 차이나타운과 빈민촌을 지나면서 여전히 온통 영어로 표현된 간판들을 보면서 우리 '한글' 의 소중함이 크게 느껴졌다. 도시 변두리의 거리에는 쓰레기가 넘쳐나고 먼지가 폴폴 날리며, 녹슨 함석지붕과 꾀죄죄한 빨래들이 생활수준을 가늠케 한다. 천연자원이 풍부한 필리핀은 훌륭한 지도자를 두지 못했고 잘 살려고 하는 국민들의 의욕 부족으로 후진성을 면치 못하고 있었다.

고속도로변에는 대형 옥외광고판이 자주 눈에 띄었다. 달리는 차들은 온통 도요타를 비롯한 일산들이 주류였다. 한국에서 만들어진 차가 안 보여서 속이 좀 상했다. 도로망 개설에 일본이 크게 기여한 이유가 차를 팔아먹는 수단이었다니 아마도 일본은 투자를 통해 남는 장사를 톡톡하게 한 셈이리라. 우리나라의 대우가 베트남의 기간산업에 거액을 투자한 것도 같은 맥락일 것이다. 안타깝게도 대우는 투자만 하고 파산되는 바람에 회수할 기회를 갖지 못했다.

시내를 벗어나자 농촌 풍경이 나타났다. 같은 계절에 벼농사를 수확하는가 하면, 모내기를 하기도 하고, 벼가 논에서 자라고 있기도 하니 자연조건이 좋기도 하다.

사계절 기후가 온난하다 보니 집들이 대개 조악하고 허술한 모습이었다. 하늘엔 흰 구름이 둥실 떠 있으나 마음은 회색 구름이었다. 끝없는 평원과 농경지가 펼쳐져 있으나 희망을 찾기 어려운 모습을 보면서 우리의 산업화 이전도 이러했으리라 생각했다.

13시쯤 해서 한 때 미 공군 기지가 있었던 클락 지역에 도착했다. 관광버스에서 지프니로 바꿔 타고 아에타족이 거주하는 곳으로 들어갔다. 그들이 운영하는 식당에서 닭고기가 중심 식단인 늦은 점심을 맛나게 먹었다. 소위 그들의 민속촌이라고 말할 수 있는데 그들은 정말 작았다. 아마도 내가 거기 살면 거인 급에 속할 것이다. 아에타 종족은 선사시대로부터 필리핀 전 지역에 흩어져 살게 되었고, 그들은 곱슬머리에다 키가 작았다. 피부가 검어 일반적으로 아프리카 토인들과 비슷하다 하여 '네그리토'라고 불린단다.

아에타 종족에게 있어서 대폭발 이전의 피나투보 화산은 신앙의 대상이었다. 태어나면서 보았고 죽어가면서도 보게 되는 삶과 문화의 중심이었다.

이들은 피나투보 화산을 신성시했고, 어머니의 젖줄과 같은 생명의 근원으로 여겼다. 숲이 우거진 피나투보는 삶의 방식이 수렵과 채집을 주요 생계 수단으로 하는 그들에게 은혜로운 산이었던 것이다. 이들은 이 산의 정상에 세상을 창조한 절대 신이 살고 있다고 믿었으며, 모든 인간이 죽으면 피나투보 정상에 간다고 여겼다.

그런 피나투보 화산이 1991년 6월 13일에 폭발해버렸다. 1745m 높이의 산이 현재는 1445m라니 얼마나 강한 대폭발이었는지 미루어 짐작이 간다. 그로 인하여 실제로 800여 명이 죽었고, 25만여 명이 집을 잃었다. 화산이 폭발한 이후 그들은 그들의 신이 자신들을 떠나고 죽은 것으로 여겨 마음의 공허함을 갖게 되었단다.

이들 원주민은 더욱 어려운 삶을 살아야 하기에 적십자와 유니세프 등에서 지원하고 있으며, 한국 교회에서도 이들을 돕고 있다고 한다. 그래도 여전히 원주민들인 아에타 종족은 낮은 문맹률과 교육 환경이 매우 열악하여 개선될 여지가 낮은 모습을 직접 눈으로 확인할 수 있었다.

일행은 다시 지프니를 타고 뿌닝 온천으로 향했다. 30여 분이나 이어진 협곡은 온통 화산재로 뒤덮인 모습이었고 위험해 보였다. 다른 한편으로는 마치 아이맥스 영화관에서 입체영화를 보는 듯 다이내믹한 재미도 있었다. 가끔 보이는 남루한 차림의 원주민들은 가족 단위로 이동하고 있었는데 그들과 함께 사는 개는 주인에 비해 윤이 나고 잘 생겼었다.

마침내 뿌닝 온천에 닿았다. 이 온천은 한국인이 개발하고 원주민들을 고용하여 운영되고 있는 석회질 노천온천으로 신경통과 관절염에 특효가 있단다.

느긋하게 온천을 즐기면서 관광객이 거의 한국인이라는 사실이 놀라웠다. 금융위기가 적어도 여기에 온 이 사람들에게는 비켜가고 있다는 생각이 들었다. 내려오는 길에 화산재 찜질을 했다. 열을 가하여 데워진 검은 모래에 파묻혀 땀을 빼면서 노폐물이 다 빠져나갔으면 하는 바람도 들었다.

일정이 끝나고 돌아가야 하는 시간이 되었다. 해는 지고 하나둘씩 불 밝히는 어둑한 아에타족의 집단촌을 빠져나오면서 마음에 일렁이는 어떤 애잔함이 가슴에 밀려오고 있었다. 관광객 주변을 서성이는 아이들과 이국의 낯선 풍경들은 서서히 어둠 속으로 사라져 갔다.

두 시간 가량을 달려 마닐라로 돌아와 늦은 저녁을 먹었다. 삼겹살에 곁들인 소주 몇 잔은 여행의 마침표를 찍으면서 들이키는 짜릿한 쾌감을 주었다. 어둑어둑한 골목길 돌아 나와 숙소에 거의 닿을 무렵 나의 눈길은 한 곳을 집중하게 되었다. 길거리 족을 만난 것이었다. 나이 든 엄마는 비스듬히 누워 있고, 오빠는 자고, 막내 여자 아이는 담배를 팔고, 큰딸은 열심히 담배 연기를 내뿜는, 이목구비 뚜렷

각인시키며 그 잔상이 오래 남을 듯하였다.

숙소로 들어와서 짐을 챙기고, 샤워를 하고, KBS 월드에서 방송되고 있는 '누들누들'을 보았다. 작은 것에서 시작된 세계적인 것을 기획한 극찬하고 싶은 프로그램이었다.

■ 5일차 : 1/19(월) 마닐라 → 김해공항 → 울산

잠시 졸다가 한밤중인 01시에 호텔을 나섰다. 03시 35분에 출발한 비행기는 4시간 후에 김해공항에 도착했고, 10시 무렵에야 집에 닿았다. 어지럼증을 호소하던 아내가 잘 버티어 준 것이 참 고마웠다. 젊은 가족들, 퇴임한 중역, 교수 부부 등 다양하게 구성된 여행단의 일원으로서 고환율 시기에 다녀온 여행에서 느낀 점이 참 많다.

우리는 흔히 국가 지도자들을 욕하곤 하지만 그래도 우리 국민은 다행이라는 것이다.

많은 부존자원을 가졌음에도 못 사는 나라들은 우리보다 더 못한 지도자들을 두었기 때문일 것이다. 우리는 해방 이후 절대적 존경을 보낼 만한 대통령이나 기업인들을 두지 못했지만 그들 나름대로는 많은 장점들을 가졌기 때문에 절대 빈곤을 넘어설 수 있었던 것이다. 이제 우리는 후손들이 대대손손 국제사회에서 치열한 경쟁을 이겨낼 토대를 마련해야 할 막중한 책무성을 가져야 할 것이다.

천룡사 추모법요 참례기 2009. 10. 06(화)~10. 10(토)

수사공 할아버지 추모 법요식 참례단의 일원이 되어 일본으로 향했다. 조선 초기 통신사로서 크게 활약하신 학성이씨 시조 충숙공 휘 예藝 할아버지에 이어 부자 통신사가 되신 휘 종실宗實 할아버지를 추모하기 위함이다.

그러니까 일본의 요청에 의해 정확히 550년 전인 1459년 10월 8일 새벽에 정사 송처검과 부사 이종실을 비롯한 백여 명의 사절단이 세 척의 배로 나누어 타고 일본으로 향했다. 일본 사신단과 대마도 왜선의 안내를 받으며 출발했으나 정오 무렵 홀연히 풍랑이 일어나 표몰하고 말았다. 선군 한 사람만이 살아남아서 다섯 달 후인 이듬해 2월에 돌아와 조정에 보고함으로써 알려졌다.

수사공 할아버지의 희생을 애석하게 여긴 임금이 초혼장을 명하여 장사를 지냈으나 안타깝게도 실묘하고 지금은 50여 년 전에 내고산에 설단을 설치하고 한식일에 제사를 올리고 있다. 지난 2005년 2월에 이 달의 문화인물로 선정된 충숙공 이예 선생을 기리는 선양회가 조직되면서 대마도에 공적비를, 울산문화공원에 동상을 세우고 학술대회를 개최하는 등 각종 선양사업이 활발하게 진행된 바 있다.

그러던 중 충숙공 할아버지의 아들인 수사공 할아버지 일행의 조난에 대해 일본 국왕이 천룡사에 명하여 통신사 일행의 명복을 비는 수륙대제회를 열었다는 기록이 뒤늦게 알려진 것이다.

이에 '충숙공 이예 선양회'에서는 선조가 남긴 공적의 역사적 가치를 재인식하고 위대한 유산으로 삼아 차세대에 전승코자 천룡사에 조선통신사 현창비를 세우기에 앞서 추모 법요식을 갖는 것을 목표로 길을 나선 것이다.

♣첫째 날(10. 6, 화)

서둘러 점심을 먹고는 주관회사인 '탑 여행사'가 제공한 버스로 부산으로 향했다. 부두에 도착하여 먼저 와서 기다리던 많은 족친님들과 합류하니 모두 37분이었다. 조상님을 위한 일인지라 모두가 반가운 일가이지만 아무래도 평소 가까이 지내던 분들과는 나누는 인사가 좀은 각별했다. 대개 연세가 많은 분들이지만 나와 비슷한 60 전후의 또래들도 제법 많았다. 정말 반가웠던 분은 아흔의 '학락' 할아버지였다. 그 외에도 여든이 넘는 분들로 '병직' 할아버지를 비롯하여 여러 분이 일행이 되었다.

오후 3시가 조금 넘어서 2만 톤이 넘는 '판스타 크루즈 드림' 호는 그 육중한 몸매로 서서히 부산항을 빠져나갔다. 그 배 안에서 19시간을 보내며 두 끼의 밥을 먹고, 이런저런 놀이를 하고, 서너 시간의 잠을 잤다.

좀은 불편했지만 그 옛날 범선으로 일본을 오갔을 조상님을 생각하면 유람이 아니겠는가.

♣둘째 날(10. 7, 수)

새벽녘에 일본의 섬들을 연결하는 여러 가지 대교를 지나고 있다는 선내 방송이 있었다. 하지만 늦게 잠들어서 볼 기회를 놓치고, 대신 사우나에 가서 피로를 약간 풀었다. 10시경에 도착한 오사카 항 뱃머리에는 비가 추적추적 내리고 있었다. 오사카(大坂)는 한국 교포가 30만 명인데 270만 명의 인구 중 1/3이 한국과 관련되어 있다고 한다. 3세대 교포들의 정체성이 문제가 되고 있어서 상당수가 국적을 변경하고 있다니 안타까운 일이다. 입국 절차를 거쳐 11시 무렵에 서울에서 출발한 일행과 합류하기 위해 칸사이 공항으로 갔다. 줄곧 고가도로를 달리면서 공업지역을 지나갔다. 신일본제철을 비롯한 금속공업과 중화학공업이 연안 바닷가 매립지 곳곳에 발달하고 있었다.

칸사이 공항은 1994년에 준공되었단다. 당시 1조 4천억 엔을 투입하여 원래의 섬에 일부를 매립하여 만든 최현대식 공항이다. 우리의 영종도 신공항도 이곳을 벤치마킹했다고 한다. 거기서 아홉 분이 우리 일행에 합류되었다. 한국 참례단 유종현 단장님과 일족의 실무자 격인 명훈 교수, 참으로 반가웠던 창훈 아잠 내외를 이렇게 이국땅에서 만난 것이었다.

그 옛날 조선통신사의 하선 지점인 사까이에서 도시락 형태의 점심을 먹었다. 13시 반에 출발하여 계속 이어지는 공업지역을 지나 15시 무렵 인구 140만의 교토(경도)에 도착했다. 교토는 에도 막부(1603~1867)가 막을 내리고 천황에게 권력이 이관되면서 도쿄로 수도가 옮겨가기까지 오랫동안 일본의 수도로서 역할을 수행한 천년 고도였었다. 과거의 목조건물은 많이 훼손되었지만 지금도 여전히 고도로서의 모습을 간직하고 있었으며 콘크리트 건물들도 외벽을 주로 작은 타일로 처리하여 아주 단정한 모습이었다.

처음 찾은 곳은 재일교포로서 성공한 대표적 기업인 MK

택시회사였다. 창업주 유봉식 회장을 대신하여 유태식 부회장이 직접 일행을 맞아주었다. 우리 한국인의 의지를 온 일본에 떨친 MK의 전설을 부회장의 육성을 통하여 들으니 참 자랑스러웠다. 택시 기사들의 친절교육을 현장에서 직접 목격하며 사람에게는 '친절'이라는 덕목이 얼마나 소중한가를 새삼 느끼게 되었다.

두 번째로 찾은 곳은 청수사라는 절이었다. 오후 4시가 조금 넘었음에도 비가 내리고 날씨는 어둑하여 주변이 스산한 모습이었다. 절 입구에는 많은 상가들이 길 양쪽으로 늘어서 있었다. 깎아지른 절벽 위로 139개의 기둥을 박고 돌출되어 있는 본당의 툇마루에서는 교토 시내가 한눈에 들어온다. 건축 자재로서 삼나무가 흔한 만큼 절은 매우 웅장했다. '청수淸水[기요미즈]'는 '성스러운 물'을 뜻하며 수많은 사람들이 그 물을 마시기 위해 찾아온다.

오노타키 폭포에서는 물을 받아먹을 수 있는데, 왼쪽의 폭포수는 지혜, 중간은 사랑, 오른쪽은 장수에 좋다고 한다. 유네스코가 지정한 세계문화유산이라는데 날씨로 인해 완전한 진면목은 살필 수가 없었다.

저녁 식사를 마치고 18시 반 무렵 호텔로 이동했다. 태풍 18호의 내습 뉴스로 인해 내일 일정이 걱정되었다. 그래도 간밤에 잠이 모자라고 피곤하여 밤새 태풍이 닥칠 거라는데도 그런 대로 잠을 잘 잤다.

♣ 셋째 날(10. 8, 목)

호텔 조식 후 8시 반 무렵 천룡사(텐류지)로 이동을 시작하여

50여 분 만에 도착했다. 걱정하던 태풍은 간밤에 비교적 조용히 관서지방을 지나가고 흔적이 별로 남지 않았다. 역시 문화유산으로 지정된 이 절은 화려하지 않으면서도 격조 높은 모습이었다. 경내의 정원은 잘 가꾸어진 수목과 연못, 수석들이 조화를 이루며 가늘게 뿌리는 비에 젖고 있었다.

천룡사는 교토 5산 가운데 제1위로 꼽히는 절이다. 1255년에 세워진 왕실 별궁을 이용해 천황의 명복을 빌기 위해 1339년 선종사원으로 개축했단다. 일본 불교 선종의 한 종파 대본산으로 막부시대에 화합 역할과 외교활동의 거점 역할을 수행했단다. 창건 당시에는 150여 개의 사찰 건물이 들어선 아주 큰 규모를 자랑했으나 '오닌의 난(1467~1477)'을 겪으며 지금의 모습으로 축소되었단다. 방장方丈과 본당을 따라 기다란 연못이 위치한 정원은 무소국사가 만든 것으로, 법당에는 석가모니, 문수보살, 보현보살의 상이 있었다.

우리 일행 중 일부는 유복儒服으로 갈아입고, 행사 진행에 대한 설명을 들었다. 약간 남은 시간에는 법당에서 절에 대한 내력을 들었다.

그런데 우리가 앉아 있던 천장에 그려진 운룡도雲龍圖가 어떤 방향에서도 용의 눈길이 따라온다는 게 신기했다.

드디어 11시가 되자 수사공 할아버지의 추모 법요 행사 시간이 되었다. 천룡사 대방장大方丈에서 엄숙하고도 성대하게 한 시간 동안 진행되었다. 평전 스님의 독송으로 법요식의 시작을 알리고 사사키 관장님이 입당하여 분향한 후 반야심경을 독송했다. 이어서 수사공 문회장 세걸 족조가 이번 행사의 실무자인 명훈 교수가 작성한 봉상문을 봉독했다. 그 옛날의 내력부터 오늘에 이르기까지의 이야기와 수중고혼이 되신 분들께 올리는 글인데 가히 명문이었다.

모든 분들이 차례대로 위패 앞으로 나와 정중하게 참례했다. 참례가 끝나고 유종현 단장님의 인사말씀이 이어졌으며, 주지스님의 제단에 예를 올림으로써 모든 법요식이 종료되었다. 짧지 않은 시간이 언제 지나갔는지 모를 정도로 몰입되었으며 매 순간이 경건하였다.

늦었지만 표몰하신 지 550년이 지나 이렇게나마 원혼들을 위로드릴 수 있어서 다행이다 싶었다. 단장님을 포함한 후손이 중심이 된 한국 참례단 48명과 일본에서 참례하는 다섯 분, 내빈 세 분, 집례스님 다섯 분 등 60여 명은 당시 송처검 정사와 이종실 부사를 비롯한 희생자 백여 분을 추모하고 동시에 충숙공 할아버지의 넋도 함께 기렸다.

오영환 총영사, 유우코 통신사 연구자, 전북대 하우봉 교수, 왕청일 교토거류민단장, 이승호 저팬삼성 오사카지점장과 우에다 쿄토대 명예교수, 나카오 교수, 야마다 천룡사 신도단체 고문이 자리를 함께 했다.

특기할 만한 점은 나카다 미노루 씨가 함께 하고 있다는 점이었다. 그는 현직 고등학교 교사로서, 충숙공과 그 후손 연구로 박사학위를 준비 중인 사람이다. 그에 의해 제월당 할아버지의 행적이 조선왕조실록에 기록되어 있다는 사실이 밝혀졌으니 이 얼마나 고마운 일인가.

경내 식당에서 오찬이 시작되었다. '시게츠' (사월篩月)라고 하는 이 코스 요리는 각 개인의 상에 미리 차려진 음식에다 추가로 음식이 나오는 형식이었다. 차려진 음식의 맛이나 모양이 가히 성찬이었다. 음식의 맛을 모두 풍미하기에는 나의 입이 그렇게 세련되지 못함을 어이하겠나.

식사 후 무로마치시대 전기의 문화를 상징하는 금각사(킨카쿠지)에 들렀다. 이날 오후에 일행은 전북대 인문대학장인 하우봉 교수의 안내를 받았다. 이 분이 충숙공 할아버지를 최초로 학술적으로 접근한 한문종 교수의 지도교수라고하니 고마운 나머지 반가움이 더했다. 불타고 다시 지은 절이지만 금으로 장식한 아주 단아한 절이었다. 역시 잘 다듬어진 정원이 절을 돋보이게 했다.

지장원에서 조상이 울산인 동백나무를 둘러보고 서운원으로 갔다. 경내에 빼곡히 들어서 있는 비석으로 된 대단지 묘원이었다. 임란 때 잡혀간 피로인 중 어떤 한 아이가 '종엄' 스님으로 성장하여 창건한 것으로 알려지고 있는 이곳은 염불 소리가 끊이지 않았던 '만일염불당' 이 있다. 어느 나라나 죽은 자의 영혼을 위한 산 자들의 노력이 이처럼 절절한 것은 유한한 삶의 한계를 뛰어넘고자 하는 간절한 바람이 이런 형태로 이어지고 있지 않나 싶었다.

장소를 조금 옮겨 풍신수길을 모시는 풍국신사 앞 귀 무덤

으로 갔다. 사실은 코 무덤이다. 풍신수길의 잔인성을 완화
시키기 위해 귀 무덤으로 고쳤단다. 120여 년의 전란시대를
종식하고 전 일본을 통일한 그를 우리는 침략의 원흉으로
볼 수밖에 없다. 그런데 그 자를 모신 신사 앞에 13만 원혼
이 왜곡된 채 묻혀 있다니 이 얼마나 통분할 일인가. 코를
베어가고 없는 사람을 '헐치'라고 한다는 말을 아주 오랜만
에 여기서 들었다.

　한 시간 여를 달려 오사카에 도착했다. 오랜 상공업도시
로서 근대화의 상징 도시답게 교토와는 분위기가 많이 달
랐다. 최대 번화가인 '신사이바시' 거리를 통과하여 숙소에
들었다. 일행 중 소장파 족친들끼리 풍물구경을 겸한 일본
대표 술인 '사케'를 한 잔 하고 잠들었다.

♣넷째 날(10. 8, 금)

아침 식사를 마치고 오사카 성으로 갔다. 성을 보러가는
중에 버스에서 최연장자인 '학락' 방조께서 말씀하셨다.
참으로 진중한 말씀이었기에 우리 모두는 큰 박수를 보냈
다. 그 동안 좀은 서운했을 수도 있는 명훈 교수가 웃음을
머금고 있어서 보기에 참 좋았다. 그 사이에 일행은 오사카
성에 도착했다.

"나는 그동안 대마도에 세운 우리 시조님의 비석이 마뜩
치 않았다. 왜냐하면 그 비석에는 후손이 받들어야 될 시조
어른의 존칭이 없었기 때문이다. 그런데 어제 그 일에 힘쓴
여러분들로부터 그 비석을 세우는 데 한국의 역사학회들이
참여했을 뿐만 아니라 많은 이들의 관심을 받았다는 것을
알았다. 그것은 시조께서 우리 문중의 인물만이 아니라 한
국의 역사 인물로 자리매김하였다는 사실이 자명해졌다. 차
후로 그 비석에 대한 어떠한 왈가왈부도 있어서는 안 되고,
이번 일을 계기로 앞으로 후손들이 더욱 한 마음으로 화합
해야 할 것이다."

도요토미 히데요시(풍신수길)가 이 오사카 성을 축성했단
다. 엄청나게 큰 돌로 쌓은 성곽 입구부터가 위용을 자랑했
다. 이는 전국에 있는 다이묘들이 충성 경쟁을 하면서 옮겨
온 것들이다. 절대 권력의 힘을 눈으로 확인하며 오른 이 성
은 구마모토 성과는 또 다른 대단한 성이었다. 수운이 편리
한 이곳에 천하쟁탈의 거점을 마련하기 위해 1585년에 5층

8단, 검은 옻칠을 한 판자와 금박 기와, 금장식을 붙인 망루형 천수각을 완성했다. 이것으로 그는 권력자의 권위를 천하에 과시했던 것이다.

그러나 1615년에 성의 꼭대기에 구축한 천수각은 불타버렸다. 에도 막부가 도요토미 막부를 쓰러뜨리기 위해 벌인 전쟁 '오사카 여름의 진'에서 함락당한 것이었다. 도요토미는 난공불락의 성을 구축했지만 그의 아들 히데요리는 여름 전투에서 성을 둘러싼 해자가 메워지면서 허무하게 무너졌다. 도요토미가 그토록 염려하던 아내와 자식은 이 오사카 성의 불길 속에서 최후를 맞았다. 전쟁에 대한 집착으로 잔인무도하던 도요토미가 어린 아들과 가문에 대한 미망을 어떻게 정리하고 이런 명문의 절명시를 남겼는지 모를 일이다.

'몸이여 이슬로 와서 이슬로 가니 오사카의 영화여 꿈속의 꿈이로다.'

그 후 2대 쇼군 '도쿠가와 히데타다'는 정권이 교체된 것을 천하에 알리기 위해 석벽을 다시 쌓아올려 새롭게 구축한다. 도요토미의 천수각보다 더 큰 규모로 1626년 도쿠가와의 천수각이 완성된 것이다.

그러나 이 천수각도 1665년에 소실되고 지금의 천수각은 1931년에 도요토미가 축성한 천수각을 본떠 도쿠가와의 천수대 위에 세워졌다. 그 성을 우리 일행은 보러 온 것이다. 오사카 성은 내부를 전시관으로 꾸며놓았고, 오르내리는 길은 엘리베이터와 계단을 병행하고 있었다.

나라 현의 사슴공원과 동대사(도다이지)로 향했다. 들어서는 입구에 수많은 사슴들이 노니는 것은 신이 사슴을 타고 내려왔다는 전설에서 시작되었단다. 경내로 들어서는 일주문부터가 심상찮다 싶더니 눈앞에 펼쳐진 동대사는 정말이지 대단했다. 한 마디로 압권이었다. 자금성을 보았을 때와는 또 다른 놀라움이었다. 이리도 큰 목조건물이 어찌 가능하며 그 안의 청동 본존불상은 도무지 어찌 만들었을까 싶었다. 아기자기하고 오밀조밀한 일본의 문화풍토와는 전혀 느낌이 다른 이 상황을 어떻게 해석해야 할런지.

이 절은 나라시대인 745년 쇼무 왕이 발원하여 로벤이 창건했는데 백제 장인들의 솜씨로 지어졌단다. 일본의 화엄종 대본산이란다. 본존의 앉은키가 16m, 얼굴의 길이는 5m인 비로자나불 좌상이다. 대불전 금당은 에도시대에 재건된 것으로 높이가 47.5m가 되는데 세계 최대의 목조건물에 세계 최대의 청동 본존불상이 앉아 있다.

경내를 벗어나 정창원으로 갔다. 일본인들이 자랑하는 세계에서 최고 오래된 박물관이다. 나라 시대의 일본과 인근 국가들의 유물 만여 점을 소장하고 있다는데 볼 수가 없었다. 원래는 전국에서 징수한 공물을 보관하던 창고였으나 왕위를 버리고 출가한 쇼무 왕이 각종 문화재를 수집하여 모아놓은 곳이었다. 그 후 왕실 보물 600여 점을 아내인 고묘 왕후가 동대사에 헌납하면서 보물창고로 탈바꿈되기 시작한 후 귀족들의 봉납물, 사찰의 보물, 소장문서 등이 추가되면서 소장품이 늘어났다. 우리나라에서 한때 논란이 되었던 '화랑세기'의 진본도 바로 저 속에 있을지 모른다.

근처 식당에서 도시락 형태의 점심 식사를 마치고 오사카로 출발했다. 칸사이 공항에서 서울로 출발하는 아홉 분과 헤어져 부두로 가니 오후 두 시 가량이 되었다. 두어 시간이 지나서야 배는 부산을 향해 움직이기 시작했다. 배 안에서 별 하릴없이 시간을 보낸다는 것은 제한적일 수밖에 없는 상황임을 감안할 때 무엇을 한들 무에 그리 흠이 될까.

♣닷새째 날(10. 9, 토)

날이 새고, 선상 사우나와 아침 식사를 하고도 한참이나 지나서야 19시간 만에 부산항에 닿았다. 그 옛날 550년 전에 돌아가신 수사공 할아버지를 뿌리로 하여 수많은 후손들이 가지를 뻗으면서 오늘에 이르고 있음이 얼마나 감사한 일인가. 뒤늦게나마 추모 법요식을 올린 일은 마땅한 도리이며, 조상님의 원혼에 위로가 되고 후손들은 저마다 조상님께 감사하는 마음이 다시 움틀 것이다.

무슨 일이든 앞장서서 애쓰는 분들 없이 어찌 가능한 일이며, 많은 분들의 도움 없이 어찌 이런 큰 과업을 수행할 수 있으리오. 이번 법요 행사에 애쓰신 분들과 함께 하신 모든 분들께 진심으로 감사드린다.

'아득히 멀리 계시는 조상님이시어, 우리 후손들은 끊임없이 조상님을 받들어 뫼시오며 저마다 튼실한 아람이 되겠나이다.'

4부

뿌리 깊은 나무

4부 뿌리 깊은 나무

아 우러를 조상님이시여

정호(20세손, 울산교육과학연구원장)

불멸의 천추사千秋史 우리 시조 충숙공 할아버지
600년 세월 너머 넘실넘실 살아 돌아오셨습니다.
2005 문화인물, 2010 외교인물로 부활하셨으니
충忠은 해를 관통하고 성誠은 하늘에 통했음입니다.
조선 전기 대일외교 40여 회 넘나든 사행使行길은
보국안민輔國安民 위한 그 담대함이 바다를 잠재웠음입니다.
능소능대한 지략과 외교경륜은
섬으로 이웃하는 왜倭를 감복시켰음입니다.
계해약조癸亥約條와 문인제도文引制度는
사직社稷이 평안하기를 바라는 염원이 관철되었음입니다.
피로쇄환被虜刷還과 문물교류는
휼민恤民과 교화敎化를 위한 의인의 참모습이 아니오리까.
대를 이은 통신사 수행 길에 수중고혼水中孤魂 되신 아드님은
몸 바쳐 위국진충爲國盡忠의 표상이 되셨습니다.
임금께 받은 공패 청사靑史에 길이 빛나고
후손들도 임란창의壬亂倡義 삼일의거三一義擧
조상님 얼이었습니다.

숭조효제崇祖孝悌 종친돈목宗親敦睦을 종훈宗訓으로
날로 창성昌盛하며 세상에 나아가
지자필성志者必成할 것입니다.
제손諸孫들의 꽃다운 향사享祀 다함이 없을지니
대를 이어 올리는 양 서원書院의 향화香火도 영원할 것입니다.
선양宣揚함에 미진할지라도 정성으로 모시오니
아 우러를 만세의 존령이시여 기꺼이 흠향하소서.

*학성회보 제32호(2010. 겨울) 권두 시입니다.

이휴정 소고 二休亭 小考

이휴정이 다시 복원되었다. 지난 2월에 국보 1호인 숭례문이 불타는 모습을 보면서 2003년 9월 25일에 불타던 이휴정의 모습이 떠올라 더욱 참담하고 안타까운 마음이 들었다. 다행히도 이휴정은 후손들의 성력으로 재복원되어 제자리에 다시 우뚝 서게 되었다. 이휴정은 학성회보 제2호(2003년 봄호)의 표지 사진으로 소개된 바 있으나, 재복원을 계기로 개인 정자로서의 이휴정, 문화재로서의 이휴정, 원래 이 정자의 주인이었던 이휴정을 자호로 쓴 성균 진사 이동영으로 구분하여 소개하고자 한다.

■개인 정자로서의 이휴정

이 정자의 원래 주인이었던 이동영李東英 공이 28세이던 임인(1662년)에 처음 세운 정자이다. 일찍이 학문에 뜻을 두어 경사經史에 밝았으나 출사할 뜻을 접고 진실로 은거할 목적으로 태화강 위 은월봉 아래에다 정자를 짓고 이수삼산의 절경을 조망하며 유유자적한 삶을 지향하였다. 이곳은 원래 공의 조부인 난은공이 두어 칸의 초옥에다 지은정志隱亭이라는 편액을 달고 노년을 보낸 곳이기도 하였다. 공은 정호亭號를 이미정二美亭으로 하고 대개의 강호江湖 선비들처럼 요산요수를 닮아 어질고 지혜로운 사람이 되고자 하였으나 암행어사 박세연朴世衍이 진실로 은거할 목적이라면 이휴정으로 고치기를 권함에 따라 이를 받아들임과 아울러

240

자호自號 또한 이휴정으로 정하였다.

　정자가 세워진 지 300년 가까운 세월 흐르면서 정자는 비바람을 이기지 못하여 황폐한 연못에 잔약한 연꽃만 남아 있었다. 후손들은 다시 옛 본향에 찾아들어 옛터에 선조를 추모하고 학행을 계승하고자 1940년 성력을 다해 입주상량을 하게 되었고, 이듬해에 준공을 보았다.

　그러나 개인 정자로서의 의미는 물론 문화재로서 자랑스럽던 이휴정은 2003년 9월에 겨우 회갑을 넘기고는 전기누전으로 화마에 휩싸이고 말았으니 그 안타까움 어이 다 형용하리오. 다시 이휴정은 등록 문화재였기 때문에 국비 외 총 2억3천만 원을 지원받아 단청비를 포함하여 총 공사비 4억6천5백만 원을 들여 2005년에 준공을 마치고 금년 봄 낙성식을 갖게 되었다.

■문화재로서의 이휴정

이 정각은 본래 울산도호부의 객사였던 학성관의 남문루
(일명 태화루)를 옮겨와 이전 중건한 건물이다. 원래의 이휴
정은 조선중기 성균관 유생이었던 이동영이 1662년에 세웠
으나 오래도록 폐허로 남아 있었다. 그러나 울산공립보통학
교(현 울산초등학교)의 교정을 확장하면서 남문루가 헐리게
되자 학성이씨 월진문중에서 이 건물을 사들여 목재와 기왓
장 등을 재활용하여 1940년에 이휴정으로 복원시켰으니 소
왈 명현명물名賢名物이 서로 만났던 것이다.

이 건물이 옮겨오기 전에는 정면 3칸 중층 집으로, 2층에
는 계자난간을 둘렀고, 하층의 가운데 문은 출입문의 역할
을 하고 있었다. 또한 임진왜란 때 소실된 것으로 알려지고
있는 태화루의 현판이 남문루에 걸려 있어서 일명 이 건물
을 '태화루太和樓'라고 불리기도 하였는데 그 현판은 지금
이휴정에서 소장하고 있다.

원래의 건물 양식을 가능한 한 살려 지은 이휴정은 정면
3칸, 측면 2칸으로 개인 정자로서는 규모가 꽤 큰 서른 평
가까운 건물이다. 기둥 위에 장식한 나무를 얹어지은 익공
양식을 갖추고 있으며, 지붕은 네 귀퉁이에 모두 추녀를 단
팔작지붕에 겹치마로 이었고, 마루에는 계자난간鷄子欄干을
둘러놓았다.

주목할 것은 이곳으로 옮겨 세울 때의 상량문을 보면「단
기 4273 경진년 7월초 2일 입주상량」이라 했는데, 일제가
태평양전쟁 중이었는데도 단기를 쓰고 있다는 점이다.

242

문화재와 관련해서는 1983년에 처음으로 경상남도 지정 문화재 제11호로 지정되었다가 다시 울산광역시문화재자료 제1호가 되었다.

　　이 정자는 문화재로서의 가치와 더불어 태화루 현판 소장, 처음 복원 시 단기 연호를 사용한 점 외에 국가지정 중요민속자료 제37호로 지정된 이휴정 이동영 공의 부모님과 계씨李氏 부부 합장묘에서 나온 출토 복식을 소장하고 있는 등 역사적 의미를 간직하고 있다.

　　■성균 진사 이동영李東英(1635~1667)

　　공은 조선 현종 때의 사람으로 자는 화백華伯이오, 호는 이휴정인데, 충숙공 예지9세손藝之9世孫으로 임란공신 난은 難隱공의 손자이며, 장악원정 이천기와 박계숙의 따님인 흥려박씨 사이에서 차남으로 태어났다. 공은 33세의 짧은 삶을 살다가셨지만 우리 일문의 자랑스러운 조상이다. 우선 옛 성현을 스승으로 삼고 공부에 전념하시어 단 한 번의 응시로 사마시에 합격하셨는데 이는 충숙공 창성 이래 최초로 과거에 급제한 분이다.

　　이번에 발간된 국역 문집을 면밀하게 살펴보면 일문6현 一門六賢 (忠肅公, 水使公, 景淵, 翰南, 遇春, 得垓)을 모시기 위한 사당 건립을 위해 동분서주했던 모습이 나타나 있다. 또한 제월당壽月堂 유사를 기록하기도 하였으며, 동화당桐華 堂 운韻에서는 제월당 공을 '사람 중에 군자요 봉황 중에 사람'이라고 표현하기도 하셨다.

향내 문흥文興을 일으키는 데 진력하신 공 또한 지대하다. 25세에 구강서원 창건을 주도하셨고, 향교의 규약을 회복시키는 데도 애정을 보였으며, 괴천 박창우朴昌宇 공이 울산에 이거하시어 유풍儒風을 진작시키는 데 결정적 역할을 하셨다. 구강서원 완공을 보지 못했으나 문집에 나타난 서찰 등을 살펴보면 구강서원 신주 봉안일 언급이나 '괴천 공과의 며칠 밤 나눈 대화가 10년 독서보다 나았다.'는 표현으로 미루어 부분적으로는 공의 생시에 서원 기능이 가능했던 것으로 보인다.

불행히도 일찍이 병을 얻어 요절하셨으나 거가요어居家要語, 독서규례 등을 통하여 유훈을 남겼기 때문에 슬하에 세 분 아들들이 백씨伯氏와 계씨季氏 후사까지 이으면서 태화당太和堂, 무민당无閔堂을 위시해서 많은 문필가를 배출하였다. 현재 공은 정자로서, 공의 아버지와 동생(무과, 휘 之英)은 출토 복식으로 복원되어 있어서 후손들의 자랑이 되고 있다.

선조님의 유훈

■거가요어居家要語

★하루에 여러 가지 잡다한 일은 그때그때 결단하고, 한 집안의 할 일은 그 일을 해결하는 데 일념할 것이니, 다만 여러 가지 많은 일만 하려고 하면 노력만 허비하고 성과가 적다.

★매일 열두 시간 항상 방심을 경계하고 유달리 기지개를 펴거나 거만하게 드러누워 있거나 해서는 안 된다. 집밖에 나가서는 큰 손님을 본 것 같이 행동을 신중히 하고, 빈 그릇을 들더라도 가득 찬 그릇 잡는 것과 같이 하며, 나 혼자 있을 때를 조심하고, 자기 양심을 속이는 짓을 하지 마라 등의 성현 말씀을 명심하고 항상 잊지 말아야 한다.

★아침부터 저녁까지 삼가하고 공손한 마음가짐은 옥황상제를 대하는 기분으로 하고 전장에 다다름과 같이 조금이라도 중단해서는 안 된다. 모든 일은 순리대로 하고 절대로 잔꾀를 써서도 안 된다. 이理라는 것은 이해하기 어려운 현묘玄妙한데 있는 것이 아니고 오직 옳은 것에 따라 행할 것이며 옳은 것은 성패에 관계없이 마땅히 해야 할 바에 따라 행하는 것이다.

★오직 입으로부터 좋은 말도 나오고 싸움을 일으키는 말도 나오니 말이 많으면 실언이 생기고 말을 너무 꾸미면 아첨이 되니까 참으로 경계할 바가 아니겠느냐. 이러므로 공자께서도 말씀하시기를 말이 너무 많은 것보다는 오히려 말

수가 적은 말더듬이가 낫다고 하시고 주朱선생의 훈계 말씀에도 입을 지키되 병瓶과 같이하라고 하셨다(병마개는 항상 막아 놓고 있고 필요할 때만 연다).

★자식에게 효도로 책망하고, 형제들에게 공손으로서 책망하고, 처에게 순종으로서 책망하는 것보다도 오히려 자기 자신이 이들을 위하여 자애와 우애와 순리를 다하는 것이 낫다. 이리하여 보답을 받지 못하더라도 역시 자기가 할 바는 버리지 말아야 한다.

★타인의 장점과 단점을 논하는 것은 사람의 심덕을 크게 해치는 것이다. 세상에는 장점과 단점이 없는 사람이 없으니 그 좋은 점을 취하고 그 좋지 못한 점을 묵과하여야 자기에게 허물이 돌아오지 않기를 바랄 수 있다. 사람이란 이웃이나 고을에 기거하는 것이 아니며 첫째 자기 집에서 살며 그 가정인으로서 이러한 도를 행하는 것이다.

★조정의 인사문제나 관청 정치의 잘잘못은 특히 선비로서 말할 것이 못 된다. 그 자리에 있지 않으면 그 일에 참견하기를 삼가라.

★남의 비평이나 이해관계 등에 내 마음과 내 몸이 얽히고 흔들리지 않아야 내가 설 확고한 땅이 있는 것이다. 위 두 가지를 깨끗하게 해쳐 나오지 못할 것 같으면 비록 얼마간의 일을 할 수 있다 하더라도 결코 만족할 만한 올바른 일은 아닐 것이다.

★벗을 취하는 방법은 반드시 충신하고 정직한 자를 택하여 나의 인격에 보탬이 되도록 하여라. 말만 앞세우고 실속이 없는 자와 교묘하고 간사한 속임수를 쓰는 자와는 절대로 친하게 사귀지 마라. 비록 내가 명철하지 못할지라도 벗을

택하는 데 주의를 많이 할 것 같으면 허풍쟁이와 남을 잘 속이는 자들을 충실하고 정직하다고 생각하는 어리석은 일은 없을 것이다. 타인이 나에게 친구가 되어주기를 급하게 생각하지 말고 먼저 내가 타인에게 친구가 되도록 노력할지어다.

★손님을 대접하는 예는 반드시 성의를 다할 것이며, 대접의 풍부하고 엷은 것은 가정 형편대로 할 것이며, 물질에만 마음을 쓰는 것도 역시 진심으로 대하는 도리가 아니다.

★사람은 대개 위에 있는 자만 두려워 할 줄 알고 아래에 있는 자를 두려워 할 줄 모른다. 또 높고 귀한 자를 공경할 줄 알고 낮고 천한 자를 공경할 줄 모른다. 이 때문에 교만하고, 인색하고, 더럽고, 아첨함이 널리 퍼져서 하늘의 도와 왕덕王德(옛 성왕들의 두터운 덕)을 다시 볼 수 없도다.

★제사는 인생의 근본에 보답하는 것이니 어찌 삼가지 않을쏘냐. 일년에 한 번 하는 일이니 힘을 다하여 행하지 않으면 안 된다. 제사에 필요한 물건은 반드시 정결하여야 하고 가례도식에 따라야 하고 감히 더하거나 빼거나 해서는 안 된다. 오직 태만해서 재계함을 소홀히 하지 말지어다.

★농사를 지음에 있어서는 선조 제사에 올리는 메쌀은 반드시 먼저 쓸 바를 생각하고 제사에 필요한 건포나 과실은 별도로 간직하여 두고 제사 임시에 군색하고 급하게 이루는 일이 없도록 한다.

★기일은 초상의 남은 날이므로 옛날 사람들은 조문을 받을 때 손님을 보지 아니하였던 만큼 화려한 의복이나 풍성한 음식을 하여서는 아니 되느니라. 반드시 헌 갓과 흰옷과 나물 음식으로 할지니라.

★무릇 사람의 몸을 위태롭게 하는 원인은 반드시 일상생활에 있어서 의식주에 너무 과도한 낭비와 사치와 안일에 있으니 덕성을 수양하는 기본은 전적으로 검소한 생활에 있는 것이다. 검소한 의생활과 식생활은 정신 수양 상 마땅할 뿐만 아니라 건강상으로도 또한 이와 같이 할 것이다.

★여식을 시집보내거나 며느리를 맞이하는 혼사 등에는 먼저 상대방 집안의 도리를 보고 그 다음에 인품을 보아서 반드시 덕이 있는 자를 구해야 할 것이요, 결연한 뒤에는 빈부와 현달顯達, 궁핍 등 세속사에 흔들려서는 안 된다.

■독서규례讀書規例

★매일 새벽에 일어나서 독서규례를 한 번 읽고 상읍례를 행하고 선생님(函丈)이 침소에서 일어나시거든 절을 드리고 각자 자리에 앉아서 일과를 시작한다.

*상읍례相揖禮 : 서로 두 손을 맞잡아 얼굴 앞으로 들어 올리고 허리를 공손히 구부렸다 몸을 펴면서 손을 내미는 예법

★독서는 반드시 이치를 연구하여 몸소 실천하는 것을 주主로 삼으며, 많은 것을 탐내지 말고 넓은 것을 힘쓰지 마라. 기억해서 좋을 것이 수천 말(言)이면 다만 일천 말만 얻어내고 기억할 만한 것이 이백 말이면 다만 일백 말만 얻어내어 정독하고 숙독하며 앞에 읽었던 것을 잊지 않도록 하여라.

★처음 뜻을 세울 때는 반드시 철석같은 각오로서 조금도 움직이지 말고 남달리 자주적 정신으로 용감하게 앞으로 나아갈 것이며 초지를 버리고자 하여서는 아니 된다.

★사사로운 쾌락과 욕망을 이겨내는 극기심을 가지고 오로지 완독玩讀(글을 음미하여 읽음)하면 성현의 지위에 이르기를 기약할 것이니라.

★배우는 자가 반드시 먼저 부귀를 뜬구름과 같이 보아야 쓸모 있는 인물이 될 것이며 만약 티끌만치라도 외향적인 마음이 있으면 인격도야를 위하는 학문이 아니리라.

★방안에 혼자 있을 때도 항상 조심하기를 임금과 부모가 앞에 계시는 것 같이 하여 옥루에 부끄럼이 없도록 할 것이다.

*옥루屋漏 : 방의 서남쪽의 모퉁이에 햇빛이 스며들어오는 곳이니 태양이 곧 하늘이다. 시경詩經에 나오는 문자임.

★수양에 관한 것은 전부 책 안에 있으니 한 시라도 헛되이 지나지 마라. 헛되이 지내는 시간이 많으면 글을 읽는다 하옵시고 실은 읽지 않는 것이 되느니라.

★하루에 배우는 것은 백 번을 외우고 한 달 분을 또 합쳐서 외우라. 이렇게 하여 강을 받고 난 후에도 그 뜻을 탐구하고 또 복습하여 평생을 통하여 평상시에 자기가 말하는 것 같이 되도록 글을 외우도록 하여라.

  *강講 : 배운 글이나 들은 말을 선생이나 시관 또는 웃어른 앞에서 외어 들리는 일

〈'거가요어居家要語'와 면학 자세나 공부하는 방법인 '독서규례讀書規例'는 '국역 이휴정문집'에서 부분 발췌한 이휴정 선조님의 유훈입니다.〉

집안장적 연구

　우리 학성이씨 월진문중은 누대로 지금의 울산 신정동 일대인 태화강 남쪽 팔등에 세거해왔다. 그러나 어느 시기엔가 그 옛날의 영화를 뒤로 한 채 멸문지경에 이르자 동서남북으로 흩어져 살게 되었다.

　그런 연유에 대해서는 여러 가지 구전으로 내려오는 설이 있으나 정확하게 알 길은 없다. 다행히 최근에 지파 종가에서 소장하고 있던 호구단자 십여 장이 공개되어 이를 근거로 집안이 흩어진 시기나 조상님들이 여러 곳으로 옮겨 살았던 곳을 추정할 수 있어서 다행으로 생각한다.

　*소장하고 있는 호구단자 중 가장 오래된 것은 1672년에 작성된 것으로 대현면 제3송정리로 나타나 있다. 그 다음 1696년은 같은 면 팔등리로 되어 있으며, 그 후로도 1723년, 1750년에도 마찬가지로 나타나고 있다.

　*1792년 호구단자에는 서생면 위동리에 중조인 일민 할아버지의 백씨(휘 달민)께서 사신 것으로 나타나 있다. 이 자료는 우리 집안이 이미 1800년 이전에 세거지였던 팔등리에서 흩어졌음이 명확해졌다.

　*1800년 이전에는 솔거 노비가 매우 많은 것으로 나타나 있다. 그러나 그 이후에는 극소수의 노비만 장적에 올라 있다. 이는 1800년의 외거노비 혁파에 의한 것인지도 모르겠으나 아마 가세가 현저하게 기울었기 때문인 것으로 추정된다.

　*휘 달민 조는 농소면 입향조인 6대조 휘 지회 할아버지의

생가 아버지이므로 우리 할아버지이신 휘 지회 할아버지도 서생면 위동리로 가셨다가 농소면으로 오셨는지, 아니면 분가하면서 농소로 오셨는지는 추정하기 어렵다. *12대조이신 휘 천주 조의 종가는 그 이후로는 온북면(현 온산읍) 내회리→온남면(현 온양읍) 외광리→웅하면(현 웅촌면) 와지리를 거쳐 현재의 온양읍 고산리에 정착한 것으로 보인다.

*우리 월진문중은 1792년 이전에 읍내 팔등에서 동서남북으로 흩어졌으며, 거의 대부분이 남쪽으로 옮겨갔는데 우리 할아버지이신 휘 지회 할아버지만 이원, 화정을 거쳐 형재 할아버지 대에 약수에 정착하셨다. 현재 소문중에서 1810년 최초의 것에서부터 한일강제병합시기까지 호구단자를 모두 소장하고 있다.

*1810년 농소면 이원리(호주 이지회 연40)→1831년 농동면 화정리(호주 이지회, 연61)→1843년 농동면 약수리(호주 이형재)→1867년 농동면 약수리(호주 이경복), 그 이후는 모두 약수리로 나타나 있다.

〈12대조호구단자(1672)〉

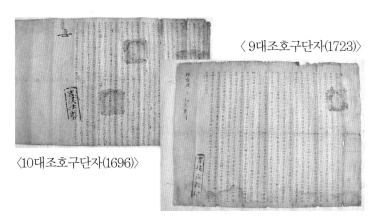

〈9대조호구단자(1723)〉

〈10대조호구단자(1696)〉

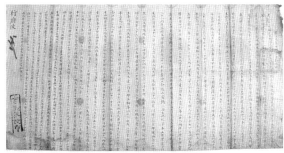

〈8대조호구단자(1750)〉

〈7칠대조호구단자(1792)〉

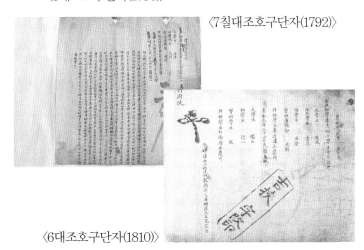

〈6대조호구단자(1810)〉

[호구단자 구성내용 분석표]

작성년도	주소	호구단자 구성 내용		노비
		호주 사항	가족 사항	
1672 강희 11년 12월 임자	대현면 제3 송정리	유학 이천주 今故代 (처)박씨 (연)52신유 (적)밀양	(부)선무원종공신 자헌대부 동지중추부사 계숙 (조)통훈대부행기장현감 홍춘 (증조)통○대부 행 이산군수지○○ (외조)어모장군행훈련원주부 김국주 본 경주	(솔부婦)황씨 연36정축 적 평해 (부)학생 상윤 (조)학생 천일 (증조)학생 승옥 (외조)절충장군 첨지중추부사 이홍의 본 여양 (솔손) 이시진 연11 임인	65인 안팎
1696 강희 35년 11월 병자	대현면 팔등리 제2통 제3호	병인病人 (유학) 이시진 (연)35 임인 (본)울산	(부)출신 지영 (생부)성균생원 동영 (조)봉직랑 천주 (증조)선무원종공신 절충장군 행 유원진 첨절제사 한남 (외조)승훈랑 공조좌랑 황상윤 본 평해	(처)손씨 연33갑진 적 밀양 (부)유학 양진 (조)가선대부동지중추부사 계창 (증조)절충장군 행 용양위부호군 기운 (외조)승훈랑 사헌부 감찰 이완 본 고성 (시모)황씨 적 평해 연60정축 (시조모)박씨 연76신유 적밀양	120인 안팎
1723 옹정 원년 12월 계묘	대현면 제5 팔등리 제1통 제3호	통덕랑 이광열 (연)27 정축 (본)울산	(부)통덕랑 시진 (조)무과출신 지영 (증조)봉직랑 천주 (외조)학생 손양진 본 밀양	(처)정씨 연35경오 적 영일 (부)학생 재림 (조)급제 이형 (증조)절충장군 행 용양위부호군 흥효 (외조)학생 이세백 본 성주 (시모)손씨 연60갑진 (솔자)여단 연9을미 (솔족제)김진담 연18병술	120인 안팎
1750 건륭 15년 12월 경오	대현면 제5 팔등리 제1통 제2호	유학 이여학 (연)36 을미 (본)울산	(부)통덕랑 광열 (조)통덕랑 시진 (증조)급제 지영 (외조)학생 정재림 본 영일	(처)조씨 연43 적 창녕 (부)생원 하위 (조)학생 면주 (증조)학생 기창 (외조)학생 박진익 본 밀양 (시모)정씨 연61경오 (솔제)여중 연22기유 (차제)여○ 연19임자 (솔자)달용 개명 달민 연18계축 (차자)유용 개명 적민 연16을묘	110인 안팎
1792 임자		(서생면) 위동리 유학 이달민 연60계축 본 울산		가족사항 기록 생략, 약수중조 일민 조는 달민 조의 둘째동생	65인 안팎
1813 계유		(온북면) 내회리 유학 이지양 연56무인 본 울산 (농소면) 이원리 유학 이지회 연43신묘 본 울산		친가 형제 사이, 약수 최초장적 1810년	
1855 을묘		(온남면) 외광리 유학 이덕재 연57기미 본 울산 (농동면) 약수리 유학 이형재 연46경오 본 울산		친가 4촌 사이	
1876 병자		(웅하면) 와지리 유학 이덕재 고대故代 승중손 동몽 장준 연18기미 본 울산 (농동면) 약수리 유학 이경복 연35임인 본 울산		휘 천주 조의 주손 장준은 경복조 종질	

254

약수문회 선조 유사

1. 시작하면서

약수문중의 중조인 휘 일민 할아버지께서 몰歿하신 지
어언 220여 년이 지났습니다. 그러니까 조선 영조시대부터
시작된 우리 선조님들은 특별히 벼슬길에 오르거나 뚜렷한
행적으로 알려져 있는 분이 없기 때문에 후손들은 조상의
내력을 제대로 알기가 어렵습니다. 그저 족보상에 휘, 배,
생몰연대, 묘소 위치 등이 해독이 어려운 한자로만 기록되
어 있을 뿐입니다. 한때는 가세가 상당했다는 이야기도, 찢
어진 가난 속에서 자란 우리 후손들은 구전으로 전해지던
약간의 이야기도 전설처럼 들렸을 뿐이었습니다.

저는 1996년 어느 여름날 갑자기 오랫동안 내려오는 해
묵은 숙제인 조상님의 형제서차 문제가 궁금하였습니다.
그 문제를 알아보기 위해 족보 속으로 빠져들다가 갑자기
큰집 장방에서 무슨 단서를 찾을지도 모른다는 예감이 들었
습니다. 저의 예상은 적중했습니다. 그을음에 그을리고 먼
지가 쌓인 나무궤짝 속에는 제가 찾던 여러 가지가 들어있
었습니다. 빛바래고 먼지 쌓인 여러 가지 문건들을 마주하
니까 눈물겹게 반가웠습니다.

그해 여름방학은 곰팡이 냄새를 맡아가며 어려운 한자를
해독하느라 온통 다 보냈습니다. 그래도 기뻤습니다. 전설
같은 집안 내력 속의 수수께끼가 풀리기 시작했습니다. 많
은 땅을 지녔던 것도 사실이었고, 어떤 집안 대소사가 있었

는지도, 미루어 짐작할 만한 일들도 많았습니다. 다만 식견 부족으로 보존된 문건에 비해 충분한 분석과 해석이 따라주지 못함을 송구하게 여길 뿐입니다.

이에 여러 족친 여러분께 집안의 내력을 알고 조상을 이해하는 데 도움이 되었으면 하는 바람과 후손들에게 알려줄 뜻으로 나름대로 분석하고 정리하였습니다. 이 자료는 큰집 소장 문건들을 주손을 중심으로 작성하였으며 작성자 개인의 주관적 견해도 함께 곁들여져 있음을 밝힙니다.

2. 세계표 및 선조의 휘諱

시조	예-충숙공	2세	종실-수사공	3세	직검-참봉공	4세	하손-봉사공	5세	임- 참봉공
6세	은번-주부공	7세	대배-참의공	8세	한남-난은공, 임란선무원종3등훈			9세	천주-봉직랑
10세	지영-계공랑, 무과(생부-천기)		11세	시진-통덕랑(생부-이휴정 동영)			12세	광열-통덕랑
13세	여학-8대조	14세	일민-7대조	15세	지회-6대조 (생부-달민)	16세	형재-5대조 영재-출 계	17세	경복-고조부
(제)경조,경근,경환		18세	수련-증조부 (종제)수윤,민수,수영		19세	남걸-조 부		20세	채용-6대주손

*산막등 갈래 집안은 16세에서 형제이나 재종숙에게 입양되었으며, 약수에 계속 살아왔음.
*생가로는 16세에서 형제, 17세에서 종반(7종반), 18세에서 재종(9재종)을 이루며 집안을 형성하였음.

3. 선조 일람표(21세 호鎬 항렬 기준)

구분	휘	생졸년도(수)	묘소위치	배	생졸년도(수)	묘소위치	비 고
7대조(14세)	일민	1737-1778(42)	옥동도로안	경주최씨	1739-1763(25)	7대조와 상하분	1녀(입계)
6대조(15세)	지회	1771-1832(62)	제내(못안)	흥려박씨	-1802(?)	6대조와 쌍분	
				김해김씨	1779- (?)	옥동도로건너편	2남2녀
5대조(16세)	형재	1810-1863(54)	옥동 도로변	월성최씨	1812-1836(25)	회양골	
				현풍곽씨	1822-1879(58)	건대 논빼치	4남
고 조(17세)	경복	1842-1907(66)	강동 화암	고령박씨	1841-1909(69)	이원→합편	1남1녀
증 조(18세)	수련	1867-1910(44)	새양만리	영월엄씨	1864.-1951(88)	약수 새양만리	4남3녀

*7~5대조(모) 산소는 2004. 3월에, 고조부(모) 산소는 2007. 1월에, 증조부모와 조부모 산소는 2010. 1월에 파묘하고 봉안당으로 모셨다.

*입향조인 6대조 휘 지회(이원 할배) 할아버지 산소와 그에 딸린 산과 밭을 매각한 대금으로 현재의 문회가 운영되고 있다.

4. 고조부 형제와 증조부 종형제 일람표

고조부代	敬復(지당할배)	敬根(화봉할배)	敬軻(연동할배)	敬桓(학산할배)
조부(수)	1842-1907(66)	1852-1891(40)	1857-1929(73)	1862-1907(46)
조모(수)	1841-1909(69) 고령박씨	1850-1917(68) 밀양박씨	1852-1884(33)여강이씨 1866-1941(76)밀양박씨	1872-1942(71) 함안조씨
자녀 수	1남1녀	2녀(연동조장남입계)	2남3녀	1남
증조부代	樹鍊(산성할배)	樹潤(가동할배)	敬樹(우산할배)	樹英(천곡할배)
조부(수)	1867-1910(44)	1879-1930(52)	1896-1960(65)	1899-1977(79)
조모(수)	1864-1951(88) 영월엄씨	1875-1904(30)고령박 1888-1959(72)월성이	1896-1922(27)전주류 1906-1973(67)밀양박	1899-1921(23)밀양박 1905-1996(92)청안이
자녀 수	4남3녀	3남2녀	8남5녀	3남4녀
조부 代	남걸(겸둠조 1888-1961) 정걸(덕산조 1894-1944) 장걸(신호조 1898-1964) 상걸(일본조 1904-1986)	삼걸(매곡조 1900-1965) 동걸(대둠조 1911-1989) 진환(출계 농소파)	진걸(마산조 외 7분) * 연동조의 개명 순서 敬軻→敬和→敬元→ 敬瀚→敬軻	순걸 위걸 홍걸

* 산막등 집안(지회 조 2자 휘 영재 후손)의 가계 :
- 경권(1842-1901, 학남조, 주사할배, 큰선비, 용산 숙증조부)→수학, 수장(후손 중국)→규걸→채홍→주호(일호), 상호→원오
- 경익(1846-1895, 상회)→수원→성걸(성동 할배)→채우, 종대, 채대
- 경문(1852-1903, →수용→홍걸(후손 중국), 위걸(소정조), 덕걸(덕계조), 창걸(부산조) →수원(수호, 내산조)→장걸(유구조), 용걸(서울조), 생걸→채복

*연동 조는 집안의 어른으로서 참사어른으로 불리었으며 문중의 일에도 많이 관여(1907년 학파실기 정미 개간 판에 반론 재기)하고 농소면장을 지내시기도 하는 등 큰일을 많이 하셨으며, 우산 조도 농소면장을 지내시는 등 선비로서 문사에 많이 활동하셨을 것으로 생각되나 문적이 보존되지 못하고 보고 들은 바가 없어 유사를 기록하지 못함이 아쉽다.

　5. 7대조 휘 일민逸民 공 유사

　▶8대조 휘 여학汝學의 3자로 1737년에 태어나시고 1778년, 42세에 돌아가셨는데, 최씨 조모 사이에 1녀(창녕인 曺任臣)를 두고 일찍 상처를 하셨다.
　▶조부모 내외분 산소가 옥동 도로변 안쪽에 있었으나 개발로 인하여 2004년 3월에 봉안당으로 모셨다.
　▶월진문중은 8세 난은難隱공 시대부터 7대로 만석꾼을 누리며 명문가를 이루었으나 약 200여 년간의 영화를 뒤로 하고 이 시기에 월진 전 문중이 대부분 어려움을 겪었던 것으로 보인다.
　▶후사가 없어 백씨伯氏 달민達民 조의 3자 지회志晦 할아버지를 입계시켜 오늘날 약수문중의 중조가 되었다.

　6. 6대조 휘 지회志晦공 유사

　▶영조시대인 1771년에 나시고 순조시대인 1832년에 62세를 일기로 돌아가셨다. 유품으로 호패와 인장, 서첩 등이

258

있는데 제내(못안)에 박씨 할머니와 나란히 누워계셨는데 지역 개발로 2004. 3월에 봉안당으로 모셨다. 옥동 도로 건너편의 후취 김씨 할머니도 함께 모셨다.

▶숙부에게 입양되어 흥려 박씨 조모와 혼인 후 자식 없이 상처를 한 후 32세에 8년 연하인 김해 김씨 조모와 재혼하여 2남(형재, 영재) 2녀를 양육하셨다. 둘째 아들 영재英載 조는 재종숙에게 입양되어 그 후손은 용산 아재(부산), 상회(온산 삼평), 내산 할배, 소정 할배(산막등) 등으로 이어지고 있다.

▶월평 팔등(현재의 신정동)에서 1800년 전후로 이원으로 이거를 하셨으며, 1830년경(60세 전후)에 화정으로 다시 옮기셨다.

▶조선 후기에 매 3년마다 조사한 호구조사표인 호구 단자가 1810년부터 1908년까지 약 100년간 35매가 소중하게 보존되어 있다.

▶노비 2인을 거느린 기록이 있으나 살림은 매우 궁핍했던 것으로 보이며, 전답 구입(논 1805년 7두락 42냥, 밭 1826년, ?두락, 7냥)시 증빙자료 2매가 있다.

▶형제분을 두셨으나 할아버지의 손자 대에서 일곱 분으로 손세가 벌었을 뿐만 아니라 재산도 늘고 인물도 나게 되었다.

7. 5대조 휘 형재亨載공 유사

▶순조조인 1810년, 아버지인 지회 할아버지가 40세이던 해에 나시고 철종조인 1863년에 54세를 일기로 돌아가셨

는데 초명이 창昶에서 고果로, 다시 항렬에 맞추어 형재로 바뀌었다. 초혼 때만 해도 고果라는 이름을 사용하셨다.

▶지회 조가 돌아가시던 해인 1832년, 23세에 최씨 조모와 혼인하여 4년 만에 자식 없이 상처한 후 1840년경 약수로 이거하여 1841년, 32세에 12세 연하인 곽씨 조모와 재혼하셨다. 이때 살림이 무척 어려워 곽씨 조모께서 시집올 때 동네 안으로 들어오지 못하고 바구니에 혼수품을 담아 이원에서 회향골 쪽으로 남몰래 시집오셨다고 전해진다.

▶곽씨 조모는 네 분의 고조부 형제를 두셨으며, 살림도 늘어났으니 자손도 늘게 되고 이 시기에 가세가 일어나게 되었다.

▶혼인관계 문건 2매, 장적 10매, 논 구입 시 증빙자료 10매(약50두락, 800냥), 밭 구입 시 증빙자료 1매(2두락, 7냥)가 보존되어 있다.

▶할아버지가 세상을 뜰 무렵 큰 아들인 고조부(휘 경복)만 22세에 결혼하셨고, 나머지 세 분의 아들들은 각각 12세, 7세, 2세의 어린 나이였으니 네 분 고조부 형제분들은 처음부터 나이 차이가 많이 나셨다.

▶5대, 6대, 7대조 할아버지 모두 혼인 초기에 상처喪妻를 하셨으며(불행히도 이런 현상은 계속 이어졌다.) 늦게 후사를 얻었으니 자손이 귀하고 살림은 어려웠으나 5대조 시기는 약수문회의 새로운 시작이며 부흥기의 태동이라고 볼 수 있다.

8. 고조 휘 경복敬複 공(통정대부, 지당조) 유사

▶1842년에 나시고 1907년 구한말인 순종조에 66세를 일기로 돌아가셨는데 초명은 일국日國이었으며, 4형제의 맏아들로 태어나 1858년, 17세에 18세인 고령박씨 조모와 혼인하셨다.

▶22세에 아버지를 여의고(외간, 1863년) 홀어머니를 모시고 어린 동생들을 거두며 혼인 후 10년 만인 1867년에 후사(휘 수련, 산성조)를 얻었다. 38세에 어머니를 여의셨으며(내간, 1879년) 슬하에 1남1녀(달성인 서장철)를 두셨다.

▶선친께서 어렵게 일군 가세를 잘 관리하시어 가문의 부흥기를 이루었다. 성실성, 재산 관리능력 등을 바탕으로 논 300-350두락, 밭 130-150두락, 산 6건(100~150냥) 등 3, 40대에 이미 엄청난 부를 축적하셨다.

▶총 80여건의 논, 밭, 솔밭, 갈대밭, 산 등을 구입할 당시의 증빙서(계약서)가 보관되어 있다(별표 참조).

▶1886년 중보 논 도총기에 298두락, 37명의 소작자 명단으로 보아 주로 농장이 중보들에 있었던 것 같고, 다른 지역(외동, 온산, 온양 등)에도 더러 있었던 것으로 보인다.

▶1886년 가을에 소작자 36명으로부터 532냥의 세수를 받았다. 당시에는 현물을 받지 않고 환전하여 받았다. 세수 관계 자료가 일부 보존중이며 특히 집사이던 노奴 득용의 기록물이 많이 보관되어 있다.

▶1897년 봄에 소작자 53명에게 204두락을 맡겼다는 기록과 그 해 화정지구에 24명에게 96두락을 맡겼다는 기록이 있는 바 그 시절의 반당 소출이 대체로 1.5석에서 2석으로 계산하면 오백여 석은 넘은 것 같고 거의 천 석에 가까운 소득이 있었던 것으로 추산된다.

▶자필 문서나 여러 가지 정황으로 미루어 큰 선비는 아니었지만 시를 좋아하신 것 같고(시첩 10여권 필사본, 자작 시첩 보관), 문제 해결력도 좋으셨으며(울산부사, 경주감영에 낸 청원서 5매 보존), 문사에도 밝으셨던 것으로 보인다.

▶24세이던 1865년에 못안 선영(조부모 산소)이 있는 산을 산주 정모鄭某로부터 사 들였는데 영영 산다는 증빙서가 보존되어 있다.

▶1902년에 있었던 회갑연에 사람들이 엄청나게 몰려들었다는 이야기가 전해지고 있으며, 그해 가을 나라에서 수직으로 정3품 통정대부 벼슬을 내렸다.

▶생전에 친손자 네 분과 손서(천곡 왕고모부), 증손(1905년생, 4세 이후 조졸), 증손녀(경주고모)를 보았으며 부와 덕망, 자손, 수壽를 두루 갖춘 복 받은 할아버지라고 볼 수 있다.

▶당시 혼맥이 울산에서 명문가로 알려진 만석꾼 산성 엄씨(자부), 다전 서씨(사위), 경주 교촌 최씨(손부), 송정 박씨(손서) 등으로 미루어 가문의 전성기였음을 짐작케 한다.

  * 송정 박씨와의 혼사가 많은 편이다.

▶생전에 바로 아래 동생(화봉조, 1891년)을 잃었으며 제수(연동조 전취, 1884년), 질부(가동조 전취, 1904년)를 잃는 아픔을 겪으셨으며, 지당 조께서 돌아가신지 한 달 후에 장례 치르기도 전에 20세 연하의 막내 동생 학산 조가 돌아가셨다.

▶1907년 가을(음 9. 11)에 66세를 일기로 세상을 뜨셨는데 소위 줄초상의 시작이었고 가세가 기우는 서막을 울리게 되었다. 석 달 만인 12월 8일에 상방 김씨 문중 산에 장례를

치렀는데 김씨들의 집단 항의방문 등 극심한 반대로 강동 화암으로 이장하였다. * 2008. 1. 17 지역개발로 인해 파묘하고 봉안당으로 모셨다.

▶손자인 겸듬 조부(휘 남걸)가 정리하신 만제초輓祭抄에 의하면 만사(만장에 쓴 시) 28편, 제문 8편(소상 때 3편, 대상 때 10편 별도)가 있었고, 장례 절차를 기록한 문안인 성복시의 절차, 안장시의 절차 등의 기록물이 보존되어 있다.

* 만제초에는 고조부 내외분, 산성 할배가 돌아가실 무렵의 만사와 제문을 필사본으로 정리하여 보관되어 있다.

▶집사기에 의하면 장례가 거문중적이었다. 호상에 금호 할배의 조부인 경호조가 맡았으며 그 밖의 각종 유사에 집안의 큰 선비들이 맡았는데, 이때부터 네 분의 고조부 형제 중 유일한 생존자인 연동 할배께서 집안의 크고 작은 일들을 맡으신 것으로 보인다.

▶고조모인 숙부인 고령 박씨 할머니는 1909년 11월 23일에 별세하셨으며, 이듬해 3월8일에 농소 이원에 장례를 치렀고 1980년 무렵 고조부 산소에 합폄되었다가 봉안당으로 모셨다.

9. 증조 휘 수련樹鍊공(산성조) 유사

▶1867년에 종가의 외아들로 태어나셔서 성장기와 청장년 시절을 유복하게 보내신 것으로 보인다. 1886년 20세에 세 살 연상의 엄씨 조모와 혼인하셔서 4남3녀를 양육하셨는데 장남인 휘 남걸 조와 장녀인 천곡 왕고모(박경동)만 성혼시키시고 돌아가셨다.

▶초명이 장원章元에서 상연尙然으로, 다시 수련樹鍊으로 개명되었다. 고조부께서는 작명에 매우 신경을 쓰신 듯 작명에 관한 초抄가 여러 편 보존되어 있다.

▶달골 어른의 아버지(최성규)와는 이종 간이고 이휴정 할배 종손인 금호 할배의 아버지(휘 수일)와는 처 내외 종 간이었다. 즉 금호 할배 댁은 친족도 되고 처외가도 되는 것이다.

▶41세 아버지를 여의고 43세에 어머니를 여의셨는데, 1910년 봄에 어머니의 장례를 치룬 후 넉 달 만인 7월 5일에 장티푸스에 걸려 세상을 떠나셨다. 그해 11월 7일 새양 만리에 장례를 치렀는데 만사가 11편, 제문이 3편(소상 시 2편, 대상 시 5편 별도) 전한다.

▶외간상 3년 상을 벗자마자 내간상을 당하여 넉 달 간의 상주 역할로 몹쓸 병을 얻은 것은 아닌가 싶고, 3년여 짧은 기간 동안 가장으로서의 위치에 있었지만 상주의 몸으로 있었기 때문에 뚜렷한 족적을 남기지 못하셨으나 유품으로 단계전壇契錢 유사 위촉장이 있다.

▶증조모 산성 할머니는 외가와 시가가 모두 학성이씨 월진문중이었으며, 40대 후반에 영화가 끝나고 가세가 기울어 숱한 고생을 겪으시면서 남편보다 41년을 더 사시다가 1951년 88세를 일기로 세상을 떠나셨다.

▶1908년의 호구단자의 내용 :
*호주(이수련) *직업(사민, 士民) *나이(42세)
*가택(초가 8간), *동거친속 → 모(박씨, 68세), *처(엄씨, 45세) *자(준걸, 남걸, 21세), (증개, 정걸, 15세), (증대, 장걸, 11세), *손부(최씨, 23세), *여(아지, 7세, 관문 왕고모),

264

*장터 왕고모 누락, *손자(우생, 4세, 조졸), *손녀(아지, 2세, 경주 고모), *고용(노비 남2, 여1)

[1910년을 전후로 한 장례, 제례 행사 일람표]

순	연월일(음력)		해당 선조	행사명	비 고	혼인 행사
1	1907(정미)	09.11	고조부 (휘)경복	별세	10.6 학산조 별세	- 덕산조 1913년
2	〃	12.08	〃	장례		
3	1908(무신)	09.11	〃	소상	10.6 학산조 소상	- 신호조 1914년
4	1909(기유)	09.11	〃	대상	10.6 학산조 대상	
5	〃	11.23	고조모 고령박씨	별세		- 장터왕고모 1917년
6	1910(경술)	03.08	〃	장례		
7	〃	07.05	증조부 (휘)수련	별세	9.11 고조부 첫제사	- 관문왕고모 1920년경
8	〃	11.17	〃	장례		
9	〃	11.23	고조모 고령박씨	소상		
10	1911(신해)	07.05	증조부 (휘)수련	소상	9.11 고조부 제사	
11		11.23	고조모 고령박씨	대상		
12	1912(임자)	07.05	증조부 (휘)수련	대상	9.11 고조부 제사	

10. 왕고王考 휘 남걸南杰 공(겸듬조) 유사

▶1888년에 5대 주손으로 태어나 큰 바위 같은 조부모와 부모 아래서 유복하게 청소년기를 보냈으며 1902년 15세에 명문가로 소문난 경주 교촌에 나와 사시던 최씨 집안에 2년 연상의 겸듬 조모와 혼인하셨다.

▶1905년에 첫아들과(5세쯤 조졸) 1907년에 첫딸(경주 고모)를 얻었다. 그 후 6남3녀를 두셨다.

▶1908년을 전후로 외동 석계에서 공부를 했으나(아버지께 보낸 서신 보존) 20세에 조부상, 22세 조모상, 23세에 부친상 등 집안의 초상을 당하시어(세 분의 탈상시 까지의 애감록 보존) 학업을 중단하고 경험 부족한 집안일을 맡게 되었다.

▶1907년부터 1912년까지 6년 동안 연이어 빈소가 차려져 있어야 했고, 특히 1910년과 1911년에는 한 집안에 두 곳에나 빈소가 있었다. 유교식 장례 절차에 따라 초상을 당한 후 3, 4개월 후 장례 치르기를 연속 3회를 거듭하니 집안일을 하는 사람이 매일 수십 명씩이나 되었고 수많은 조문객을 치르느라 가산이 소진되고 말았을 것으로 보인다. 당시에는 조의금이 없었으니 빚이 상당히 생겼을 것으로 보이며 재산 또한 관리상에 구멍이 나기 시작 했을 것으로 보인다.

▶이외에도 선조의 기제사를 8회나 치렀으며 명절 차례와 명절 빈소 방문자까지 더하면 끊임없는 위선爲先사업으로 이미 살림이 기우는 해와 같았고 큰살림이 한번 기울기 시작하면 걷잡을 수 없이 무너지는 모습이 연상된다. 음지에서 자란 식물이 비바람에 약하듯 조부께서는 위기관리 능력이 부족한데다 산성 조모의 손도 컸다고 하니 가문이 기울 수밖에 없었을 것으로 생각된다.

▶그 후 형제들의 연이은 혼인과 분가, 일제의 수탈, 홍수(1915년), 가뭄 등이 이어졌을 것으로 보이며 조부께서는 감당할 수 없는 상황과 전답은 물론 선영이 있는 산, 심지어는 사는 집이나 분가한 아우의 재물도 팔아넘겼으니 참담한 심정을 이기지 못하시고 자학의 길을 걷게 되지 않았을까 생각된다.

*1912년경 양남 건대 산을 매입하셨음(매매계약서 보존).

11. 끝맺으며

참으로 아쉽고 안타까운 일이기는 하나 우리 가문은 이렇게 흥망성쇠를 거쳐 현재에 이르렀습니다. 연속된 장례, 제례, 혼인 등으로 가산이 소진된 데다 가뭄과 홍수에 의한 흉년, 빚보증으로 인한 재산 몰수 등으로 쇄락의 길에서 절망으로 내달아 1920년을 전후로 가정을 꾸릴만한 전답은 바닥을 드러내고 말았던 것으로 보입니다.

선대의 영화를 몰락의 한 가운데서 고통과 갈등, 한스러움과 참담한 심정으로 세월을 보내야 했을 할아버지께 원망에 앞서 깊은 연민을 느낍니다.

당시의 제도나 사회, 사람의 의식구조가 3대 부자가 없도록 되어 있었다고 여기고 싶습니다. 양반의 체통과 허위의식이 흥망의 순환을 재촉한 듯합니다.

조부님 대와 부모님 대는 가문의 쇠퇴기였습니다. 공부는 커녕 생존에 허덕였었지요. 아우들인 종조부들께서도 고난을 겪기는 마찬가지였을 것이고 집안의 어른들도 그러했을 것입니다. 덕산 할배께서는 가솔들을 이끌고 일본으로 이거했다가 해방이 되어 주검으로 돌아와 고향땅에 묻히셨고, 글이 좋으셨던 작은 증조부께서는 일본에 뿌리를 내리고 세 아들과 세 딸들은 일본인이 되었으며, 당신은 먼 이국땅에 묻히셨습니다.

5대조 대에서 가문이 서서히 일어나 고조부 대에서 가문의 부흥기를 이루었으나 국권이 일본으로 넘겨질 무렵 급격하게 집안은 고난의 행군을 시작했습니다.

불행하게도 일제의 수탈기와 해방 후의 혼란기, 6 · 25전쟁 등 역사의 침체기에 몰락한 집안을 꾸려야 했을 여러 조상이나 어른들께 머리 숙여 감사드립니다.

할아버지 대와 아버지 대에서 찢어진 가난을 이겨내시고

자식들을 제대로 키워 내셨기에 오늘날 우리 후손들은 나름 대로 자신의 가정을 꾸리고 그리 부끄럽지 않은 위치에서 사회활동을 할 수 있다고 생각합니다. 특히 피나는 노력으로 자신을 우뚝 세운 여러 족숙, 족형, 족제에게도 큰 갈채를 보냅니다.

그러나 어려움에 시달린 사람들이 대체로 그러하듯 우리 부모대의 희생과 고난은 한으로 남아 가끔 서로를 원망하거나 자신을 가장 큰 피해자로 생각하고 울분을 터트리기도 합니다. 사실 더러는 잘못도 있었을 것이고, 질책할 일도 있을 것입니다. 그간에 더러 있었던 풀리지 않은 고리들의 처음 원인은 할아버지 대에서 발생되었다고 봐도 좋을 듯합니다. 과거는 과거대로 흘러가게 하고 현재의 우리들은 화합과 돈목의 집안이 되기를 간절히 희망합니다.

제 자신도 많이 부족한 사람이 감히 힘주어 이렇게 말하고 싶습니다. 이제 한의 찌꺼기를 훌훌 털어버리자고 말입니다. 그래서 모두 용서하시라고 말입니다. 일가친지라고 해서 어찌 나의 마음과 같겠냐고 말입니다. 세월은 쉼 없이 흘러 어른들은 머잖아 물러갈 것이고 현대 사회는 점점 더 친족개념을 희박하게 할 것입니다.

차세대는 어쩌면 남이나 다를 바 없이 촌수도 자꾸 멀어지고 만나기조차 어려울 것입니다. 목소리를 낮추어 사랑과 용서와 양보와 화합의 길로 나아갑시다.

자신이 살고 있는 생업이 중요하고 이웃이 좋고 동료와 가까워야 함은 당연합니다. 하지만 우리는 물보다 진한 같은 피를 나눈 같은 조상을 모신 사람들입니다. 자신의 가족과 부모 형제를 아끼고 참여와 화합의 길로 나아가야 할 것입니다. 늘 바쁜 현대의 생활이지만 조금만 시간을 쪼개어 집안일에도 관심을 갖고 도와가며 얼굴도 한 번씩 봅시다. 조상님 덕분으로 오늘의 우리 문회가 있고, 또 우리가 함께 가꾸어나가야 할 선령님들을 모신 봉안당을 더욱 지성으로 가꾸어 나갑시다.

[보존중인 토지 구입 시의 증빙서 일람표]

순	연도	구분	두락-냥	순	연도	구분	두락-냥	순	연도	구분	두락-냥
1	1805	논	7-42	29	1871	솔밭	?-25	67	1896	논	?-?
2	1826	밭	?(2)-7	30	1872	논	?(5)-70	68	1896	밭	28-112
3	1837	논	?(4)-51	31-32	1873	논	?(11)-150	69	1897	논	7-130
4	1843	논	9-155	33-34	1874	밭	11-53	70	1899	밭	125
5	1848	논	4-40	35	1875	논	?(8)-100	71	1900	논	16-?
6	1850	논	10-125	36-38	1876	논	?(14)-175	72	1904	갈밭	?-150
7	1854	논	3-21	39-40	1877	논	11-115	73-76	1904	밭	50-160대도
8	1855	논	5-75	41-43	1877	밭	17-79	77-78	1905	논	84-3000
9	1859	논	3-40	44-45	1877	솔밭	?-20기백	79	1906	논	7-50
10	1861	논	?(1)-15	46-48	1878	논	?(20)-300				
11	1861	밭	?(2)-7	49	1880	논	5-150				
12	1862	논	?(5)-70	50	1880	밭	15-40				
13	1863	논	6-110	41	1882	논	2-8	*	1885	노비	여아1인80냥
14	1865	논	6-?(110)	52	1884	솔밭	?-10	*	1893	가옥	18냥
15	1865	산	?-6	53	1887	논	1-4	*	1903	노비	5인-250냥
16	1866	논	10-120	54	1887	산	?-20				
17	1866	산	?-62함박	55	1888	논	?(2)-25				
18-19	1867	논	?(3)-29	56-57	1889	논	8-39				
20	1868	밭	1.5-2	58	1890	밭	15-50				
21	1869	논	?(5)-70	59	1891	밭	15-75				
22	1870	논	?(4)-50	60	1891	밭	?-85대도				
23	1870	논	2-65	61	1892	살밭	?-55				
24	1870	밭	8-22	62	1893	산	?-?				
25-28	1871	논	17-200	63-66	1894	산	?-20함박				

* (?) 표는 판독이 어려워 추정치를 기록하였음.

조상님께 드리는 글

◉봉안당준공과 선조유해봉안 고유문

奉安堂 竣工先祖遺骸奉安 告由文

　　유세차 을유년(2005) 3월 임술 삭 초3일 갑자 학성이씨 월진파 약수문회장 홍걸은 향을 사르며 감히 밝혀 고하옵니다. 충숙공 예 할아버지의 13세손인 휘 일민逸民 공을 중조中祖로 일문이 형성된 지 어언 250여 년 세월이 흐른 오늘 우리 후손들은 한 자리에 모여 봉안당 준공과 선조 유해 봉안식을 갖고 있습니다.

　　긴 세월이 흘러 세상은 하루가 다르게 바뀌어가고 있으며, 지역의 변천으로 선조의 유택마저도 보전·관리하기 어려워지자 선장仙葬 풍습이 도래하였습니다. 그렇다고는 하나 이렇게 한 줌의 유해로 모실 수밖에 없음에 이루 말할 수 없는 송구스러움과 회한의 심중을 말씀드리게 됨을 너그러이 용서하시고 받아주시기를 청하옵니다.

　　하지만 옥동, 제내, 약수 등지에 흩어져 있던 선령들을 정중하게 모셔와 후대에 전할 수 있는 온전한 묘역을 마련하지 못함은 후손의 미력함이요, 선조에 참으로 송구스러울지니 어찌 회한이 없겠사옵니까?

　　한편으로 세상 변천을 탓하며 여러 해 동안 평안히 모실 곳을 물색한 결과 여기 태백줄기가 마지막으로 용솟음치는 동대산의 호천위지護天衛地 기호지세騎虎之勢한 곳에 터전을 잡았습니다. 여기에 봉안당을 조성하기 시작한 지 어언 1년여,

마침내 준공을 보게 되었나이다. 그동안 혹여 일이 잘못될세라 후손들은 노심초사 마음 조이며 성력을 다하였고, 장인들도 정성을 다하였습니다. 그렇지만 천지신명과 선령님들의 보살핌에 따랐기에 처음 도모한 일이 이루어졌다고 여기며 고맙고 감사한 마음을 전해 올립니다.

사방을 살펴보건대,
동으로는 동해바다 넘실대며 끝없이 수평선 이어가고,
서로는 동천 강변 따라 천지개벽 세상 변천이 한 눈에
들어오며,
남으로는 굽이굽이 산세도 장엄한데,
북으로는 호랑이 등을 타고 앉아 봉안당을 지켜주는
듯합니다.

하늘 아래 땅이요 땅 위로 하늘이라, 인간 세상 짧다지만 근원이 길면 흐름이 긴 것처럼, 덕이 깊으면 후손이 창성하리니 저희들도 조상님 따라 더욱 덕을 쌓아가도록 노력할 것입니다. 하늘은 부디 굽어 살피시어 이 터를 지켜 주시옵고, 땅은 부디 무른 곳 다져가며 숭고한 우리 조상님들 편히 쉬시도록 봉안당을 영원무궁 받아주시옵소서. 일월성신日月星辰, 해와 달과 별은 우리 선령님들이 후손들 보살피며 천지간天地間을 오르내리시는 길 밝혀주옵소서.

오늘은 우선 17위 분을 유해 또는 위패로 모셔와 봉안하게 되었음을 고하오며, 정성스레 약간의 음식을 진설하고 합동으로 제사를 드리옵니다. 중조 휘 일민 공과 유인 경주 최씨 신위, 약수 입향조 휘 지회 공과 유인 흥려 박씨 김해 김씨 신위 , 다시 가세를 일으키신 이원 할아버지 휘 형재 공과 유인 경주 최씨 유인 현풍 곽씨 신위, 화봉 할아버지 휘 경근 공과 밀양 박씨 신위, 가동 아잠 휘 수윤 공과 유인 고령 박씨 유인 경주 이씨 신위, 매곡 형님 휘 삼걸 공 내외분 신위, 일본 형님 휘 상걸 공 내외분 신위께 삼가 맑은 술을 올리오니 강림하시어 흠향하시옵소서.

긴 세월 동안 부부지간, 부자 조손, 산지사방 외로이 계시다가 이제는 정령精靈 서로 오가시며 영면하시기를 간절히 기원합니다. 앞으로도 이역변천 이어지면 선령님들을 이곳에 모셔올 것이며, 아래로 생업을 쫓아 각지로 흩어져서 살아가는 후손들이 이승을 하직하매, 고향산천 굽어보며 선조님들과 함께 안식하도록 할 것입니다. 봉안당 준공은 이제 시작일 뿐, 후손들은 이곳을 지성으로 가꾸며 연연세세 영원한 추모지소가 되도록 노력할 것입니다. 뿌리 깊은 나무는 바람에 흔들리지 아니하며, 샘이 깊은 물은 가물에도 그치지 않는 것처럼 후손들 또한 대대손손 이어질 것입니다.

선조의 훈업勳業을 생각하는 것은 비유컨대 무성한 가지와 잎을 보면서 흙속의 깊은 뿌리를 돌이켜 생각하는 것과 같다 할 것입니다. 이에 우리 후손들은 항상 같은 뿌리임을 명념銘念하고 조상님께 고마움을 새길 것입니다. 뜨거운 가슴으로 서로 화합하고 돈목할 것이며, 지智와 혜慧와 성誠으로 세상에 나아가 반드시 성공할 것입니다. 다시 엎드려 고하옵니다. 천지신명께서는 이곳 봉안당을 지켜 주시옵고, 이곳에 모신 영령이시여 밝게 오시어 평안하옵소서

(대작, 2004. 4. 10).

⊙고조고 통정대부부군 수비 고유문

高祖考 通政大夫府君 竪碑 告由文

유세차 기축(2009)년 4월 한식날에 고조고考 통정대부 부군 신위께 현손 정호는 엎드려 사뢰옵니다.

부군께서 돌아가신 지 어언 백년 하고도 2년이나 더 지나 이렇게 사뢰는 이유는 후손들의 숙원사업이었던 비문 제작을 완료하면서 그간의 사정을 말씀드리고, 못난 후손들이지만 할아버지를 받들고 기리는 마음을 모아 그 크신 뜻과 넋을 위로하고자 함입니다.

그러니까 할아버지께서 돌아가신 지 꼭 100년만인 지난 해 1월 17일(음력 12월 초열흘)에 유택을 헐고 이곳 봉안당으로 모시게 되었습니다. 무척 송구스럽기는 하나 상전벽해의 시대를 살아가는 후손들로서는 감당하기 어려운 사정에 이르고 있음을 널리 이해하고 용서해주십시오.

할아버지께서 당대에 이룬 위엄 있던 가세가 일제강점기의 시작과 더불어 다시 기울고 말았습니다. 2년 후에 배위이신 숙부인 박씨 조모가 돌아가셨고, 다시 이듬해에 외아들인 휘 수련, 산성 할아버지께서 세상을 뜨시니 사손인 휘 남걸 겸듬 할아버지께서 도량을 제대로 키우시기도 전인 스물셋의 나이에 큰살림을 맡으셨습니다. 형편이 이러고 보니 집안은 누란지위에 놓이게 되었습니다. 거기다가 연이은 장례와 혼례에다 1915년 을묘년 대홍수를 당하니 주 농장인 중보들과 화정들이 절단 나는 사태를 맞으니 마침내 파탄지경에 이르렀답니다. 아마도 부군께서는 지하에서 통탄하셨을 것이며 정령조차도 안타까워 하셨을 것입니다.

그 후 집안은 고난의 행군이 이어졌지만 다행스럽게도 할아버지의 현손 대 이후로는 자손이 번창하고 있으니 이 모든 것 다 조상님의 음덕이라 믿으며 진심으로 감사드립니다. 지역 변천으로 흩어져 있던 선령님들을 모셔오고 후손들 또한 함께 쉬게 할 봉안당을 조성하였습니다. 아울러 소문중 화합을 위한 여러 가지를 도모할 수 있음도 모두 부군府君으로부터 시작되었음이니 어찌 그 크신 음덕을 헤아리지 않겠사옵니까.

부군의 영면거처永眠居處 옮김은 송구스럽기 그지없사오나 우람한 산세 벽공에 솟고 초목은 무성하며 때로 따사로운 햇살 비추다가 산안개도 쉬어 넘는 동대산 산마루에 모셨습니다. 이곳에 쉬시면서 후손들 더러 참배길 들르면 반가이 맞으시며 올리는 제물도 자주 흠향하시옵소서. 바라건대 후손들은 세상에 나아가 역진필기力盡必起하며 조상님 공경에 정성을 다하면 화수花樹가 더욱 정연整然하고 반드시 집안의 큰 번창이 있을 것입니다.

오늘 한식을 맞아 할아버지를 기리는 비를 세우면서 다시 고마움 새기며 삼가 맑은 술과 정성껏 마련한 음식으로 공경히 제사를 올리오니 저희 후손들 굽어 살피사 할머니와 함께 강림하시어 흠향하시옵소서.(2009. 4. 4)

⊙ 산성조고 내외분과 세 분 아들 내외분 유해 봉안고유문
山城祖考 內外分 遺骸 奉安告由文

유세차 경인(2010년) 2월 을축삭 20일 갑신 학성이씨 월진파 약수문회 효 현손 원국은 향을 사르며 엎드려 고하옵니다.

산성 할아버님께서 돌아가신 해가 경술년이었으니 백년 만에 우리 후손들은 한 자리에 모여 왕고王考 내외분과 그 아래 세 분 아들 내외분 등 여덟 분 선조의 유해 봉안식을 갖고 있습니다.

그동안 조상님의 산소는 약수 뒷산 세양만리 양지바른 곳에 모셔왔으나 지역 변천으로 유택마저도 보전하기 어렵게 되어 하는 수 없이 이렇게 유골을 수습하여 이곳 봉안당으로 모시게 되었습니다. 이미 윗대 선조님들도 이곳에 모셔왔고, 특히 선고이신 지당 할아버님 내외분은 2년 전에 모셔 와서 지난 해 한식에 비석도 세웠습니다. 선령님들을 정중하게 모셔와 후대에 전할 수 있는 온전한 묘역을 마련하지 못함은 후손의 미력함이나 유해라도 봉안할 추모지소로 대신함이니 너그러이 받아주옵소서.

저희 후손들은 그 옛날 산성 할아버님께서 지파의 장손으로서 7남매를 거두시며 풍속을 따르며 다시는 팔등에서 월진문중이 흩어질 때의 쓰라린 아픔들을 겪지 않으시려 애쓰신 날들을 짐작합니다. 유복하시던 할아버님께서 한 해를 사이에 두고 부모를 떠나보내시며 애통함이 너무도 커서 몸이 쇠잔하시어 천수를 누리지 못하시고 마흔넷으로 생을 마감하신 일은 집안의 큰 불행이었습니다.

큰아들이 도량을 키우시기도 전에 큰살림을 맡으셨고, 대홍수로 인하여 주 농장인 중보들과 화정들이 매몰되는 사태를 맞아 마침내 파탄지경에 이르렀음이니 아마도 부군께서는 지하에서조차 통탄하셨을 것입니다. 고난의 행군이 이어졌지만 참으로 다행스럽게도 인걸과 지령地靈은 허망하지 않아 후손들은 왕성한 줄기와 가지를 뻗었습니다. 네 분의 아들 아래 열셋 손자들이 할아버님의 대를 이었고, 그 아래 증손자는 스물에 가깝습니다.

　우리 후손들은 조상님 여러 분들을 떠올리며 넉넉하고 크신 은덕을 생각합니다. 그 어렵고 힘든 날들을 다 이기시고 굳건히 살아오셨기에 오늘의 우리 후손들이 있고, 근본을 중시하던 자존감을 물려주셨기에 세상에 나아가 뜻한 바를 이루어 나갑니다. 앞으로도 우리 후손들은 조상님의 음덕을 기리며 연연세세 대를 이어가며 한줄기에서 뻗어 나온 가지임을 늘 되새기겠습니다.

　이곳 봉안당은 때로 햇살 따사로이 비추고 산들바람도 나부끼며, 가랑비도 내려서 초목은 무성하고, 벌 나비는 바쁘게 날개 짓 할 것입니다. 바람 거칠어 잎 지고나면 서리도 내리고 북풍한설도 닥칠 것이나 후손들이 조상님 음덕 새기며 지성으로 따른다면 대대로 지켜질 것입니다. 사방을 살피건대 동해바다 넘실거리고, 동천강변 따라 천지개벽도 새로울 것이며, 남쪽으로 구비 구비 산세도 장엄하고, 북으로 눈길 주면 기호지세가 봉안당을 지켜주는 듯합니다.

　인간 세상 짧다지만 근원이 길면 흐름이 긴 것처럼, 덕이 깊으면 후손이 창성하리니 저희들도 조상님 따라 더욱 덕을 쌓아가도록 노력할 것입니다.

　하늘은 부디 굽어 살피시어 이 터를 지켜 주시옵고, 땅은 부디 무른 곳 다져가며 숭고한 우리 조상님들 편히 쉬시도록 봉안당을 받아주시옵소서. 일월성신은 우리 선령님들이 후손들 보살피며 천지간을 오르내리시는 길 밝혀주옵소서.

　오늘은 여덟 분을 유해로 모셔와 봉안하게 되었음을 고하오며, 정성스레 음식을 진설하고 합동으로 제사를 드리옵니다.

고조 휘 수련 산성 공과 유인 영월 엄씨 신위, 증조 휘 남걸 겸듬 공과 유인 경주 최씨 신위, 종증조 휘 정걸 덕산 공과 경주 김씨 신위, 종증조 휘 장걸 신호 공과 유인 제주 고씨 신위께 삼가 맑은 술을 올리오니 강림하시어 흠향하시옵소서.

다시 엎드려 간절히 바라옵니다. 천지신명께서는 이곳 봉안당을 영원무궁 지켜 주시옵고, 오늘 이곳에 모신 여덟 분의 조상님 영령뿐만 아니라 모든 영령이시여 기쁘게 오시어 늘 평안하시옵소서. (2010. 4. 4)

봉안당 조성문 奉安堂 造成文

아 세상은 이제 사람이 죽어 한 坪의 땅도 허락하기 어렵자 仙葬 풍습이 도래하였고, 선조 幽宅마저 보전하기 어려운 지경에 이름이니 우리 一門은 여기 太白줄기 마지막으로 용솟음치는 東大山의 한 능선 護天衛地에 奉安堂을 조성하게 되었음이로다. 위로는 散在한 先祖의 英靈들을 모셔오고, 아래로는 後孫들이 이승을 하직하매 首邱初心 그리던 本鄕으로 돌아와 永眠할 거처를 마련함이니 가히 집안의 大役事가 아니런가.

본디 우리 鶴城李氏 越津派는 朝鮮初 외교사에 길이 빛나는 忠肅公 藝 할아버지께서 創姓하신 이후 隱月峰 아래에 越津村을 이루면서 壬亂功臣 難隱公, 成均生員 二休亭公 등을 배출하고 7대 萬石을 누리니 世人들은 忠孝之名門家로 일컬음이로다. 그러나 天運이 다하였음인지 1800년을 전후로 滅門之境에 이르러 사방으로 흩어질 때 冑孫 洙鎬의 6대조 諱 志晦公께서 藥水에 정착하셨으니 바로 우리 門中의 入鄕祖이시다. 苦難도 잠시, 5대조 諱 亨載 公께서 다시 家勢를 일으키기 시작하여 諱 敬復 祖(壽 通政大夫)께서는 從弟 諱 敬權 祖, 弟 諱 敬朝 祖와 더불어 復興期를 맞았다. 그러나 일제 강점기 이후 또다시 집안 어른들은 至難한 세월을 사시었다. 榮枯盛衰를 거듭하던 집안이 마침내 공군참모총장(大將) 漢鎬를 배출하니 이 어찌 개인만의 光榮이며 조상의 蔭德을 헤아리지 않으리오.

후손들에게 전하노니 이곳 奉安堂을 子子孫孫 이어갈 追

慕之所가 되게 지성으로 가꾸며 祭壇 앞에 무릎 꿇어 선조들이 永眠之冥福을 누리시도록 敬拜하라. 다시 간절히 당부하노니 孝義爲先하고 志者必成하리니 뜨거운 가슴으로 서로 사랑하고 和親敦睦 이루어야 하리.

2004(甲申)년 9월 일 興杰 회장 외 全門中의 이름으로 세우다.

*이면에는 세계표를 기록하였으며, 양 측면의 내용은 아래와 같다.

- 찬 문 : 정호
- 시공자 : 동아석재(주) 대표 김형기
- 허가청 : 울산광역시북구청
- 건축주 : 학성이씨월진파약수문중

- 추진위원
홍걸 채만 채성 채면 채열
채흥 창호 수호 정호 영호

*위의 비문은 원문 그대로여서 한자의 음독 표기는 하지 않고 주요 낱말만 풀이해서 싣습니다.
 -선장仙葬 : 화장과 같은 뜻
 -호천위지護天衛地 : 하늘이 지켜주는 땅
 -산재散在 : 흩어져 있음.
 -영령英靈 : 죽은 사람의 영혼을 높여 이르는 말
 -수구초심首邱初心 : 고향을 그리워하는 마음을 이름.
 -본향本鄕 : 조상의 고향
 -지난至難 : 매우 어려움.
 -주손胄孫 : 맨 먼저 낳은 손자
 -영고성쇠榮枯盛衰 : 세월이 흐름에 따라 변전하는 번영과 쇠락
 -영면지명복永眠之冥福 : 영원히 잠든 이의 복을 기원함.

-경배敬拜 : 공손히 절함.

-효의위선孝義爲先 : 효행과 절의를 우선으로 함.

-지자필성志者必成 : 뜻이 있는 자 반드시 이룸.

-화친돈목和親敦睦 : 서로 가까이 지내며 정이 두터움.

통정대부 학성이공 휘경복지비
通政大夫　鶴城李公　諱敬復之碑

　우리 고조부 通政大夫 府君의 幽宅은 본디 강동 花岩에 있었으나 구획정리로 인해 백년 만에 合窆하신 淑夫人祖妣와 같이 奉安堂에 모시면서 전해오는 文籍을 근거로 부군의 行蹟을 정리하여 追慕의 뜻과 함께 碑에 새기고자 합니다.

　부군께서 一八四二년에 농소藥水에서 나시니 시조 忠肅公 十六世孫이며 임란공신 難隱公 九世孫이자 성균 진사 二休亭公 七世孫이고 소문중 中祖이신 諱 逸民 公 曾孫이자 諱 志晦 公 長孫이며 諱 亨載 公과 현풍郭氏 사이의 長子이시다.

　우리 鶴城李氏 越津門中은 원래 울산 八等에서 四百년 동안 명문가로서의 위용을 자랑해왔으나 부군의 祖父 대에서 衰落하여 뿔뿔이 흩어졌다. 藥水에 정착하여 臥薪嘗膽하시던 부군의 아버지께서 집안을 일으키다가 쉰넷에 돌아가셨다. 그때 弱冠의 부군은 越津村으로의 捲土重來를 꿈꾸며 물려받은 쉰여 斗落 田畓을 기반으로 천석지기 家勢로 복원하면서 門中 부활을 주도하시었다.

　回甲이 되시던 一九〇二년 壽職으로 通政大夫에 오르시니 凡人과 다른 부군의 명민한 天稟과 넓으신 度量이 더욱 빛나매 가까이 있는 자 따르고 멀리 있는 자 흠모했다. 五년후 一九〇七년에 下世하시니 부군의 諱 敬復 初諱 日國이며 字 舜衡이고 택호 池塘이다. 四兄弟의 맏이로 나시어 十七세에 고령 朴氏와 혼인하여 十年만에 아들을 얻으니 諱 樹鍊이고

女婿는 달성인 徐章喆이다. 子婦 영월 嚴氏에 孫子 南杰 正杰 章杰 尙杰 孫女婿 밀양인 朴景東 평해인 黃琪錫 김해인 金洛斗이며 그후 嗣系은 埰龍 洙鎬 源國으로 이어진다.

府君의 할아버지 諱 志晦 公 내외분 山所를 모셨던 농소 堤內의 산과 밭을 당신께서 1865년에 매입했던 바 지역 변천으로 후손들이 부득이 처분하여 흩어져 있던 先靈님들을 모셔오고 후손들 또한 함께 쉬게 할 奉安堂을 조성할 수 있었다. 아울러 小門中 화합을 위한 여러 가지를 도모할 수 있음도 모두 府君으로부터 시작되었음이니 어찌 그 크신 蔭德을 헤아리지 않으리오.

부군의 永眠居處 옮김은 송구스럽기 그지없사오나 우람한 山勢 碧空에 솟고 草木은 무성하며 때로 따사로운 햇살 비추다가 산안개도 쉬어 넘는 이곳에 쉬시면서 후손들 더러 참배길 들르면 반가이 맞으시며 올리는 祭物도 자주 歆饗하시옵소서. 바라건대 후손들은 세상에 나아가 力盡必起하며 조상님 恭敬에 정성을 다하면 花樹가 더욱 整然하고 반드시 집안의 큰 번창이 있으리로다.

二〇〇九 己丑 한식일 校長인 현손 政鎬 공경히 짓고
후손 일동 세우다.

*한자의 음독 표기는 하지 않고 주요 낱말만 풀이해서 싣습니다.
—통정대부通政大夫 : 조선 시대, 문관의 정삼품 당상관의 품계
—부군府君 : 남자 조상을 높여 이르는 말
—유택幽宅 : 유골을 땅에 묻고 표시를 한 곳

282

-합폄合窆 : 한 무덤에 함께 묻다

-숙부인淑夫人 : 조선 시대에 정삼품 당상관의 아내에게 주던 봉작

-조비祖妣 : 돌아가신 할머니를 이르는 말

-쇠락衰落 : 기운이나 힘 등이 줄어들어 약해짐.

-와신상담臥薪嘗膽 : 온갖 괴로움을 참고 견딤을 이르는 말

-권토중래捲土重來 : 다시 힘을 쌓아 그 일에 재차 착수하는 일

-수직壽職 : 조선시대 노인에게 특별히 준 벼슬

-천품天禀 : 타고난 기품

-도량度量 : 너그럽게 용납하여 처리할 수 있는 넓은 마음과 깊은 생각

-하세下世 : 웃어른이 돌아가심을 이르는 말

-여서女壻 : 사위

-사손嗣孫 : 대를 이을 손자

-선령先靈 : 선조의 영혼

-영면거처永眠居處 :
  영원히 잠드실 곳

-벽공碧空 : 푸른 하늘

-흠향歆饗 :
  신명이 제물을 받아서 먹음.

-역진필기力盡必起 :
  힘을 다하여 반드시 일어남.

-화수花樹 : 나무에 맺힌 꽃,
  같은 자손을 이르는 말

집성촌을 찾아서

농소2동 약수마을(학성이씨)

국도 7호선을 따라가면 울산공항에서 약 7km쯤에서 동해남부선 철도를 만난다. 철도 밑 굴다리로 들어가는 길이 바로 약수마을로 가는 입구다. 굴다리 입구에 약수마을이라는 안내판도 볼 수 있다. 도로 왼쪽 굴다리 반대쪽은 약수초등학교로 들어가는 입구이다. 오래 전부터 피부병에 효험이 좋은 약물이 나오는 곳이라고 해 마을이름이 약수마을이 됐다. 동천강과 삼태봉 사이 넓은 들이 형성돼 있어 예부터 부농이 많고, 6~70년대에는 마을 산에서 생산되던 자연산 송이 판매 수익금으로 새마을 사업을 해 전국적으로 알려졌던 마을이 바로 약수마을이다.

최근 마을 주민들이 공동재산을 대학설립을 원하는 사람에게 기부한다는 약정서를 북구청과 맺은 곳이 바로 약수마을이기도 하다. 약수마을은 이제 단층 기와집으로 이뤄진 예전의 마을을 둘러싸고 남쪽과 동쪽으로 빌라와 아파트들이 곳곳에 들어서 전형적인 근교마을의 모습을 갖추고 있다. 동에서 서로 가로지르는 개천을 중심으로 예부터 지키고 있는 마을 집도 벼를 말리던 마당이 잔디밭으로, 기와집은 콘크리트 슬라브 집으로 조금씩 바뀌고 있다. 40여 가구 남짓 했으나 지금은 아파트와 빌라 등으로 인해 그 수를 헤아리기가 쉽지 않을 정도로 변해버렸다.

농사 대신 직장을 다니면서 많이들 떠났지만 아직도 열 집에 가까운 집들은 이씨의 문패를 달고 있다. 이곳이 학성이씨 월진파 약수문회의 집성촌이다.

최씨들이 먼저 터를 잡고 있던 이 약수마을에 학성이씨 월진파가 처음 온 것은 약 200여 년 전이다. 시조인 충숙공 이예의 14세손인 지회志晦가 월평이라 불리던 지금의 신정동에서 이곳으로 옮겨왔다. 지회 할아버지가 학성이씨 월진파 약수문회의 입향조가 된다.

입향조의 7세손인 이정호 삼평초등학교 교감은 "남산 은월봉 아래 팔등에서 7대로 만석을 누리며 구강서원과 시조 사당인 용연사 등을 설립하고 창건하며 살았으나 18세기 후반 가세가 기울면서 세거지를 떠나 여러 곳으로 흩어지면서 입향조께서 약수에 터를 잡게 된 것 같다."고 입향 내력을 설명했다.

이 교감은 당시 이곳 약수를 비롯해 가까운 옥동, 온양 귀지(삼광리), 고산, 망양 신밤(덕신리), 상북 궁근정, 농소 신답(상안리), 경주 방어리 등으로 흩어졌다고 덧붙였다.

가세가 기울어 세거지를 떠난 이곳 학성이씨들은 가세를 중흥시켜 세거지였던 팔등으로 돌아가는 것이 하나의 목표였다. 입향조의 손자인 경복敬復 할아버지는 전답만 500여 두락을 가질 만큼 가세를 일으켰고, 동생인 경조敬朝 할아버지, 조카인 민수敏樹 할아버지는 농소면장을 지냈고, 사촌동생인 경권敬權 할아버지는 향중 반수班首를 지내기도 했다.

　입향조의 7대 주손 이수호 울산대 학사관리부장은 "종가의 호구단자가 1810년부터 100년 동안 3년 간격으로 빠짐없이 보관돼 호적의 변천과정을 잘 보여주고 있다."고 말했다. 이흥걸(60, 해성수산 대표) 약수문회장은 "호구단자는 물론 직계 조상들의 혼인관계, 토지 매매 서류, 소작농들의 세수목록, 서찰, 노비관계 등이 보존돼 있는 것은 종가가 곤궁에 처할 때도 있었으나 근본을 귀하게 여겨야 한다는 유훈이 있었기 때문으로 본다."고 덧붙였다. 거목이 된 은행나무가 지키고 있는 종가에는 종부 할머니 혼자 노년을 보내고 있다. 팔등 세거지로의 권토중래를 꿈꾸던 약수문회는 세거지의 도시화 등으로 집안 대대로 또 하나의 염원이었던 용연서원의 창건으로 만족하고 있다.

　약수문회는 최근 경사를 맞았다. 입향조의 7세손으로 이 마을 출신인 이한호 씨가 지난 10월 11일 공군참모총장에 취임한 것이다. 이정호 교감은 "총장 취임식에 공군에서 보내준 버스를 타고 마을 사람들이 참석해 찍은 기념사진은 새로 지은 마을 회관에서 볼 수 있다."고 설명했다.

또 초등학교 교장을 지낸 이진걸, 교통부 육운국장을 역임한 이용걸, 코오롱고속 소장을 지낸 이함걸 씨도 약수문회 출신으로 모두 작고했다. 입향조의 5세손으로 월진재단 이사장을 역임한 이장걸 씨와 대한항공 부장으로 퇴임한 이생걸 씨도 약수마을 출신이다. 문회부회장을 맡고 있는 이채만 씨와 김천교통 이채윤 전무이사, 신용보증기금 이채복 지점장, 서호조경 이채흥 대표, 한올약품 이채훈 부장, LG증권 울산지점 이채우 차장과 개인 사업을 하고 있는 이채헌 씨, 부산에서 치과의사로 활동 중인 이채경 씨 등은 입향조의 6세손으로 약수문회 문중들이다. 동일제강 이창호 전무이사, 우주해운 이경호 대표, 동아닷컴 이문호 부장, 홍명고 이영호 교사, 스틸드림 이성호 부장 등도 문중이며, 입향조의 8세손인 이원빈 씨가 삼아약품 연구원으로 일하고 있다.

♣ 2003. 11. 25(화) 경상일보에 실렸던 서찬수 기자의 글입니다.

화전 이야기

'진달래 지천에 피니 화전놀이 제격이다. 신화와 전설이 해마다 부활하는 사랑의 진한 빛깔 진달래여, 가느단 꽃술이 바람에 떠는 날 상처 입은 나비의 눈매를 본 적이 있니?'

위의 글은 이해인 시인의 '진달래' 의 한 구절입니다. 화전놀이가 진달래와 뗄 수 없는 관계이나 보통 봄놀이를 그냥 '화전花煎' 이라고 칭하지요. 우리 문중은 그런 화전놀이를 온종일 즐겼습니다.

참 많은 세월이 흘렀습니다. 그 세월만큼 많은 집안 어른들이 세상을 떠났고, 다시 새 사람이 들어오고 새로운 세대가 태어났습니다. 그러나 지역 이변으로 조상들의 산소도 제대로 보존하지 못하는 안타까움과 후손들이 만나기 어려운 아쉬움은 우리 모두에게 존재하리라 생각합니다.

곰곰이 생각해보면 우리들은 참 행복한 사람들입니다. 조상님 음덕으로 오늘의 우리가 존재하기도 하지만 더욱 고마운 일은 한 자리에 조상님을 모실 자리, 후손들이 영원히 쉴 자리를 마련했기 때문입니다. 문회를 운영하기 위한 기금도 조상님에게서 나왔습니다.

세상 모든 일이 그러하듯 집안일도 순탄치만은 않았던 날들이 있었습니다. 이제는 넘어야 할 고비도 거의 넘겼고, 봉안당 조성도 마무리된 지 몇 해 지났습니다. 약수문회가 성립된 지 어언 20여 년, 화합의 잔치를 열자는 시도가 여러 번 있었지만 그리 쉽지 않았습니다.

　　조상에 대한 그 고마움 새기고 친손과 외손, 며느리와 딸네 할 것 없이 한 자리 모여 화합의 잔치를 열었습니다. 참으로 맑고 푸른 5월에 아이 어른 할 것 없이 모두 약 200여 명에 가까운 혈육들이 이휴정에서 하루를 즐겼습니다. 돈 1,800만 원 들이니 이렇게 좋은 하루를 보낼 수 있었던 걸요. 이에 그날의 모습을 정리하여 오랫동안 추억하고자 합니다.

⊙ 때 : 2008. 5. 18(일)
⊙ 곳 : 봉안당(10:30~11:00) ⋯⋅ 이휴정(11:30~16:00)

▣ 주요 행사 :
　　1부 – 봉안당 참배
　　2부 – 등록, 화전 개회, 중식
　　3부 – 윷놀이, 투호놀이, 여흥, 경품 추첨, 시상

▣ 주요 행사 시정표

10 : 30	봉안당 참배	개인별 이동, 10시 전후 신흥사 삼거리 도착 원거리 참석자 갈래별 안내 친손, 딸네, 외손 순으로 헌화, 헌작하고 참배
11 : 30	등록(이휴정)	등록 후 이름표 달기 기념품 및 선물(10만원 상품권 등) 증정 추첨권 배부, 개별 인사
12 : 00	화전 개회	조상에 대한 묵념, 회장 인사, 월진문회장 축사 참석자 소개, 행사 안내
12 : 30	점심 식사	이동식 뷔페, 친교 시간
14 : 00	윷놀이, 투호놀이 여흥	윷놀이는 4인 1팀(부부 참석자는 1명만 출전 가능) 투호놀이는 미성년 위주로 4인 1조로 진행하며 1위자 시상 노래와 어울림 한마당
15 : 00	경품 추첨, 시상	경품(최저 만원에서 10만원까지) 윷놀이 및 최고령 참석자, 최다 참석가족(비율) 등 시상

290

▣ 약수문회 연혁

▶1991. 04. 07   창립총회(초대회장 순걸)

▶1999. 02. 00   회장 지병으로 부회장 직무대행(함걸)

▶1999. 12. 11   문중법인 등록(북구청)

▶2001. 06. 18   3대 회장단 구성(회장 흥걸)

▶2002. 09. 00   신천동 입향조 묘지 등 매각(2,262평)

▶2003. 11. 25   약수문회 신문 소개(경상일보, 집성촌을
　　　　　　　　찾아서)

▶2005. 04. 10   봉안당 준공식

▶2008. 05. 18   약수문회 화전 개최

▣ 봉안당 소개

▶소재지 : 북구 매곡동 산 78-1
- 신흥사 입구에서 남쪽 능선을 따라 약 4km 지점에 위치

▶공사 기간 : 2004. 6. 1 - 2004. 9. 25(약4개월)

▶형태 및 규모 : 고분형(허가면적 150㎡, 45평, 240위 봉안)

▶시공자 및 허가청 : 동아석재(주), 북구청

▶조경 시공자 : 채흥(동흥조경 대표)

▶조성문 및 세계표 작성 : 정호

▶소요 예산 : 총 약 1억4천만원
- 건축비(5,800만), 조경비(6,000만), 석물비(1,050만),
　건축설계, 인허가비(1,150만)

▣ 환영사

반갑고 또 반가운 일가친지 여러분! 저는 약수문회장 홍걸
입니다. 천곡댁 막내아들 우선 인사드리겠습니다. 신록이
짙푸르고 하늘이 더없이 맑은 5월에 바쁜 일 모두 제쳐두고
우리 문중 화전 행사에 참석해주신 친손들은 물론 딸네, 며
느리, 외손까지 모든 성손들께 진심으로 감사드립니다. 오
늘 행사에 기꺼이 참석해주신 채관 문회장님을 비롯하여 월
진문회 임원님들께도 고마움을 표합니다.

저는 오늘 여러분을 이렇게 모두 한 자리에 모셔놓고 보
니 너무도 가슴이 벅차오릅니다. 기쁘기 한량없고, 반갑고
고마운 마음 그지없습니다. 특히 약수에서 나고 자라 시집
간 지 수십 년 세월이 흐른 뒤에야 이렇게 모시게 된 데 대
해 송구스러운 마음 금할 길 없습니다. 한편으로 딸네들과
아울러 외손 여러분들이 이휴정을 찾아주신 데 대해 환영하
고 또 환영합니다.

이곳 이휴정은 여러분의 친정도 아니고 외가도 아니지만
세월을 좀 더 거슬러 올라가면 1800년 무렵까지만 해도 월
진문중 모두가 이곳에서 월진촌을 이루며 7대 만석의 세도
를 누리면서 명문가로서 행세를 해왔던 곳이니 조상님들의
고향에 오신 것입니다. 그러니까 약수 이전의 우리들 고향
이 바로 이곳이라는 말입니다. 저에게 고조부가 되는 [지]
자, [회]자 못안 할아버지께서 이곳 팔등을 떠나 이원과 화
정을 거쳐 약수에 정착하셨으니 우리들은 실로 약 200년만
의 귀향을 한 셈입니다.

참 많은 세월이 흐른 뒤에야 처음으로 화전을 엽니다. 대대로

약수에 모여 살았지만 대부분의 어른들은 모두 세상을 떠나고 새로운 세대가 빈자리를 채워가고 있습니다. 아직도 기껏 멀어야 열촌 이내건만 나누던 정이 예전 같지 않고 친정이나 외가를 찾는 분도 그 옛날의 약수를 기억하기 조차 어렵게 되었습니다. 세상이 너무도 변하여 조상님의 산소마저도 온전히 보전할 수 없었습니다.

조상님께 못내 송구스럽지만 그나마 다행인 것은 문회를 재정적 안정 위에 운영할 수 있음과 동대산 능선에 가족납골묘를 조성하여 조상님도 모시고 후손들도 고향으로 돌아와 영면할 거처를 마련한 일입니다. 우리가 살아가는 그 자체도 조상의 음덕일진대 이는 더욱 큰 음덕이 아닐 수 없습니다.

그 동안 집안에 크고 작은 일이 많아 좀 더 일찍 이런 자리를 마련하지 못하였음을 널리 양해해 주시기 바랍니다. 아직도 이런저런 일들이 더러 있겠지만 오늘만큼은 모든 시름 다 내려놓으시고 그 동안 못다 한 정 많이 나누시기 바랍니다.

오늘 행사를 위해서 나름대로 준비를 한다고 했지만 처음 하는 일들이라 부족한 부분이 많을 것입니다. 너그러이 이해하시고 즐거운 시간되시기 바랍니다. 감사합니다.

약수문회장 홍걸(대작)

■ 축사

오늘따라 이렇게 좋은 날에 약수 문중에서 이런 성대한 화전 행사를 갖게 된 것을 진심으로 축하드립니다. 족친뿐만 아니라 딸네, 췌객, 외손까지 이렇게 한 자리에 모여 화전을 갖는다는 것이 현 시대에는 매우 어려운 일인 만큼 참 생각과 아울러 한편으로는 부럽기조차 합니다.

일가는 백대지친이라고 하는데 사실 우리 월진 문중은 여러 대로 외동으로 이어져 와서 그저 멀어야 스무 촌 남짓 하고 지금도 세대수가 400여 집으로 추산됩니다. 월진 문중원 모두가 이휴정 할배 형제들의 후손들이고, 약수문중은 이휴정 할배의 막내아들이 대를 이었습니다. 오늘 행사를 하고 있는 이곳 이휴정은 바로 여러분 모두의 조상님 정자입니다. 마음 편히 이용하시고 마음껏 자랑하십시오.

이 정자는 등록 문화재입니다. 처음 이휴정 할아버지께서 이 정자를 세운 지가 350여년이 지났는데 세월이 흘러 유허지만 남아 있다가 1940년에 울산초등학교 확장하면서 유서 깊은 남문이 헐릴 때 체목과 기왓장을 우리 문중에서 사와서 정자로 복원했으므로 문화재로서의 가치를 인정받았습니다. 그러다가 불행하게도 2003년 9월에 화재로 소실되었다가 지금의 모습으로 다시 복원되었습니다.

옆에 있는 용연서원도 그렇습니다. 1737년에 우리 학성이가 시조할아버지 사당을 세웠는데 피치 못할 사정으로 보존하지 못하다가 다시 세운지가 7년이 되었습니다. 조상님의 산소나 유적을 보존하는 일은 후손으로서 마땅한 일이고 자손 대대로 이어져야 할 것입니다. 약수문중도 3년 전에 봉안당 낙성식을 할 때 저도 갔습니다마는 조상의 유업을 지키려는 노력들이 참 놀랍습니다.

일찍이 약수 일가들은 우리 월진 문중에서 큰 역할을 해

294

왔습니다. 우리 문중이 약 200여 년 전 어려움을 당하여 동서남북으로 흩어질 때 [지회] 할아버지께서 약수에 정착하신 지 그리 오래지 않아 아들인 [형]자, [재]자 이원 할아버지께서 가세를 회복하기 시작하여 그 아랫대 네 형제분이 문중 출입을 하셨고, 그 이후로도 [민]자, [수]자 우산 할배를 비롯하여 꾸준히 월진문중을 주도하고 있는 분들이 바로 약수 일가들입니다.

특히 [경]자, [조]자 연동 할배와 산막등 쪽의 [경]자, [권]자 학남 할배는 당대 최고의 선비들로서 울산지방 대표 유림들이라고 향안록에도 기록되어 있습니다. 역시 그 조상에 그 후손들이라 우리 문중뿐만 아니라 울산의 자랑인 [한호] 총장을 배출했으니 얼마나 자랑스러운 일입니까? 오늘 행사만 해도 그렇습니다. 우리 월진문중의 소문중으로서는 처음으로 이곳에서 화전을 열고 있습니다. 정말 자랑스럽고 고맙습니다. 이 자리에 참석하신 여러분 모두 오늘 즐거운 시간 되십시오. 감사합니다.

월진파문회장 채관(대작)

가족 이야기를 정리하면서

　'다전댁 둘째아들'이라는 이름을 달고 세상에 나오는 이 책은 저의 가족 이야기입니다. 이 이야기는 의도된 준비과정을 거친 것이 아니라 자연스럽게 만들어진 것입니다. 못다한 효도에 대해 뒤늦은 효도를 드리는 마음으로 부모님을 생각했습니다. 가족이라는 울타리 안에서 저는 아내에 대한 고마움이 무척 큽니다. 제게는 참 편안한 사람이기도 하지만 아직 옆에서 건재하니 얼마나 고마운지 모릅니다. 젊은 날부터 몸이 약하여 늘 걱정을 안고 살았는데 지금도 여전히 종합병동이긴 하지만 이승을 떠나는 시기가 비슷하면 좋겠습니다.

　가만히 지켜보면 두 아들의 참 좋은, 아니 참 훌륭한 어머니라는 생각이 들곤 합니다. 아내가 아들들한테 점수를 많이 따고 있으니 덩달아 저도 아들들한테 구박은 안 받지 싶습니다. 아들들뿐만 아니라 며느리한테 하는 걸 보면 참 괜찮은 사람이라는 걸 제가 압니다. 그렇게 잦지는 않았지만 가족들이랑 여행길에서 보낸 시간들을 정리해놓은 글 속에도 행복이 존재합니다. 이래저래 우리 가족이 살아온 이야기에는 감사할 일이 참 많습니다.

　저는 지금 매일 울산대공원을 바라보며 삽니다. 고개를 북쪽으로 돌리면 젊은 기가 넘치는 학성고등학교가 내려다보입니다. 이 학교는 두 아들의 모교이기도 하지만 40수년 전만 하더라도 저의 조상님이 누워계시던 곳인지라 늘 애잔한 마음으로 바라봅니다. 그런데 어느 날 조상님이 제게 왔습니다. 아니 제 마음이 조상님께로 갔습니다. 어느 날 저는 마치 귀신에 홀린 듯 조상님들의 발자취가 궁금해졌습니다. 그리고 공부를 시작했습니다.

　몇 년을 그러다보니 제가 조상님을 기리는 글을 쓸 기회가 주어지더라고요. 저는 그렇게 글을 썼습니다. 부모님이 그립고 보고프면 저절로 마음이 그리로 향했고, 그래서 '외가'나 '나의 살던 고향은' 같은 글을 쓸 수 있었습니다. 부모님이 모두 돌아가신 후 어느 해엔가 부터는 기일이 돌아오면 정형된 축문을 준비하는 것이 아니라 편지글 형태의 글로 마치 살아계시는 듯 고해 올렸습니다.

　여든일곱을 사신 아버님의 삶이 소재가 되어 '아버지의 딸'이나 '아버지의 자전거' 같은 글이 태어났습니다. '아버지와 함께한 마지막 날들'도 부자 사이의 별리의 시간들 속 모습입니다. 생각나면 써왔던 일상의 이야기들입니다. 부모님께 드리는 글이 그렇고 아들이나 아내에게 주는 메시지가 그렇습니다. 길 위의 시간들을 기록한 기행문들도 그렇습니다. 의도된 글이라기보다 제 삶이 그런 방향으로 흘러갔기 때문에 이 책에 실린 글들이 나온 것입니다.

　하지만 살아오면서 자연스럽게 씌어진 글도 있지만 무척이나 공을 들인 글도 있습니다. '봉안당 조성문'이나 고조고高祖考 비문은 성의를 다했고, 선비先妣의 행장기와 선고先考의 연보는 어버이의 자식으로 태어나 마땅히 써야 할 글이지만 제 나름의 뜻이 담겨 있습니다. 비록 필부필부匹夫匹婦

의 삶을 사셨다 할지라도 후손들에게는 마땅히 알려져야 할 행적이니까요. 특히 부모님에 대한 기록은 마음속으로 하나의 전범典範을 남긴다는 약간의 자부심도 있습니다.

사실은 이 책 속에 담긴 글들 중 상당한 수는 가족들에게조차 한 번도 공개된 적이 없는 따끈따끈한 이야기들입니다. 이러한 글들은 어떤 문학성을 논하거나 논술로서의 가치를 담지도 않았고 학문적 연구결과는 더더욱 아닙니다. 그럼에도 저는 저를 세상 밖으로 드러낸다고 생각하고 책으로 엮어냅니다. 우선은 부모님에 대한 못다 한 효도를 그나마 이 책을 통하여 반감시키고 싶다는 생각을 합니다. 또한 가족들에게 차마 말로 하지 못하는 사랑 그 이상의 바람도 함께 합니다.

이런 이야기를 엮으려는 생각은 오래 전부터 해왔지만 가장 직접적인 계기는 큰며느리를 보게 되면서입니다. 뒤늦게 나타난 며느리를 보게 되어 무척 기쁘다는 표현의 한 방식이기도 하거니와 가족의 일원으로 기꺼이 받아들인다는 뜻도 있습니다. 이미 5년 전에 우리 가족이 된 작은 며느리도 아들이 가장 사랑하는 사람이고 두 손자, 손녀의 엄마이기도 하니 귀하기 그지없습니다. 남의 자식으로 나고 자랐지만 이제 며느리도 마땅히 제 자식이고 가족입니다. 어떤 모습으로 어떻게 살면 좋겠다는 말은 안 해도 이미 아들들도, 며느리들도 잘 알지만 그래도 몇 가지는 붙이고 싶습니다.

부디 지금 마음처럼 서로 존중하며 사랑이 변하지 않기를 바라고 또 바랍니다. 사람에게는 어떤 운명이 닥칠지를 아무도 모릅니다. 그러니 평소 교만하지 않아야 하고 자기를 낮추어야 합니다. 측은지심을 갖고 어렵고 힘든 사람들을 생각하며 절제된 생활을 해야 합니다. 두 형제 우애가 클 때처럼 남다르기를 바라고 아이들도 정성껏 잘 키워내면 좋겠습니다. 약간의 여유를 만들어서 주변 사람들에게 좋은 일도 좀 하면서 가족이라는 울타리 안에서 늘 행복하기를 염원합니다.

2012. 5. 20 다전댁 둘째아들 이정호

새로운사람들은 항상 새롭습니다.
독자의 가슴으로 생각하고 독자보다 한 발 먼저 준비합니다.
첫 만남의 가슴 떨림으로 독자 여러분을 찾아가겠습니다.

다전댁 둘째아들

초판1쇄 인쇄 2012년 5월 10일
초판1쇄 발행 2012년 5월 20일

지은이 이정호
펴낸이 이재욱
펴낸곳 (주)새로운사람들

디자인 김남호
마케팅·관리 김종림

ⓒ 이정호, 2012

등록일 1994년 10월 27일
등록번호 제2-1825호
주소 서울 용산구 효창동 5-3번지
　　　대신빌딩 2층 (우 140-896)
전화 02) 2237-3301, 2237-3316
팩스 02) 2237-3389
e-mail/ssbooks@chol.com

ISBN 978-89-8120-464-8(03680)

* 책값은 뒤표지에 씌어 있습니다.

이정호 부부

큰아들 부부

작은아들 부부